陈巨锁 著
张建安 选编

作画与游踪

商务印书馆
The Commercial Press
2016年·北京

图书在版编目（CIP）数据

作画与游踪 / 陈巨锁著. — 北京：商务印书馆，2016
ISBN 978-7-100-12594-9

Ⅰ.①作… Ⅱ.①陈… Ⅲ.①散文集－中国－当代 Ⅳ.①I267

中国版本图书馆CIP数据核字（2016）第232484号

所有权利保留。

未经许可，不得以任何方式使用。

作画与游踪

陈巨锁 著
张建安 选编

商 务 印 书 馆 出 版
（北京王府井大街36号 邮政编码 100710）
商 务 印 书 馆 发 行
三河市尚艺印装有限公司印刷
ISBN 978-7-100-12594-9

2016年12月第1版 　开本 880×1230　1/32
2016年12月北京第1次印刷 　印张 9 1/2

定价：46.00元

目 录

广胜寺壁画临摹记　　　1
三上华山　　　4
黄山写生记　　　18
墨香飘溢求雨山　　　42
访石门湾缘缘堂　　　45
游镜泊湖记　　　49
清韵高格话董梅　　　53
赵延绪先生作画记　　　56
岭南画家与雁门关　　　59
十里山行故乡情　　　63
天涯石鼓　　　69
野史亭拓碑小记　　　75
五台山三日游　　　79
绵山纪游　　　93
游了三个寺　　　99
游了三个山　　　105
丝路行记　　　111

作画与游踪

峨眉踪迹	135
嵩山纪行	142
桐庐纪游	146
灵岩探幽	151
访聊斋	156
隐堂游记	161
竹寺烟雨	167
游三溪园记	173
西安四日记	178
苏皖行记	188
广东九日记	207
台湾八日记	222
俄罗斯之旅	236
访朝散记	255
费城遐想	267
欧行记略	270

广胜寺壁画临摹记

霍山之南有霍泉，泉左有广胜寺，皆元明清三代之遗构也。寺之内壁，尽绘宝图，或佛教故事，或人物典实，其画精美，素为海内外专家注目。

1964年6月，山西大学艺术系国画专业，一行十余人在王绍尊等几位老师的带领下，赴广胜寺临摹壁画，车抵洪洞，时近傍晚，在暮色苍茫中，师生们分坐几辆马车，向霍山进发。一路说笑，一路欢歌，不觉天色向晚，已是明月当空，待到寺外，山门紧闭，推而不动，敲之再三，方有人应，进得山门。

寺分上下两处，中有羊肠小道，斗折蛇行，萦绕其间。山巅上寺，红墙碧瓦，掩映于柏林之间，唯飞虹宝塔，高出林表木末，辉映上下；山麓之下寺，遍植嘉木珍果，时惟初夏，浓荫蔽日，鸣禽在树，清香拂面，钟磬声幽，栖居于此，其心境自然恬静澄澈。

壁画临摹开始，绍尊师安排道："先临《十二园觉》人各一躯。大家合作，不得有误。脚手架高，我攀不力，在下面为你们研墨备料。"诸同学对壁画精剖细析，详观力察，待动手摹写，则是着意双钩，摒气落墨，凡擦蜡设色等工序，无不尽心竭力。至于作品，吹弹香灰，流放屋漏，解数尽施，各见机巧。遂将一幅新作，竟加工到呈现出历经数百年风雨洗礼的色相。

一日邓拓等同志到广胜寺巡礼，对我们恭谦相问："菩萨是男是女？既是女相，何长胡子？"绍尊师见我们回答如流，也自快意地莞尔一笑。

在下寺有明应王殿，为元代减柱造结构，殿颇深广，东稍间有戏剧壁画一铺，画中生旦净末，行当齐备，但见须眉生动，衣着飘举，顾盼有情，呼之欲出，历来为戏剧考据家奉为拱璧。画为元泰定年间所作，题曰：《大行散乐忠都秀在此作场》，大家对此幅作了精心的摹写。上有题记一篇，与画同时，其书不恶，更有其珍贵史料价值，我费六天时间，临摹题记，其画与记，后藏山西省博物馆。

绍尊师，北京人，早年师事齐白石治篆刻与写意花卉，得白石老人真传。上寺毗卢殿前，有白皮松数株，临画之余，同学们每以长竿探扑松籽。其时也，绍尊师也参与其事。有同学赵光武者，广西壮乡人，颇淘气，常将剥完松籽之球，抛入空中，王师必频频躬身拾取，大家哄笑，老师同乐，而不知同学之乐其乐欤。

绍尊师又善琵琶，晚餐毕，偕同学数人，步于霍泉之滨，小坐分水亭上，观水中荇菜之荡漾，听石上清音之丁东，偶然兴至，则命取琵琶，手挥古曲，嘈嘈切切，不知时过几许，琴音合入天籁，明月朗照溪流。

绍尊师，亦颇诙谐。某日，我和亢佐田同学到道觉村理发，一丝念起，便剃了个光头。归寺时，正值中午，星期日改善伙食，桌上已摆满了丰盛的馔肴，同学们急欲下箸，绍尊师则正声说道："今天二位学弟落发为僧，遁入空门，再做几道素菜，为他们祝贺，至于这些鸡鱼，二位就不能贪嘴了。"又是一堂哄笑。

七月间，临摹任务方告结束。返校前，我们在洪洞县副县长李文选先生陪同下，游览了槐荫燕赵之大槐树和明代苏三监狱虎头牢。

九月间，我们所临摹之壁画在山大教工礼堂作了汇报展出。

三上华山

在中学时，读了一篇黄苗子先生题为《华山谈险》的游记，便开始与华山结了缘，竟引我以后三次登上了华山，也足见那文字的魅力。

第一次的成行是在1965年的秋天。那时，我在芮城的永乐宫参加迁建后新宫壁画的修复工作。趁国庆节休假的空闲，我偕著名画家潘絜兹先生以及我的同学王朝瑞、张玉安、孟宪治一行五人结伴出游。十月一日的凌晨，永乐宫迁建委员会的大卡车送我们到永济的风陵渡。其时，由晋入陕的铁路桥尚未修复，须在码头等船，趁待渡的时间，大家坐岸边作写生画。满眼的黄河激浪，滔滔汩汩，一泻千里，真有点"黄河万里触山动，盘涡毂转秦地雷"的气象呢！对岸是潼关的城堞，雄踞要塞，烟树苍茫，行人如蚁；远远那僧帽状的峰峦便是华山的"天外三峰"——朝阳、落雁和莲华峰。面对如此壮丽景观，我忽然想起了谭嗣同的《潼关》诗："终古高云簇此城，秋风吹散马蹄声。河流大野犹嫌束，山入潼关不解平。"心情为之澎湃，遂展四尺对开横幅，放笔挥毫，风声水声，声震山河，雄关急浪，尽入绢素。

待渡两小时，仅十余人下船落座，遂起锚。是日也，风大浪急，12个舟人在船沿上施桨弄篙，大声呼号，奋力拼搏，不足2里宽的河

1965年陈巨锁画《华山图》

面,因逆风行舟,竟挣扎了一个多小时。我们坐在木船中,面面相觑,惊恐万状。所幸未葬鱼腹,安全抵达彼岸,谢过舟人,登上关城,穿街而过,城下唯卖酱菜者引人注目,竹编小篓,方广四五寸,篓口以梅红纸扎封,系以绳索,以便提携,遂购一二小篓,以备途中佐餐耳。

是处为潼关旧关,由此乘汽车,前行十数里,方抵新潼关。新关较旧关自然繁华许多,商店鳞次,行人熙攘大家在街头聊作浏览,似无物可购,便入茶馆泡着,以待西去火车。

于下午6点许,方等得一列慢车(快车在华山站不停),匆匆而上,

作画与游踪

未等坐稳,车过孟塬,即抵华山站,又匆匆而下车,已是黄昏时分,就近寻一小客栈,丛树中,瓦屋数间,倒也清静典雅,晚饭后,大家坐在小油灯下,说《聊斋》故事,室内昏昏,人影散乱,夜风入隙,窗纸瑟瑟,仙女耶?鬼狐耶?

翌日天明,用过早餐,大家便向华山而来。先入谷口玉泉院巡礼,在苍松翠柏间,掩映着陈希夷偌大的祠堂,深宅大院,回廊曲槛,唯清泉淙淙,绿苔迷离,只一道人短袍束冠,手执竹笆,清理着庭院中的落叶。我们这些过早的来客,惊扰了枝头的宿鸟,引颈长鸣,扑然飞去。那道人应大家的请求,开了几处殿堂,殿内光线暗淡,似乎无一可观,唯一幅徐悲鸿的骏马图悬于壁间,至于真伪,我们却没有作仔细考察。

出玉泉院,径入华山峪,在峰峦夹谷间,乱石横陈,涧水鸣泻,大家择道而行,腾挪跳跃,若松鼠,似狸猫。甫入"五里关",已是满头大汗,气喘吁吁,大家坐下来休息、照相,朝瑞也许饿了,便开始大嚼烧饼。又五里,至婆罗坪,绿树如洗,轻烟似纱,烟树间,石室几孔,道人出入,煮粥供客,我们每人一碗,坐在室外石磴上就着潼关酱菜,那滋味可香甜呢!过十八盘,至毛女洞,听"玉姜逃秦"的故事,颇为那饥餐松籽,渴饮山泉,天长日久,体生绿毛的宫女而感伤。离毛女洞,路渐转高,行进间,一对青年男女迎面而来,那女子体态丰盈,玉面饱满,活脱脱张萱《捣练图》中主妇,待他们过去,不知谁脱口而说:"唐代仕女!"大家皆有同感,不禁回头再看,那女子也正好回过头来,也许是她听到了我们议论,或引以自豪,便莞尔一笑。路遇佳丽,评论良久,说笑间,已经穿过"云门",来到了青"坪。

青柯坪,地处莲花峰脚,仰而望之,奇峰壁立,高可千丈,黑魆魃，似乎要从上面压下来。坪上有西道院、东道院、通仙观等建筑。已近中午时分，道士们忙碌着为游客炒菜煮饭，端水倒茶。我坐在西道院的石磴上，欣赏那浮苍点黛的青柯树，品读那纹理如画的荷叶皴，青山绿树，红叶白云，或为张大千浓彩重抹的写意，或为贺天健三矾九染的工笔。一幅幅青绿山水，金碧辉耀，光彩照人，面对胜景，我忘却疲劳，竟染翰理纸，画将起来，要不是有人喊我吃饭，我不会从写生中转过神来。

　　午饭后，便开始探险搜奇，过"回心石"，横下一条心来，毅然步入千尺㠐，这是登山唯一通道。仰天一线，下临无地，天开石罅，斜卧半空，中凿石磴，宽不容脚，崖壁间置铁索，锈迹斑烂，正李东阳所云"天门重重隔烟雾，铁索悬崖引长路"也。人行其中，手攀铁索，脚踩石磴，前人之脚，在后人头上，后人之头，在前人脚下。我沿磴道而上，屏息静气，目不敢回视，话不敢高声，战战兢兢，唯脚下之索索与心中咚咚相呼应。好容易走完那近三百级的"太华咽喉"，钻出天井，方舒了一口气。不想一险方脱，一险又至，眼前便是百尺峡，但见双壁夹峙，一石中立，四无依傍，状如鱼脊，骑脊而过，敛神一志，岂敢笑谈游视，深恐心悸手松，坠落无际。偶仰头而视，正一石压顶飞来，名曰"惊心石"，亦令我双腿酸软，瘫然而坐，待缓过神来，再慢慢前行。

　　过百尺峡，地稍平缓，忽然山雨袭来，我们紧跑几步，躲进"二仙洞"避雨，洞不大，五人择石而坐，"二仙洞"顿时变成了"七仙洞"。从洞口雨中望西峰，忽浓忽淡，时隐时现，衬以水帘洞飞瀑，集仙观苍松屋脊，俨然一幅仙山琼阁图，我匆匆以淡墨钩勒一幅雨中山水，烟云幻化，扑朔迷离，意外偶得，天所助也。

雨停，复前行，远望群仙观，飞甍凌空，彩虹朗照，奇石挂岩上，宝树灵芝，二道长对坐谈玄，又是一幅精彩的宋人小品。过群仙观，又一险当道而立，曰"老君犁沟"，陡壁上几痕坎凹，所谓老君犁迹也。前经千尺、百尺之险，此犁沟也相仿佛，心情平实多了，脚踩石窝，手扣铁索，似不费多少力气，历尽险阻，复得平地。又升一二石坊，便是海拔1500米的云台峰。时已薄暮，我们下榻翠云宫中，稍事茶点，便坐宫门前石阶上，看岩下云起云落，听松涛如琴如瑟，惟那苍龙岭在夕照中，千仞一脊，直插天际，明日将由此而上"天外三峰"。"能上去吗？"我忽生废然而返的念头。

夜色逼人，群峰浑然一体，山风吹过，体生寒意，游客散尽，惟一老道士，面目清癯，银须飘洒，立一盈丈平台上，跃然起舞，剑影飞动，割云切玉，霍霍有声，我庆幸在这西岳峰头领略到那仙风道骨的风姿。

夜深了。隔壁游山的少男少女们仍嬉戏不已。一位道士发话道："先生们，女士们，早点休息吧，明日还有漫长的路程呢！"又说："明日登山，要格外小心，难于行走的地方，千万不可冒险，昨日南峰长空栈道，摔下一位游客，已粉身碎骨，葬身崖谷了，要引以为戒呢！"听到这则不幸的消息，我不禁"魂悚悚其惊斯，心蒽蒽而发悸。"竟在入睡后，恶梦袭来，惊叫而觉。十月三日，晨起，朝辉已照仙掌峰，渐而下移，至苍龙岭、五云峰、铁牛台，一片灿烂。峰脚，白云涌起，填壑漫谷，丛林浓郁，藤萝滴露，兼有霜叶飞丹，杂然缀壁，真山耶？图画耶？令我逸兴湍飞，舞之蹈之。

身入画图中，赏心悦目的自然景观将那华山的"险"冲淡了，过擦耳崖，穿金天洞，又逢绝路，只见天梯垂空，心复悬起，舍此道便不能登峰造极，再咬咬牙，缘索而升，其状若猿猱，若壁虎，只是我们笨拙了许多，比不得那些生灵的轻巧。爬尽"天梯"，经"日月崖"，过"三元洞"，御道尽头，便是那惊心动魄的苍龙岭。

自岭脚，仰而望之，一岭垂天，两侧架空，岩表青黑，状如龙脊，虽石阶分明，阑干整齐，并铁链护之，然置身其间，亦腿颤手抖，心含口中，遇陡峭处，需尽力攀缘，遇逼仄处，皆匍匐而爬行。至岭端，已是冷汗淋漓，面目苍白，难怪当年韩退之先生于此投书痛哭。想那千余年前的唐代，华山之险，更非今日之所见，一介书生，能登上太华极顶，实在令人佩服。我没有赵文备的胆量，自不会在此讥讽那韩夫子的怯弱，也没有李白的潇洒，故不曾在岭上长啸。

苍龙岭过后，不远就是金锁关，入关，经"无上洞"，即到箫史弄玉吹箫引凤的中峰，难怪这里又名"玉女峰"。岭头有引凤亭，翼然古松之下，松涛习习，似箫声清韵，想见那弄玉乘彩凤而游太空的倩影。忽小雨飘过，雨丝落在我写生之画面，墨线渗化，顿生烟云，一幅《烟雨落雁峰》的写生，出预想的笔墨效果之外，幻化出特殊的情趣来。

中峰午餐后，登东峰，峰如一巨石，略无缝隙，远望之，墨线如金刚杵，直拖而下，乃天雨水流冲刷所成之沟痕。东峰即朝阳峰，一名仙掌峰，其峰向阳处，指痕宛然，传为"巨灵迹"，正李白"翠崖丹谷高掌开"之谓也。由东峰经"鹞子翻身"可抵"下棋亭"，宪治同学拟一试身手，让素为和悦的潘絜兹先生严肃制止了。我这位同窗还多少有点不高兴，但又无可奈何，只怏怏然跟着大家走。

下东峰，上南峰——落雁峰，过南天门，至"升表台"，大家将宣纸撕碎，扔岩下，那纸片，随着气流的上冲，升将起来，散作天花，煞是好看。此时不是雁过时候，否则会有群鸿衔表的景致呢。

南峰是华山的最高峰，海拔 2200 米，最高处有"仰天池"，池不大，却可"沐浴日月"，我坐其侧，"洗手摩天"，远眺关中盆地，黄河一线，得太白先生"西岳峥嵘何壮哉，黄河如丝天际来"的感觉。南天门外，有长空栈道，便是十月一日游人失足遇难处，因其险甚，是日，无一问津者。有顷，阴云四合，山雨欲来，我们匆匆下南峰，沿马鞍形小道至西峰，方入翠灵宫，大雨瓢泼，檐溜如注，大家休息客社中，听风声雨声松涛声，颇得"铁马冰河入梦来"的诗境。

四日放晴，在西峰看状如荷叶复盖的巨石，听《劈山救母》的故事，画苍松杂树，吟"莲花云台"。待尽兴，每人就地选材，拾一木杖，柱杖下山，得得有声，又值细雨朦胧，流泉飞瀑，随处皆是，真是"山中一夜雨，树杪百重泉"。走出华山峪，人人皆成了铁拐李，趔趄着赶上了火车，返回永乐宫，倒有点"跛鳖千里"意思呢。

第二次上华山是在 1976 年 11 月间，其时"文革"结束不久，我同另外三位美术工作者赴西安出公差。路经华山脚下，他们都未曾登临过，很希望我给他们作向导，以求山水之乐。禁锢十年的思想解脱了。潜伏在心底画山水的欲望复又萌生，便欣欣然冒着严寒二登华山。

黄河风陵渡的铁路大桥早已开通，我们由太原坐火车往西安而来，因为是直快车，在华山站不停驶，大家只好在前一站的孟塬下车，时近黎明五点。走近一家灯火尚亮的小餐馆，炉灶已经封火了，堂倌们坐着打盹，真有点灰锅冷灶的感觉。时值隆冬，又是拂晓时分，那睡眼惺忪的堂倌见这伙饥寒交迫的来客，先给每人端上一碗开水，让大家压压寒，随后每人要一碗羊肉泡馍，并希望多放辣椒油。炉灶捅开了，蓝炭火冉冉闪烁，锅也开了，热气蒸腾，香气扑鼻，没用多久，大碗滚烫的泡馍端了上来，又辣又烫，大家连吃带喝吸溜着，霎时间，每个人吃喝得满头大汗，身上顿觉暖和了，这羊肉泡馍真是驱寒的灵物呢！唯单先生吃得不开心，他说他想喝汤，结果那汤都让"馍喝掉了"。原来这泡馍，首先需自己将馍掰成细碎小块，放在碗里，然后浇上羊肉汤，而老单同志将一个馍只掰成了四瓣，那浇上的羊汤，片刻间，就让馍吸收的一无所有，他干瞪眼，逗得大家哄然大笑了。

吃完泡馍，天已麻亮，我们从孟塬沿着火车道向前行进，大约走了二十里的路程，便到华山峪口，寒冬十月，除我们这些痴人，哪会有游山者，身为向导，我自走在头里，距初游华山，已经过了十一个年头，尽管人事多变，然而那山河却是依旧的，只是因季节的不同，眼下山寒树瘦，水落石出，岩下那枯黄的衰草在寒风中战栗着。路依然是那条路，但华山峪给人的印象是荒寒的、苍凉的。本想到婆罗坪后，再吃一碗热腾腾的小米粥，然而来到其地，房屋荡然无存，连树木也被伐光了，只见瓦砾满地，树桩零乱，一派残败的景象，这自然是"文革"的成果了，我不禁怅然长叹。

到毛女洞，幸见一道长，非独清癯，颇嫌枯瘦了，惟两只眼珠时或转动一次，才显出一星活气来。他为我们送上开水，问了一些山外的情况，便又木然地回到那四壁通风的石室中去枯坐。待要离开毛女洞，我的大衣的衣襟竟将那开水碗带落地下，砰然而碎，在我们家乡的乡俗中，认为出门打碗是很不吉利的征兆，我虽不迷信，然而这一着，也给我带来些许的不快。

一路的小心行事，至青柯坪，也失去了往日的繁华，不独游人没有了。连道士也没有了，东道院的通仙观只剩下残垣断壁，唯西道院还保留着两间房子，门上却挂了锁，好在我们临行前在太原预备了干粮和凉开水，否则在此还得挨饿呢！

前面便是险路,过千尺幢、百尺峡,我除要求大家格外的小心谨慎,自己则抱着"敛神一志""脚踏实地"的要诀,一步一步地攀登上山,走累了,停下来喘喘气,歇好了,再慢慢地爬。因为心情的不佳,赏山的情致全无了,似乎华山也失去了往昔的风采。待到群仙观,才发现画家亚明先生早年所画的一幅《华山图》,是从这个角度写生的,画面下端近边的地方是一列屋脊,而那西峰峭壁,横空而下,塞满了其他部位,磅礴之气,跃然眼前。

过群仙观,攀老君犁沟,因山头早有积雪,晴天溶化,早晚冻结,以致整个石磴上都结了冰,脚无着处,只好手攀铁索,脚寻石窝边缘无冰处,历尽险绝,艰难而上。来到北峰云台,那昔日的留宿处也是一片瓦砾,本拟在此过夜,室宇不存,何以栖身,看看天色不早,只能匆匆赶路,擦耳崖、上天梯的"险"被征服后,大家小坐"日月崖"下的天然岩洞中,喝几口凉白开,吃几口冷馍,养养神,便往那苍龙岭下奔去,只盼着尽快到玉女峰求一顿热餐,求一榻清梦,苍龙岭的险绝也有些淡化了,大家不言语,各自走自己的路,也许心里都捏着一把汗,然舍此路而别无生计,便只能破釜沉舟,背水一战了。登得岭头,我连说话的力气也没有,连那韩愈投书的胜迹也不曾为他们指点,当然他们也没有听故事的兴致了。

也真晦气,来到金锁关前,大雪封山,莫说上东峰、南峰,就是这近在咫尺的玉女峰也不得登临,雪埋石径,深不知几许,万一掉进雪窝或摔落悬崖,岂有生还的可能。投宿中峰的打算也只能取消。那唯一的去处只有翠灵宫,因为那里有华山气象工作站,终年有工作人员守候着。我们只好从金锁关前右折镇岳宫,其时,已是夜色迷茫,路径模糊,大家摸索着山间仄道,缓缓而行,过废宫,天全黑下来,脚下的道路实在难辨了，同行的一位女同志叫苦不迭，说："真想大哭一场。"大家只好坐下来，不知过了多久，眼睛竟适应了周围的环境，是山中积雪的微光呢，还是那升高的淡淡月色，将那曲折的山路映照得有点清晰了，大家再鼓气前行，在深夜寒风中登上了莲花峰。

翠灵宫在月光下，琼楼玉宇，轮廓分明，正袁江之《秋台露月图》。自然景观的魅力很快让长途行旅的困顿驱散了，也没有了"僧敲月下门"的文雅，竟然使劲地扣打着翠灵宫的门环，当气象站的工作人员听到急迫的扣门声，才紧裹着大衣给我们开了门，引进了一间冰冷的客房，很客气地说："对不起，这个季节，没想到山上来游人，客房里也没有火，将就着休息吧！"说着，又送来一暖瓶开水。我们在半夜搅了人家的清梦，自是十分抱歉，也许是太疲倦了，不吃不喝，和衣而卧，只盼做一个美好的黄粱梦。

自然是因饥饿和严寒的侵袭，第二天大家早早就醒来，吃点开水泡馍，走出门来，看看那挂在通道上的温度计，指标是零下27度。伫立莲花峰头，只见那玉女峰，白雪覆盖，青松映衬，祠殿的高甍，在晨光中飞丹点翠，煞是醒目。我为这景色所陶醉，积习难除，又开始铺纸理笔，岂知水在砚台中，研磨数圈，便生冰渣，很快更冻结了；笔在纸上，未钩几道，便成了坚硬的"毛椎"，我只能用嘴呵着砚池，呵着毛颖，惜墨如金地作着画，这画自然得笔墨简淡的效果，特别是那水墨在纸上经皴擦，便是一层薄冰，二次复盖，墨与色均不再会敷着了，只留下一层层的水渍，看起来倒天然别致，难怪此次下华山后，曾携画到西安美术学院请教罗铭教授，他对我那儿幅"呵"出来的拙作，审视再三颇感兴趣，还垂询了取得那特殊效果的缘由。

诸位同道，登山宿愿已偿，干粮也将用尽，便循原路下山。至北峰，不知从何处转来一位老道士，售黄精和华山参，又是老单同志，他不问价钱，便将那人参折为两段，以视参之干湿，殊不知这人参从来是卖整株的，若分成碎段，便无人再要。自作自受，他只好将断参买下，好在那道士不曾敲竹杠，也算他大幸了。从此老单上华山"吃泡馍"和"折人参"的故事，便广为流传。

是日为小阳春天气，天朗气清，边走边画，到青柯坪的时候，又值傍晚，西道院房门启锁了，室内住两位采药人，终年悬绳深谷大壑，系生命于崖壁，偷偷地从事着那名为"资本主义尾巴"的副业。人生不易，于此可见一斑。我们向采药人请求，希望能在此留居一宿，他们答应了，为我们烧了一盘热炕，熬了一锅稀粥，虽烟熏火燎，却没有再受冻饿，此行中也算舒服的一夜。二日天明，每人留一元钱，给采药人，他们执意不肯，说不值那么多，收五角也就有余了。那年月，山里人的淳朴和厚道，今天的青年人恐难想见的。

走出华山峪，腿拐了是小事，更麻烦的是我病了，是重感冒，也许是因为在零下27度"呵冻"地作了几幅画，伤了元气，只得卧病临潼，高烧不退，床头呻吟，令大家不得安宁，几经打针吃药，又洗了几次华清池，方得转轻，才到西安去。此行也，是寻乐呢还是寻苦？我以为苦是苦了，但乐也在其中呢。

是我欠了华山的债，还是华山与我结缘太深的缘故，到后来，我竟然第三次攀登了太华。说真的，华山太美了。华山待画家不薄，它为画家们提供了无穷的粉本。明初王履《华山图册》便是极好的注释，即当代，张大千、贺天健、傅抱石、石鲁和何海霞诸前辈笔下的华山图，无不令人神驰意往，我虽不才，也无时不跃跃欲试，"待细把江山图画"。

1981年4月，山西省美术工作会议在晋城召开，会后，我和画家王暗晓、祝焘、亢佐田、王如何、贾好礼结伴出游，取道郑州，而登封，游嵩山，而洛阳，访龙门，入关中，而上华山。

记得车到华山站的时候，也是下午四五点的光景，遂投宿十二洞旅社，乃陈抟隐居之地。其地修竹婆娑，曲径幽深，屋宇依岩而建，清泉架竹而流，山气氤氲，鸟雀鸣和，想当年那希夷先生高卧其中，仰观岳色，俯听泉音，悠然自得，岂高官厚禄可牢笼的。

晚饭后，踏着月色，漫步玉泉院中，与苏东坡所记承天寺夜游景色，毫无二致，正"庭下如积水空明，水中藻荇交横，盖竹柏影也"。徜徉良久，便听蕉叶滴露，身感微凉，遂归十二洞而就寝。

次日晨起，精减行李，寄存旅社，轻装上阵，衣袂飘举，乘晨风入华山峪。时值仲春，山花野卉，杂然缀于岩崖，春水流泉，泠然鸣于石涧，更逢华山庙会，游人如织，摩肩接踵，少了那往昔的清静和幽邃，多了些空谷传声的欢笑。人行华山道上，路径似乎缩短了，奇险也没有先前那么令人慑服，只觉路径的逼仄，游人密集，免不了磕磕碰碰，打个对面，笑一笑，道一声"对不起"，便擦肩而过，时世在变，人的心境也在变，此行，我是颇感愉悦的。诸同道边访胜、边作画，中午时分，便到达了中峰，因为上山的人多，我们一到中峰，便订好了床位，一行六人，包一间房，吃一顿午餐，略事休整，各自外出，争分夺秒地收集着画稿。在中峰，我寻往昔登临时的踪迹鸿爪，皆不复见，便坐下来作画，得墨笔写生稿四件，东峰如铁铸，南峰似石雕，丑石如虎踞，奇松似龙吟，一一钩勒，收入箧笥。

入夜天风莽荡，山林呼啸，门窗吱呀，令游人不得安宁。下午尚是风和日丽，落照亦复五彩缤纷，没想到夜来却又风雷大作，真是天变一时呢。夜半复有人上山，因旅社爆满，扣门声，呼叫声，久久不息，无奈，工作人员只好打开玉女祠大殿，让这些不速之客席地而坐，一个个凡夫俗子，竟与那玉女天仙同殿而居了。

第三日，早餐后，下中峰，经迎阳洞，上南峰，过南天门，至升表台，风更猛烈，人不能立，但见"全真岩"下，浓云卷起，骤升骤降，须臾之间，变化万状，于此不得久留，急奔西峰而来，西峰石叶楼台，乔松老桧，皆埋浓雾之中，一片混沌世界，游人在此境界中，无神人天眼，惟恐失足落下峭壁悬崖，只好坐翠灵宫门外石阶上以待云开雾敛，奈何天不怜我，久待无望，便悻悻下西峰，至镇岳宫就午餐。其地正大兴土木，复建宫观，木匠、石匠、泥水匠，各操其业，叮咚起伏，山谷传响，眼见那镇岳宫，行将复其旧制，令我喜上心头。

往昔赏画，曾见赵之谦、吴昌硕所作荷花上多题韩愈名句："太华峰头玉井莲，花开十丈藕如船。"今临其地，玉井遍觅不得，惟有二十八宿潭罗列其间。询之老道士，言此处正是"玉井"之所在，迹虽不存，名不可没，此处将来拟立韩愈咏莲诗碑呢，我领首称好。石潭各具其形，水清而外溢，自岩上松桧间沟渠下注，琮琮然，得似金玉管弦清音。畅想荷叶田田，白莲盛开，与道长宴坐其下，谈玄说道，明月当空，清风徐来，那又是何等风韵呢。

于此赏玩有顷，尚不见西峰浓雾收敛迹象，诸同道无缘一睹西峰真面目，也便作罢，遂循旧道而返。至苍龙岭头，话题又转韩愈先生，便在先生投书处合影留念。下望岭上行人，一如袁中郎游华山时所见之情状："攀者如猱，侧者如蟹，伏者如蛇，折者如鹞。"生动逼真，非状物传神之大手笔，难状其妙。待我等下岭，其状自然也复可笑，岭头游人或也作如是观。

至云台峰，仰望"天外三峰"，尚在云障雾笼之中，时隐时现，忽淡忽浓，缥缥渺渺，直入天庭。试想，两小时前，我们尚在烟云天际，手触天门，耳听天语，现已伫立云台，虽俯视青柯坪，仍在下界，然再过两小时，便入红尘。

　　返回十二洞，狗吠鸡鸣，俗语喧闐，炊饼黄粱，叫卖不绝。又一境界矣。天地无垠，人生一芥，皆须臾过客，去留升迁，又何足道哉。

黄山写生记

渐江、梅清、石涛诸大家以黄山为师，为黄山写照，得黄山之神韵，传黄山之风采。奇松怪石，泉瀑云海，形诸笔墨，每令观者欢喜赞叹。近人黄宾虹，学问博大精深，笔精墨妙，所作黄山图，可数百幅，或松秀，或苍茫，或万笔攒聚，或积墨如铁，皆浑厚华滋，气象万千，亦令后来之画家钦仰敬佩。小子无才，每对众贤之笔墨，则心驰神往，转而对黄山亦心向往之。及读《徐霞客游记》，其句"五岳归来不看山，黄山归来不看岳"，愈令我游黄心切。至1978年春，方有黄山之行，既以偿宿愿，又颇多收获，虽有游旅劳顿之苦，然所乐也正在其中。

四月二十二日

早七点四十分离忻，十一点许抵并，遂往省文化局换介绍信，然人皆去参加义务劳动，未能办理。下午四点又往省局，知劳动后，又去省电影公司看电影去了。时值星期六，若今日换不得介绍信，需下星期一方可办公，奈何外出心急，也不愿在并空耗时日，遂径往省公司，找到省局电影处长张瑞亭同志。张是我在忻时旧友，见面甚是热情，待电影映毕，偕曹同志回省局换了介绍信，又往瑞亭家吃过晚饭，便急匆匆上得车站，买188次进京快车票，奈何已无座号，进得车厢，人满为患，拥挤不堪，忽见一座位空着，我便临时落座，未曾料到，竟一夕无人打扰，幸甚幸甚。

四月二十三日

早八点至京，下榻荣宝斋客房，后到侯恺同志家小坐，十点到三里河访李苦禅先生，我是李老的旧识，然二年不见，已忘却我的名字了，只是说："山西朋友，山西朋友。"每见面，老人总要提到他于1937年过太原时，见一朱耷原作，为某家大客店糊作隔扇门的窗户，惋惜之情，溢于言表。我来访时，适有北京画院田零同志向苦老请教花鸟画之法，我于旁听，亦开茅塞。临别，我留册页一本于李夫人——李慧文女士处，拜托李老赐画一开。

下午到宣外文化街郎觉民老人处，请为代购赴合肥卧铺。郎老，黑龙江人氏，供职于北京铁路局，早年在山西参加革命工作，视山西为第二故乡。喜收藏，对书画界人士尤为热情，身居领导之位，却能平易近人，亦足令人敬佩。在郎家同观其所藏书画，又以齐白石木版画水印画册见赠，至是感激无喻。

四月二十四日

上午到北京人民美术出版社访林锴兄，同观郑乃珖、许麟庐、王子武等画家作品，晤谈时许，并约晚上到林家作客。

下午，李苦禅先生之子李燕同志转来苦老为我所画册页：竹鸡二只，顾盼有情，丛竹数茎，临风摇曳，笔简而墨妙，窃为近世难得。

作画与游踪

晚到林锴兄家，居室窄小，破沙发一张，小圆桌一个，旧椅子两把，小圆桌用餐时当餐桌，小儿子做作业，便为书桌了。林兄作画，随地铺毯，权当画案，腾挪挥洒，正《画地吟》六首之自况也，抄录一首，以见一斑："笔床画几谢铺陈，籍土敷笺耐擦皴。爬跪都忘风雅颂，腾跳暂返稚孩真。何愁汗血浇无地，端为丹青拜有人。斗粟撑肠差足慰，为谁辛苦折腰频。"

四月二十五日

上午逛书肆，寻赵朴初先生之《片石集》而未得。

下午杭州朱关田等二同志到，亦住荣宝斋客房，将往太原筹备书法展览，且谈及浙省书画活动之状况。

晚到郎觉民老人处，取回赴合肥车票，计价32元6角。

四月二十六日

一日无事，卧床读书。

晚七点，到侯恺同志家告别，侯出示董必武、启功等先生墨迹，皆学书日课之作，虽无印章，然皆精采认真，遂抄临一二谐语，以为展玩。将别，侯老与南京亚明、宋文治二先生致函：

"亚明、文治二位同志：你们好！

兹介绍山西忻县地区文化局陈巨锁同志（画家）到尊处请教，请垂怀关注为祷！叩头，叩头！此祝诸公夏安！

弟　侯恺

七八年四月二十六日"

晚八点离荣宝斋，八点四十六分搭127次直快离京往合肥而去。

时往合肥直快客车二日一次，逢双日由京发出。

四月二十七日

　　夜经天津、德州、济南，于早6点20分值泰安车站，于餐车就食之际，仰望泰山之苍茫，俯察岱庙之云封，旧游之地，今忽风驰而过，不禁浮想联翩，如对老友，擦肩而过，怅怅然，若有所失。

　　过兖州，有孔子故里之思，经徐州，有台儿庄战役之想，过蚌埠，或在困睡之中。于下午四点许抵达安徽之省会合肥。遂到省委文化局作了联系，安排到省文化局招待所就宿。招待所在省黄梅剧团院内，且与演员同灶就餐，笑唱之声，不绝于耳。

　　晚来小雨，霏微滴沥，独居逆旅，颇感孤寂。

四月二十八日

　　早餐后，到宿州路口访省文艺创作室，所有美术干部都到上海参观法国画展去了，只得再到省文化局换得到黄山管理处的介绍信。

　　于长江路85号3幢4号访赖少其先生，赖老亦到南京，未能一面，深感遗憾。

　　下午独自游览逍遥津公园，园中似无引人入胜之景致，倒是"张辽大战逍遥津"的故事，一时浮现脑海，罗贯中的诗句不禁脱口而出："的卢当日跳檀溪，又见吴侯败合肥，退后著鞭驰骏骑，逍遥津上玉龙飞。"

　　在合肥本拟游香花墩，拜包公祠，一饮"廉泉"为快，奈何头痛不止，未能得瞻包拯塑像风仪，也只好默诵宋衡《游香花墩谒包孝肃祠》，想像其境界了："孝肃祠边古树森，小桥一曲倚城阴，清溪流出荷花水，犹是龙图不染心。"

晚有全椒县文化馆美术干部童同志到，居同室，谈皖中掌故，颇慰寂寞。

四月二十九日

晨五点出招待所，六点许搭423次车离滁上，于九点二十四分到芜湖北，登轮渡，过长江，乘4路汽车到汽车站，就近宿车站旅店，时近中午十一点，稍事休息，遂往车站购明日往黄山车票，然票已售尽，无奈购得第三日票。

下午游览市容，无甚可观，在返旅店的公共汽车上，人极拥挤，小孩哭叫，大人吵骂，天又热甚，不到五月，车内气温竟达30度，加之车坏半路，一时心中烦躁，几令晕厥。返回客社，临街而居，虽卧床上，奈何窗外之声，嘈杂不绝，难以入睡，至傍晚，恶蚊袭来，竟将窗玻璃覆盖，无奈急向服务员索得蚊香，或可聊解蚊害嚣张之势。

四月三十日

早餐后，入市区，步入"镜湖公园"，镜湖，别称陶塘，正南宋诗人张孝祥捐田开辟之所，环湖，茶坊酒肆比肩而列，杨柳垂丝，芰荷露角，游人嬉笑，画船轻歌。于此徜徉半日，确有"三楚风涛随袖底，六朝烟云落樽前"之感。

下午到芜湖工艺美术厂参观铁画、通草画、堆漆画等样品陈列室，并浏览了制作过程。北京人民大会堂的"迎客松"，正是出自这些能工巧匠之手，所见打制的昆虫铁画小品，须眉毕现，令人叹为观止。

出工艺厂，尚有余暇，遂登赭山，传为干将铸剑时，东北神山之火漫延此处，炉火烧冶，此山遂成红色。山上有彩灯展览，然制作粗糙，虽有一二精致者，也为粗劣者所掩盖。山之西南麓有广济寺，寺后有赭塔，颇硕大，望之弥高，诚芜湖之一景观，据云寺旁尚有滴翠轩，为黄山谷读书处，然时值薄暮，不能往返，只有割爱了。

晚上又受蚊虫的欺凌，然一想到明日则可车发黄山，自也乐而忘忧了。

五月一日

晨五点十五分搭419次车，离芜湖，经繁昌、南陵、泾县、旌德诸县境，于下午两点许入黄山大门，但见群峰拥现，清溪争流，奇松怪石间琼楼碧馆，或倚石壁，或临急湍，此正黄山宾馆之所在。下得车来，到黄山管理处联系，租一间竹木房，既经济，又清静。竹木房倚山而建，杂树掩映，置石磴道于门前，正一名符其实之斗室，内设竹床一榻，竹椅两把，木桌一张，上置暖水瓶一个，茶杯两只，四壁各开小窗户一二个不等，通风透光，亦颇典雅朴素。每日房租费三元，正我辈穷画家之极好处所。泡一杯清茶。推门就坐，青山破目而来，凉风偶过，鸟语花香，赏心悦目。于此休息片刻，便出得房来，步下磴道，经大礼堂，过"锁泉桥"。桥下，白石横陈，绿水飞溅，"翼然亭"、"观鱼亭"点缀上下，游人三五，倚栏而坐，或品茗对弈，或临流戏鱼。当漫步到温泉浴室门前，遂购票而入，室内热气云蒸，浴者如织，我勉力下池，池中人稠若煮饺子，然水滑不腻，水温宜人，活水流过，全身舒展服贴。出得浴来，途劳顿消，游兴有增，遂缓缓而行，到"观瀑楼"，看"人字瀑"，过"白龙桥"访"白龙潭"、"青龙潭"，不觉登上"桃源亭"，沫若氏所题匾额，耀然入目。于亭上小坐，俯听桃花溪，叮咚如金振玉击；仰察紫云、朱砂诸峰，云蒸霞蔚。时近七点，游人渐稀，我循原道，返回斗室，山光云影，犹浮脑际。

五月二日

上午开始作写生画，得《百丈泉》《桃花峰》《紫云深处有楼台》三稿，时已过午，回到食堂，已无米饭，买四两锅粑，坚硬如铁，难于咀嚼，勉强吃一些，权当午餐，回斗室休息。

下午二时，复沿白龙潭入，往汤岭关而来，得《五里桥》《鸣弦泉》二稿。这"鸣弦泉"，颇有景致，巨石如叠，悬泉而过，水分数缕，若琴弦焉，淙淙然，"高山流水"。泉下有"醉石"倒卧，传说李白于此临风把酒，对月听泉，洗盏更酌，吟咏其间。我来泉下，汲水而饮，念天地之悠悠，其乐无穷。

返回路上经三叠泉、虎头岩诸胜迹，一一观摩，方觉兴尽。

晚来大雨忽至，空谷传响，若山涛骤发，汗漫混沌。明日瀑布必得壮观。

五月三日

上午大雨，然而昨宵滂沱之状已稍减杀。撑伞在雨中望观瀑楼而来，未见其水，有闻其声，若惊雷、若战鼓，澎湃激越，山鸣谷应。到得楼下，仰望飞瀑，"人"字撇捺，素练奔泻，水气升空，紫云、硃砂二峰，烟笼雾罩，不可端倪。对景作画，笔墨为山水所助，激情与声息共振，物我两忘，未几，得《人字瀑》《白龙潭》二幅，时有飞雨洒落画素，一任渗化，遂得自然之趣，天公妙成，非意匠能及者，真山水之助也。

十点，天稍转晴，遂回竹木房，收拾行装，离温泉景区，往慈光阁而去。仅三里磴道，至阁下，群峰列阵，翠竹环绕，千僧灶、法眼泉、披云桥之遗迹周布其间。巡礼毕，复坐山门，对慈光阁匆匆写照，不惜笔墨，遂成三幅。

这慈光阁，俗名硃砂庵，明清之际，渐江、石涛曾留宿此处，恨不早生三百年，为诸高僧大德研墨理纸，所幸慕焉。

晚留宿阁中客社，上海诸青年索画再三，奈何我来黄山仅得数稿，未能布施，诸君多有不悦，我亦无可奈何。

五月四日

早六点离慈光阁，经道立马亭、青鸾桥，至半山寺，于此小憩茶点，作写生画二幅。复前行至龙蟠坡，又得画稿一件，然后过天门坎，到天都峰脚，左行上玉屏磴道，经小心坡，见蒲团石，穿卧龙涧，越度仙桥，钻一线天，身背画夹，侧向而过，方可通行。过此回望，三座巧石，比肩而列，虬松苍苔，复布其上，正"蓬莱三岛"是也。最后通过文殊洞，"迎客松"伸臂相迎，遂下榻玉屏楼 201 号。后有天津人民美术出版社画家杜滋龄同志到，与我住同室。

下午画莲花、莲蕊二峰，其峰有采莲船、孔雀戏莲花等巧石，酷似自然，天设地造，深感造化之神奇。

晚与老杜谈各地美术状况，颇多新闻。

五月五日

整日山雨淅沥，大雾弥天，仅楼前数棵古松，若隐若现，变幻多姿，正绝妙之粉本，我坐玉屏楼门下，聊避风雨，得写生册页四开，无意于精，随意挥洒，返收墨彩枯润之效果。

下午，雨大作，杜滋龄为一黄山担夫写生，颇见功夫，后为我画一肖像，当作永久留念也。

五月六日

天仍未放晴，杜滋龄同志不能久留，遂依依惜别，送至蒲团石，留影数张，把握而去，渐入雾中。我选胜入画，得《文殊台》《迎客松》《雨中蓬莱三岛》等五幅。

喜得李可染先生九日到玉屏楼消息，自感幸运。本拟于此处停留二三日，因李老来，便决定恭候以待。

晚七点许，山风骤起，天忽放晴，仰望天庭，万里澄澈，星斗灿然，横陈屋檐；下视群峰，白云如絮，翻卷而来，有顷，文殊台下，竟成云海，十里、百里、千里，望之无涯，天都、耕云、莲花、莲蕊诸峰，仅露峰顶，若方壶、胜瀛，诚海上仙山，玉屏楼正梵天玉宇，楼前如我未去者之游人与服务人员，一时拥立文殊台上，欢呼雀跃。松涛习习，山鸡惊鸣，语传帝座。复转立雪台上，遥望北方，忽现海市，灯光闪烁，与星斗辉映，询之左右，言为光明顶气象站。

对此天风海涛，一时兴发，回到室中，对纸挥毫，急书魏源《黄山云海》一诗，立成大草三丈余，墨沈淋漓，自不计其工拙，以申吾胸气耳，其诗云：

海成山忆蓬莱阁，山成海则文殊庵。
我来正值月华霁，玻璃影涵千万参。
山童忽报得铺海，是时雨后山气酣。

山山树林喷薄有形无声之飞澜。

分流互注相回盘,惊奔乱鹜如脱骖。

初各一缕合万族,从足至腰渐脊监。

不风不波千万里,以天为岸山为鲇。

一白光中万青攒,天荒地老无人帆。

俄顷凹凸高下浑一函,但余方丈瀛洲三。

众山反下水反上,翻怪碧空如此蓝。

人天世界空中嵌,但少倒月沉秋潭。

良久海风渐荡漾,白光始与青光参。

中有松涛万谷助岈岭,更有万怪出没相吞眈。

又恐三山随波漂没化为岚。

日光忽跃金乌趣,饥蛟倒吸无留痰。

以下还下堪还堪,惟见白斗参横南。

归来勿与痴人谈,梦中说梦谁昙聃。

五月七日

早餐后,由芜湖市微型电机厂项同志陪同下玉屏楼,七点至天都峰脚,仰窥天梯,直上三里,脚踏石磴,手攀铁索,面壁而上,不敢返视。来到"天上玉屏",地稍平缓,方可一览云山之气概。过"天桥"至"鲫鱼背","鱼脊"一线隆起,两侧下临无地,惊险万状,股栗心悸,多谢老项一路扶持牵拉,方得登上1840米的天都顶峰,一路怪石,若仙桃,若朝笏;满峰奇松,或探海,或腾云,俯察玉屏楼,正盆景中小摆设。在峰顶得画稿二幅,后循原路而返,坐蒲团石画《天都奇秀》一幅。

下午览白鹅岭、光明顶风景，遂命笔写记，又状耕云、天都、蓬莱三岛诸景，皆感纸墨不佳，未能称意，或疲累中写生，心浮力乏，至难有佳作也。

五月八日

上午登莲花峰，至极顶，为1860米，此黄山最高处，四望群山，皆在脚下，天都为几案，玉屏若供器，云烟浮游岩谷间，似庙堂之烟篆。我仰卧岩巅，天高地迥，觉宇宙之无穷。往返四十里，衣衫皆为汗水所湿透，其间"阎王壁"，游人无不视为畏途，然探险搜奇，舍此则不可得，咬咬牙，流些汗，何惧"阎王"哉。

下午，在文殊台研读摩崖刻石，观松听涛，兼作简笔写生五幅，虽身疲力乏，也不敢稍有懈怠，虚度时日。

五月九日

又是一个风雨交夹的日子，游人甚少，下午五点许，雨稍停，风尚大，玉屏楼上颇有高处不胜寒之感觉，遂于招待站租得棉大衣一件，聊御风寒。

在我写生之际，李可染先生在夫人邹佩珠和儿子李小可的扶持之下来到玉屏楼，一位古稀老人，且脚趾动了外科手术，一步步走上山来，着实令我感佩和起敬。

傍晚李先生身着风衣，手拄竹杖，立于文殊台上古松之下，体魄高大，面孔红润，白发飘拂，衣袂举起，长者之风仪，学者之气度，与高山古木相得益彰，而又融为一体。我趋前向老人问讯，先生态度恭谦，和颜以对，正一幅《黄山问道图》。

晚李小可到我居室小坐，遂以拙作画稿示之，请予品评，相谈甚是投机。

五月十日

上午小雨间有小雪，身着棉衣，仍感寒气逼人，于立雪台上对白鹅岭写生，雨雪袭来，手指僵直，呵冻得画稿三幅。下午三点，雨停，山云吞吐，岩壑万变，虬松瑟瑟作响，珠露随风下坠，得白描二幅。

晚饭后，陪李可染先生观天都之雄姿，览云海之变幻。先生颇有感触，言其二十四年前曾来黄山写生一月，连日阴雨，到文殊院时，客堂已被火焚，玉屏楼尚未建筑，晚上住在厨房内的门板上，夜来风雨大作，屋漏如注，只得执伞而坐，待到天明。今来玉屏，条件大为改观，真是人间天上。

晚七点，携拙作二十幅，乞李先生指导，李老逐一观摩，甚是认真，随后对我说：

> 写生是对自然的再认识，须先看，再想，然后认真的画，概念的东西是不行的。要认识、表现、总结。写生要虚心，再有成就的画家，在写生时，也要虚心的如小学生一样的研究对象，写生的画稿要追求繁复，将来创作的时候才能有所取舍。一寸画面一寸金，不能无故的留空白。写生要慢，对局部的描绘要深、透。
>
> 写生也是练基本功，上展览会如同登台表演。
>
> 用墨须将色阶处理好，同样是云，有厚薄，即有浓淡；有动静，即有方向。云与水，相比较，自有轻重份量，处理得当全在色阶。

好的构图像秤，而不能象天平。

作者要进入角色，不能像京剧《长坂坡》中甘糜二夫人的表演，老想着中午的白菜还没有买，总是走神儿。

先生又以齐白石、黄宾虹、林风眠、盖叫天、杨小楼的趣闻轶事，缓缓道来，如清泉下注，直入心田，令我大受教益。

对我的画，具体的说，笔墨尚好，尤以《人字瀑》、《紫云深处有楼台》、《天都胜览》（白描）为特出，然另一些画则失之于快、粗。

最后先生引杨小楼的话说："我们艺人是半个出家人。"作画家也要耐得苦，我是苦学派，困而知之。

五月十一日

上午李可染先生在玉屏楼畔画迎客松。身着租借的蓝色棉袄，坐一小板凳上，神清专注，对松写生，就连小小的松针，亦一丝不苟，夫人立于背后，见李老白发风举，遂从衣兜中取出二块方帕，重叠一起，四角打结，置先生头上，若深山道长，别饶风趣。

下午与小可坐同处写生，从中略可窥见可染先生作画之蹊径。

五月十二日

连日来，根据可染先生教导，并师承其技法，得画稿数张，又求教于先生，李老大为鼓励，从构图到笔墨皆予以肯定。

下午应约为玉屏楼招待站站长老韦作画留念。又玉屏楼食堂一师傅为太平县人，几年前一直在太原上海饭店工作，我由晋入皖，小住玉屏楼上多承招待。至为感激。

晚上，小可携其写生画来舍交谈，观其大作，自传家法，"黑团团里墨团团，墨黑丛中天地宽"（石涛语），一一观摩，亦多启发。

五月十三日

早饭后将往北海景区写生，遂拜别李可染先生，在李老下榻处，观先生作墨笔写生画三幅，取舍提炼，匠心独运，其笔墨层次尤见功力。皆完整精美之创作，非写生素材者也。

七点离玉屏楼，过送客松、望客松，沿曲径而下，山脚一松，顶平如削，正梅清所画之"蒲团松"。所不同者，松上未有结跏趺坐之参禅者。由此向前，则是莲花沟的八百级石阶磴道，未曾迈步，已觉汗颜。用尽力气，爬完石径，前忽龟、蛇当道，又是一惊，然非真灵，为巧石也，妙肖而已。过二石，即"百丈云梯"，径仄如线，左临绝涧，白云涌起，右傍峭壁，险岩摩天。扶栏而进，巧石屡见，有"老僧入定"，尤为神似。然后经莲花洞，穿鳌鱼嘴，到天海。云卧海心，如堆絮如群羊；风吹云动，如涛头，正钱塘观潮之景象。出天海，上光明顶，有气象站，测云天之变幻，探宇宙之奥秘，其功德亦无量。下光明顶，入天平矼，望飞来石，又一境界矣。

中午十二点许抵北海宾馆，住206室。下午游狮子峰。至清凉台，观"猴子望太平"。小憩狮峰精舍。画《万松林》，后返散花精舍前，画《梦笔生花》。时值初夏，杜鹃花烂然竞放，万木摇青，百卉朦胧，散花坞中山泉飞溅，斗折蛇行，所寓目者，无不生机勃发。造化神奇，在此胜景中，又作画二幅。忽见写生处有一小洞，若丹灶，遂生奇想，将我所携带小砚台埋入洞中，以为纪念，预想他年重访黄山，或可发得也。

至北海。奇松、怪石，皆成天然图画，不必惨淡经营，随手拈来，尽成妙谛。

晚七点，方回室休息，眼福已饱，腿脚却苦不堪言。

五月十四日

早五点在人声中醒来，便急急起床，往清凉台观日出，然天有浮云蔽日，未能一睹日出壮阔之景象。上午在清凉峰顶作画，下午往排云亭画《西海群峰》，正钱松岩先生笔下山水，峰奇石秀，烟吐云吞，其景观瞬息万变，非善画者恐不能状其万一。

连日在群山万壑中奔波，凉开水、冷馒头，风雨无阻，寒暑不惧，虽画稿日增，然身渐憔悴，以致口溃有加，唇舌溃烂，血痂斑驳。日间写生，移情山水，忘却疼痛；入夜痛入肌肤，几不能寐。忽头痛恶心，中夜起立，向隅呻吟，恐惊动同室入睡者，苦耶乐耶？无暇自问。

五月十五日

晨起观日出，得金光射目，旭日浮海之状，与泰山、台山观日出相仿佛。上午登文光亭，远观始信、仙女、上升诸峰，皆画中丘壑，宾主揖让，主次分明。云烟升降，山峦随活，隐现出没，纤浓无常，惟眼前之虬松，分枝裂杈，横空盘薄，针叶索缩，龙鳞如雕，御风起舞，欲腾云飞去。我急开绢素，得远山近松，笔墨所到，差强人意。

下午经黑虎松、连理松，步步升高，两山夹涧，中架小桥，凌空取势，惊险万状，正"仙人桥"是也。桥畔有古松一株，修枝横拖，若手臂焉，名"接引松"。有梅瞿山题画诗为证："亦知灵独秘，谁信幻初开。峰顶飞梁渡，天伸一臂来。"抚松枝而过桥，直跻始信峰巅，岩岩壁垒，题刻颇多，搜读三五。后经龙爪松。下至石笋矼，其间乱石如笋，拔地而起，疑昨宵雷雨初过，新篁解箨。对此奇观，匆匆画速写数张，亦粗记其胜。

五月十六日

上午再到始信峰，奈何雾起，步伍之外，一片混沌，只能写极近之松石，一枝一石，水墨淋漓，正雾豹之一斑，也见其文采。下午写北海宾馆之建筑，衬以狮峰雄姿、乔松秀色，山中楼馆，飞红点翠，游人出入白烟浓雾之中，若群仙渡海，络绎赴会。

晚因唇舌疼痛，睡梦中醒来，加之头晕不止，恐成疾患，明日当休息一天。

五月十七日

上午只在散花坞前漫步，半日不曾动笔，神闲意适，忙中偷闲。小坐松下石磴，闭目养神，耳际松涛习习，流泉玲琮，间或杜宇数声，亦儿时山居境界。

下午大雨，脚不出户，卧床息养，适有北京画家王角、谭云森到，展观其苏杭之写生，或水粉，或国画，或铅笔速写，别饶意趣，亦有启示。

晚餐时，于食堂见李可染先生，知老人上午在细雨中离玉屏楼，上八百级莲花岭，踽行十五里来到北海，真是半个出家人，一位苦学派。

五月十八日

上午在狮子峰一带写生，新松千尺，连岗夹涧；老干磐石，蛟蟠龙卧，一本万殊，千姿百态。昔洪谷子于太行山画松，不知有此佳致否？海翁画松，尝言得万松林襄助多多。下午再到西海门，坐排云亭上，待夕阳西下，山峦逆照，层次分明。正"返景入深林，复照青苔上"之谓者。

晚于李可染先生处小坐，谈美术界见闻，问讯力群同志近况，说他们曾是杭州艺专时前后同学，"文革"中力群同志曾以灵石烧制黑釉大笔洗见赠，十分精美可爱。我说那是郝老亲自设计监制的。可染先生感慨道：一个著名美术家却作了烧窑工，岂非时代的不幸。

五月十九日

到黄山已近二十日，终日作画，疲累之极，今日便成强弩之末，再不能也不愿动笔了。

袁廉民同志，黄山摄影艺术专家，我在玉屏楼已经结识，现也到北海来。上午谈他摄影体会，他从70年代初，已上黄山五六十次，可见钟情之深，他是"情满黄山，意溢云海"。难怪他笔下的黄山，无不文采斑烂，引人入胜，或壮阔，或深邃，雾笼北海，月照松谷，雨洗玉屏，涛卷海门，或轻描淡写，或朦胧状相，皆能匠心独运，探骊得珠。而源之于情深意切。创作之甘苦，非终年投身山水怀抱者，恐难摄黄山瑰丽之篇章。

晚上以近作八幅，请可染先生教削。李老大为鼓励，并说"三日不见，刮目相看"，进步很大。我急于听听意见，先生遂指出画云尚不够深入，体积、动势当须认真处理，细笔画稍嫌刻板，用笔要无起止之迹，远山宜淡而有笔，下笔须用力，先将笔中的水挤出去，否则用水过多，致乏山骨。作画须每天总结，一是发展特长，二是克服缺点，有斋号叫"求缺堂"者，正是不断发现缺点，克服缺点，方得进步。勤习苦练，加之日日总结，便是成功之道。明日我将离北海，李老题"天道酬勤"四字为赠，并说白石老人以此为座右铭，要我在山水画上狠下功夫，日后必有所成。画师激励，我当永以为训。

五月二十日

天未明，打点行装，离北海宾馆，过散花精舍，经黑虎松，拾级左行，摸黑登上白鹅岭，古松巨石，惟见剪影，朦胧胧，若虎踞兽蹲。暗中行路，脚踏实地，用志不分，下"四百踏"，天渐转明，路旁石门溪上，巧石涌出，为"仙人指路"，惟肖老僧，身着袈裟，一手高起，似念"阿弥陀佛"。

过入胜亭，独往罗汉峰，人迹罕到，古木横陈，荒草中索缩有声，一时心悸，恐野兽之居，速返旧路，遇有来人，方得心平，已是冷汗沁出，气喘吁吁。

上午十一点抵达云谷寺，其地四山环抱，一溪中流，修竹绕舍，碧茶满眼，小楼一座，甚少游人，脚入胜区，心自恬适，遂登记住宿，扶栏独上小楼，窗明几净，泡一杯本地所产名茶"毛峰"，汤色泛绿，味醇舌滑，小饮一杯，已感惬意。午餐时，炊事人员见我口唇溃烂，让我稍作等待，炖得鸡蛋羹一碗，煮汤面流食，我自感激不尽。

下午徜徉古寺院，这云谷寺，座落罗汉、钵盂两峰之间，曾因宋右丞相程元凤于此读书，故又名丞相源，清溪流注，水云相蒸，每当宿雨初霁，白云填谷，诗情画意，不绝如缕，入明，始有"云谷寺"之称。

夜来月出东峰，升"异萝松"之上，松影满楼，虫声唧唧，清流有声。夜愈静，心愈明，我披衣起行，观四山黔黑，正黄宾虹《夜山图》，或宾老当年亦曾静夜观山，启蒙笔墨，终成一代宗匠。

五月二十一日

上午寻梅屋，月岩读书处，未得其迹。盘桓水石间，画丛竹、溪流、黄杉诸小品，意在变幻笔墨，画焦墨青绿山水各一幅，皆尝试耳。

下午，开窗敞门，半卧小楼之上，听楼下服务员烹茶清话，观炊事员生火煮饭（食堂在楼前敞棚间），时有小鸟飞立门前扶栏上，与我相对，也仅数尺，我急起看，鸟遂飞去，未几，复飞来立原处，似与我相戏耶，亦山中机缘，遂记之。

五月二十二日

上午坐楼上，画楼前景色，虽极细密，反落刻板之樊篱。大凡作画，心不存技法，随心所欲，一任自然，对景描摹，意在传神，亦不以状形貌为能事，否则仅相机者，非画家也。

下午离云谷寺，往温泉来，仅二华里，到黄山宾馆，下榻休养所24号，对镜一照，蓬头垢面，遂沐浴理发，稍感轻松。晚观电影《摩雅傣》，旧片重看，消遣而已。

五月二十三日

早餐后，经"观瀑亭"，赏胡志明题额手笔。对百丈泉写生，连日无雨，瀑布已失去澎湃壮阔之气象，然细流飞溅，直落云崖，仍不失巨镇风范，遂放笔挥洒，似能传情达意，差可为此行称意者。

下午画青龙潭瀑布，似乎与水结缘，虽草草命笔，颇收激越跳荡之情状，与山岩映衬，刚柔相济，正对比然后而相生。

晚与王角、谭云森晤谈良久，谭出示上海程十发为其所作人物小品，笔墨洗炼，只是颇嫌习气过重，近俗者也。

五月二十四日

黎明即起，六点十分离宾馆，是时大雾，将黄山裹了个严严实实，偶有小风吹过，峰峦时忽露出一缕倩影，亦多朦胧之状，似有多少离情别绪，缠绵悱恻。空中飘下几点小雨来，洒落在公共汽车的窗玻璃上，划出长长的泪痕。"别了，黄山"，日后我会重来造访。

一路无语，车到芜湖，已十二点半，再宿汽车旅社114号。下午到同庆楼吃小笼包子，亦未见什么特色，只是比别处昂贵些，晚上又遭蚊虫的侵袭，也无可奈何。

五月二十五日

八点搭汽车离芜湖，经道当涂、马鞍山等地，于十一点许到南京，住光华旅社。

下午到江苏省国画院，适值亚明、宋文治二先生往北京去了，无缘请教，亦不无遗憾。晚到大行宫三条巷176号访李山同志，建议我再到三峡、秦岭一游，将大有补益。后李山同志出示其大作人物、山水、花鸟（包括新疆时期作品）数十幅，画上多钤其夫人"缕梅珍藏"之印章，所作多有新意。一种不同凡响之境界，跃然纸上。又拜读了李山同志所藏潘天寿、林散之诸公的书画作品，大家之作，神来之笔，令观者动情拍案。

作画与游踪

五月二十六日

上午携拙作十八幅往大庆路117路访钱松岩先生。钱老已是旧识，1975年曾往谒拜，此次来，先生对拙作一一品评，除溢美之词外，建议我将画面虚处加大，多留空白，可免画面堵塞之感；设色以花青替代汁绿罩染，将觉更雅，或以墨为主，略施淡彩，也不失丰富；愿把写生稿，认真加工提炼，九朽一罢，方能成精品。临别钱老当场作《竹石图》见赠：灵石一块，朱竹数枝，朴拙天成，正《钱松岩作品选集》中所刊的同题材同构图同笔墨的又一幅。只是先生年高八旬，作画时手、眼都很吃力，然其笔墨韵味，正从拙处生，慢处出，所谓人书俱老，炉火纯青，简炼凝重，非中青年如我辈者能得其十一。

下午到美术馆看江苏省肖像画展览，其中李山同志所作钱松岩先生像——《仰钦奋彤笔》，倍觉亲切。图中老人银须飘洒挥毫作画，背衬《红岩》名作，传神写照，正我所见钱老之风仪本色。

五月二十七日

上午八点到中山门，入南京市博物馆，参观《傅抱石遗作展览》。这是先生自1965年9月29日去世起，到打倒"四人帮"后，才得以展出。先生江西新喻人，生于1904年，早年赴日本帝国美术学院专攻东方美术史，1935年回国，从事艺术教育和国画创作。在传统国画基础上，独开生面，别具一格，从笔墨到意境，无不超凡脱俗，变化出新。

徜徉于墨林画海之中，二百余幅大作无不生意盎然，令人兴奋，个中除少数几幅早期作品外，多是毛泽东词意，国内外写生，屈原、李杜造像、楚辞词意等。先生之作，画幅一般不大，然气象开张，场面恢宏，以小幅见大气象，诚难能可贵。昔在《美术》杂志观其所绘

《西陵峡》，曾猜想定是六尺整幅，今拜读原作，却只是盈尺小品，于大作前，观摩再三，以雄健粗壮的笔墨，状长江大峡之气势，不禁钦仰先生技艺之高超，情怀之浩荡。

四个小时，一恍而过，我于展览馆中，对先生遗作，一一赏读，并认真抄记其画作标题，以为日后回忆之线索。中午展馆休息，我步出厅来，仍恋恋回望展品，不忍离去。

下午购得二日后返晋车票，遂漫步新街口，入文物商店，得观林散之、费新我、萧娴、宋文治等书画作品，又购"玉兰蕊"数支，便返旅社休息。

五月二十八日

睡梦中也见傅抱石笔下的名山胜水，起床后草草早点，又匆匆往博物馆而来，到得门前，尚未开馆，待到八点，又是第一人步入展室，遂对自己倾心之作，深研细读。

傅先生对飞瀑悬泉似乎特别钟爱，也许悬泉飞瀑给予傅先生气势与激情，所以先生笔下的飞瀑悬泉便觉格外生机勃发，诸如展览中的《听瀑图》、《满身苍翠惊高风》、《四老观瀑图》、《天池飞瀑》等无不见先生作画时情由景生，笔随情下，情景交融，笔墨相发。一时间，解衣磅礴，水墨骤下，作画者摄情，鉴画者生情，正先生"代山川而言也"。

观先生之山水画，皴擦点染，无不是自己家法，最大特点，以一"破"字概括，或为不谬。破笔（散笔）而皴，破笔而点，时或放笔直扫，似卷云而又非卷云，似乱麻而又非乱麻，似折带又非折带，临见妙裁，随缘生发，粗细浓淡，浑然无迹。又以墨破色，以水破墨，融

作画与游踪

与渗化，曲尽其态。要之，得猛烈激荡之气氛，每令观者瞠乎其前，或欢喜赞叹。展览中有两幅《大涤草堂图》，一幅题为民国三十一年所作，当在"壬午个展"中展出，上有徐悲鸿先生题字，其词曰："云气淋漓，真宰上诉。八大山人大涤草堂图未见于世，吾知其必难有加乎此也。"虽推崇备至，赏其画，诚非溢美，确傅公精品也。

先生笔下人物，或远取顾虎头风范；或近摄陈老莲意趣，用笔飘逸，形象高古，似有六朝遗意。屈子行吟泽畔，形容枯槁；二妃玉立湘水，丰姿秀逸；虎溪三笑，高人韵士，仙风道骨，皆超尘脱俗，传古人之神采。即使山水中点景人物，亦各具动态，传神阿堵。手挥五弦；目送飞鸿；桐阴论画；松岗对棋；张伞者，迎风雨而急走；垂钓者，临溪流而悬钩。无不呼之欲出，俨然如生。

不觉已到中午，又要闭馆，然傅公笔墨形象，将常驻心头，味之无穷。

下午访梅园新村，瞻仰周恩来同志纪念馆。

五月二十九日

上午穿行南京街头，梧桐夹道，行人如织。时未六月，衫裙尽着，一派夏日风光，与黄山相较，大有隔月之差。

下午卧床读书，《金陵杂记》颇饶兴味，远离店肆之喧嚣，亦免腿脚之劳顿，何乐而不为。下午六点半乘126次直快列车告别南京。

五月三十日

早七点车抵德州，下车，以待开往太原方面火车。上午十点方搭济南到太原慢车，车厢脏乱又旅客拥挤，过数站地，方觅得一席座位，一路困顿无语，到晚十点许，车进太原站，似乎到家了。稍感轻松，然走出站后，旅馆遍寻不得，无奈于海子边澡塘蜷曲一宿，虽室内恶臭难闻，然终因劳累过度，亦酣然入睡。

五月三十一日

　　上午十点返回忻县，上得小红楼，倒卧床上，才得真正解脱。正"好出门不如歹在家"之谓。然此行四十日，饱游饫看，得观黄山真面目，收画稿九十一件；亲聆李苦禅、李可染、钱松岩诸前辈之教诲，又得其墨宝，亦喜出望外；得赏傅抱石遗作二百余件，开眼界，拓思路，助笔墨，亦大快事。选胜探幽，寻师问道，何日而可复得哉！

　　疲累未解，又生外出之念，不禁一笑。

墨香飘溢求雨山

庚辰初夏，我适金陵，闻江浦县有林散之、萧娴、高二适纪念馆，遂约文友二三人，往访之。

过南京长江大桥，沿江岸西去，车行半小时，即抵江浦县城。至城北求雨山，但见冈峦起伏，境界幽旷，茂林苍翠，修竹婆娑。茂林修竹间，坐落着三座风格迥异的纪念馆。

顺石级而上，先访"林散之纪念馆"。这是一所极具民族建筑风格的庭院，回廊曲槛，花林扶疏，鸟雀相喧，游人少而其境幽。此地有亭、有轩、有水榭、有墨池……登水榭，下瞰墨池，文鱼可数；巡碑廊，仰观法书，墨香犹存。百余米曲径回廊中，镶嵌黑色花岗岩碑刻于其上，真有点"奔蛇走虺势入座，骤雨旋风声满堂"的感觉呢。迎面一副行楷对联是林老在1953年所书，内容为："封山育林，此事最重；农田水利，今时所需。"其时也，林老任江浦县农田水利委员会副主任之职。于此一斑，亦可见先生当年对生态环境保护的远见卓识。

出碑廊，登上纪念馆的主体建筑"散木山房"。这是一所宽绰明亮的二层楼房，内中陈列着林老书画墨迹百余幅。楼下西壁一幅丈二匹巨幅，尤为引人注目。此作书于1980年，其时先生已是83岁高龄的老人了。

观其大作,精力弥满,一气呵成,不知有我,何曾有法。涨墨处,润含春雨;渴笔处,干裂秋风,正所谓"岁月功深化境初"。在展室,尚有国画山水多幅,皆浑厚华滋,得乃师黄宾虹先生真传也。其中一幅手卷,乃林老 50 年代所作,写长江抗洪护堤战斗之景象,画中人物仅二三分,却能须眉生动,曲尽其妙。此非画家亲身参加抗洪战斗和作认真体会观察者,恐不能得其万一也。

在赏读林老大作之际,不禁又陷入沉思之中。当年数过南京,多次到中央路 117 号二楼向钱松岩先生请益,竟不知楼下住的便是林散老,待读到一副林老的联语"楼上是谁,钱郎诗句;个中有我,和靖梅花"时,虽豁然开悟,然林老已归道山,无缘一睹先生颜色,诚为平生憾事。

出林馆,沿林间小道左行,径往"萧娴纪念馆"而来。入门,左侧为仿制"萧娴故居",入蓬门小院,花木成畦,豆架垂青,入"枕琴室",俨然我于 1990 年 9 月在南京锁金四村访问萧老时所见景物,几案依旧,书架旁列,卧榻低置,玉照高悬,惟人去楼空,萧老难觅,不禁黯然伤神。

纪念馆之主体建筑,颇宏大,既有汉唐风格和气派,又具新的创意,可谓匠心经营,不同凡响。入展室,萧老大作,破目而来,展品多对联巨制,有字大如斗者,惊世骇俗,观其书,如见巨瀑骤下,似听惊雷轰鸣,直慑人心脾,震人耳目,英英然,不可端倪。震惊之余,仔细品读,又多了几分朴拙和凝重,"雄、深、苍、浑",这当是萧老书法魅力之所在。

展馆后院有老人墓地,皆以黑色花岗石所砌。墓后有石墙一堵,若屏风然,上刊乃师康有为手迹,对其弟子作了高度的赞扬:"卫管重来主坫坛。"平心而论，萧老的书法以气势胜，至于书道的细微末节，老人似乎是不以为然的，正"书中有我，眼底无它"之谓也。

出萧馆，绕坡脚，转幽境，复得"高二适纪念馆"。此馆建筑，颇为别致，室内展厅，上上下下，以石级连缀，虽为一室，却分数层，错落和谐，别开生面。先生书件，多诗稿、书札，其尺寸愈小，愈见精美。观其书，可见其人，字里行间，无不流露出潇洒、豁达、耿介、刚直的意韵来。尤其是拜读先生《关于〈兰亭序〉真伪驳议》等二篇大著，益见其识见高深，又敢于伸张正义，遂在毛泽东阅读原稿后，指令很快发表其文章，可见高文的价值所在了。先生之书多章草，所言"章草为今草之祖，学之善，则草法亦与之变化入古，斯不落于俗矣"。先生之书，笔笔有法，而又不为法缚，新意迭出，而韵致高古，在当代章草大家中，可谓"别出新意成一家"。

在高馆留恋往复，观之再三，不忍离去，奈何饥肠辘辘，看看表，已是午后三点余。

离求雨山，复驻足回望，见一老人立高岗之上，背倚修竹，身稍前倾，作送客状，长眉飘洒，双目炯炯，其情态蔼然可亲，此林散之先生塑像也。日后，若得机缘，我当复来造访这翰墨飘香的求雨山。据说，这里将为金陵另一位书法大家胡小石先生建立纪念馆。

2001 年 4 月 20 日

访石门湾缘缘堂

从小我便喜欢丰子恺先生的漫画，五十年前，考入嵊县城内的范亭中学，曾于学校图书馆借得一册《丰子恺儿童漫画》，遂以土产大麻纸一一临摹，得数十幅，厚厚的一大打。当所借图书送还后，还时常翻阅这些临摹品，也感到十分的有兴味。后来学校在教务处的大厅里举办画展，我临丰先生的四幅作品竟也入选，还得到了老师的好评，也令我高兴了一阵子。接着，我又喜欢上了丰先生的散文，凡能见到的文章，便一一拜读。以后数十年中，在我的书架上，就有了丰先生各个时期各种版本的《缘缘堂随笔》等多种文选。几年前，在书店看到了一套《丰子恺文集》，厚厚的七卷本，便又高兴地抱回家。此文集算是丰先生著述的总汇了，卷前和卷中附有精美的插图，它成了我宝贵的藏书，盖上了一方朱文的收藏印。因为有了这套文集，遂将以前的零星读本分赠给喜爱文学的朋友们，也愿他们从丰先生的文章中分享一份至性深情的愉悦吧。

当我1975年9月下旬第一次到上海时，正值丰先生辞世后数日，时在浩劫之期，先生的后事想来自然是十分萧条的。当时我不知也不敢去吊唁这位心仪已久的老先生。后来，得悉先生生前备受折磨和晚

作画与游踪

陈巨锁在石门湾

景不幸的遭际，心中不时泛起愤愤的不平和深深的哀悼。

时间过得真快，转眼近三十年，甲申高秋十月，幸有江浙之游，遂成桐乡之行，访乌镇茅盾故居之次日，便往石门镇拜访缘缘堂。

从桐乡县（今已改为市）城西去三十里，便是石门镇。京杭大运河，自杭州北来，经石门镇而东去嘉兴，在这里拐了一个弯，这石门镇便有了石门湾的别称。我方来，晨雾未退，古镇初醒。在轻霭薄雾中，街头行人寥寥，趋前询问"丰子恺故居"之所在，路人驻足指点，甚是热情，入礼仪之邦，古风犹存。至"垒石弄"，立运河拐弯处，读岸头石碑，知此处为"古吴越疆界"，看江中货船待发，鸣鸣作响；晓风残月下，东市高楼，鳞次栉比；河上桥梁，长虹卧波；岸边杨柳，袅袅如幕帐，柳中晨练者，太极回环，恍若图画。观赏有顷，寻"梅纱弄"而来。前见一桥，为新建，曰"木场桥"。乃子恺先生幼女丰

46

一吟所题（几年前，曾与一吟先生通函，先生曾赐我小中堂一帧；其书法能得乃翁遗韵）。桥上栏板图案，依子恺先生漫画而制作，妙趣横生，耐人品读；桥下为运河支流，绕屋流淌，不舍昼夜。方过桥，便见一门高启，题曰"丰子恺漫画馆"。门设于庭院东北侧，入门，芳草如茵，石径清幽。先生石雕像立于庭前，两手拄杖，长须飘拂，双目炯炯而神采逼现，此像似送客又似迎宾，抑或都不是，是先生独吟于花朝月夕，听运河之流水，观长天之行云，其仪态端庄而慈善，面目和平而可亲。院之南端，有小楼一幢，是漫画馆，馆中除丰先生本人的专题作品外，还陈列着华君武、廖冰兄、丁聪、张仃等百余位当代中国漫画家捐赠的精品，虽只匆匆一读，亦令我大开眼界，大受教益。

庭院西侧，有短墙一道，丹桂垂荫，修竹过墙，墙下有小门旁启，门上题"丰子恺故居"五字，是叶圣陶先生的手泽。入门便是"缘缘堂"的屋侧和屋后了。1933年1月，丰先生在石门老屋的旧址上耗资六千元，建造了缘缘堂，不到六年时间，便毁于日军炮火。其时先生在流寓中，得悉缘缘堂被毁的消息，饱含激情撰写了《还我缘缘堂》、《告缘缘堂在天之灵》和《辞缘缘堂》三篇名作，抒发了对缘缘堂的怀想与对日本侵华罪恶的愤怒以及抗日战争必胜的信念。

今之缘缘堂，是1985年在丰先生生前挚友广洽法师的资助下，桐乡县人民政府为纪念丰子恺先生又于石门湾缘缘堂原址上依原样重建的。入"欣及旧栖"门，小院北端，一幢三开间小二楼，坐北向南，轩敞简洁，朴素大方，朱栏黛瓦，不假修饰；粉墙下，芭蕉如盖，绿荫满地。想当年，新居落成时，先生在蕉荫下会客，把盏共话，该是何等的惬意。又曾在花坛上留下了与幼女玩乐的情影，那又是何等的开心呢。我今来，人去楼空，留下的只是一院的空寂。

楼下当心间是客堂，后壁上悬挂着马一浮题额"缘缘堂"，额下正中是唐云所绘红梅图，旁为对联二副，一为弘一法师书："欲为诸法本，心如工画师。"一为丰先生自书："暂止飞乌才数子，频来语燕完新巢。"匾额与对联皆为木板雕刻而成，所惜原物早在炮火中化为灰烬，今之陈设，自然是复制品。原来的梅花图是吴昌硕的大作，当然无法复制，便以唐云先生的作品来补空。楼下西间原是丰先生的书房，东间是餐厅，入东西间，原物一无所有，"草草杯盘供语笑，昏昏灯火话平生"的景况，只有从丰先生的著述中寻觅了。在缘缘堂一楼巡礼毕，我小心翼翼地登上了楼梯，深恐打扰在楼上休息或作画的丰先生，更加放慢了脚步，轻轻地提腿，缓缓地落脚。这只是一时间产生的虚幻的意念，我却是如此地行动着，这也许是缘于对丰先生的一种敬重吧。上得楼来，中央间，宽大明亮，二张大桌子，丁字儿安放在前窗下。桌子后，是一把旧藤椅，想当年，丰先生在此读书作画撰文，茶烟如篆，墨香盈室，一幅幅幽默图画、一篇篇珠玑文字完成后，先生掀髯而笑，又是何等的愉快和幸福。我坐在丰先生当年作画的地方，留一张纪念照，也算是我与缘缘堂的缘分了。

在缘缘堂逗留半日，似未能尽兴，乃购一册丰一吟所著《潇洒风神——我的父亲丰子恺》，作为旅途的读物，再买一件蓝印花布制作的典雅的民间工艺品"双鱼"挂饰，它可是丰家早在1846年创建的丰同裕染坊老店的产品呢。我将它带回去，悬挂在隐堂素壁上，以作长久的纪念吧！

2004年10月20日

游镜泊湖记

国画大师傅抱石先生，每以镜泊湖为素材，进行山水画创作，足见镜泊湖魅力之所在了。1978年5月，我自黄山返晋，经道南京留4日，适值《傅抱石遗作展》开幕，竟在画展中逗留了三整天，也足见傅先生画作的魅力无穷。在二百余幅作品中，《西陵峡》、《待细把江山图画》、《满身空翠惊高风》等，都给我留下了深刻的印象。而一幅《镜泊飞泉》的大作，又让我驻足良久，不肯离去。瞧那恢宏的气势，精湛的笔墨，凌空而降的流泉飞瀑，水气氤氲，浪花飞溅。一时间，直看得眼眦决裂，耳际轰鸣，有若置身高山峡谷间，面对泷湫下注，壶口翻腾，不禁心潮起伏，暗自叫绝。细观画上题跋，更感趣味横生，遂命笔抄录。其词云：

镜泊湖在牡丹江市宁安境，南北百数十里，曲折回互，风景绝胜，为东北抗联根据地之一。今夏得闲，留湖上周余，幸也。迤北有瀑布，形势壮阔，雨后尤为奇观。七月十六日下午，随黑省画家暨省市工作同志十余人往适，湖水已涨，乃蹑足而过，方未百步，只闻如雷疾走，声震山谷。于是合肉眼所能触及之景，营为此帧。右下角出口，即牡丹江也。愧余拙笔，不及状其万一。及其归也，三小时前，蹑足而过之处，水已近腹矣。专区文联某同志毫无犹豫，背我而过。此情此景，我怎能忘之乎？我能不画乎？越三日，记于镜泊湖时。傅抱石。

此则题记，我以为是一篇绝妙好文，山水奇绝，当可卧游；人物生动，呼之欲出；文字简净，情景交融。于此，亦也见傅先生在镜泊湖写生时的踪影。

《镜泊飞泉》一画，曾深深地感动过我，镜泊湖的名字挥之不去。二十多年过去了，往游镜泊湖的夙愿才得以实现。

丙戌九月。我有关东之行，在哈尔滨小驻数日后，便取道牡丹江，经宁安，向镜泊湖而来。时值高秋，风轻云淡，山峦高下，层林尽染，车过东京城，平畴沃野，阡陌交横，村舍俨然，瓜菜满眼。行进间，车抵"镜泊湖"外。已是凉秋天气，又值下午四点，黄叶飘零，游人寥寥。漫步花间小道，清静幽寂，闲适自然。此种境界，那些误入游人如织、摩肩接踵之景区者，岂可消受得了。转过丛树，渐闻水声溅溅，愈近而愈响。待得见飞瀑下注，正吊水楼瀑布，乃是傅抱石先生当年所挥写之对象者。先生来时，正值盛夏雨后，所见之水，形势壮阔，蔚为奇观，所闻之声，如雷疾走，声震山谷。我方来，但见秋水明净，寒潭如碧，瀑布飞泉，如帘如幕，更兼千嶂苔石映衬，万树红叶点缀，珠玑四散，洒脱不羁，如吟如唱，清音不绝。游人三三五五，攀磴道，过小桥，行丛树中，歇水石间，或观飞泉之下注，或听丹枫之瑟瑟，或拍照于楼台，或茗饮于亭榭，眼中所见旅游者，皆成画中点景人物，无不得体自然。我坐山石上，面对飞瀑，遐想那一万年前

陈巨锁在吊水楼瀑布前留影

的火山喷发,岩浆流淌,堰塞牡丹江的河床,造就了我国这最大的堰塞湖,大自然的神奇和诡谲是难以想象的。

一万年过去,这镜泊湖又该是何等的面目呢?想远了,当无边际;想近了,它却付予了画家灵感与妙笔,成就了傅抱石先生那帧《镜泊飞泉》的绝作,传之后人,传之千古。自然美是伟大的,艺术美也该是不朽的。

于吊水楼瀑布前留连一时许,在一位导游小姐的鼓励下,我们泛舟游湖。甫入小艇,仅二人,穿救生衣,桔红亮丽,甚是醒目。舟人(小艇主人)傍水而居,以艇为业,日出而作,日落而息,有游人则掌舵,无游人则钓鱼,春夏秋三季,与水为伴,朝斯夕斯,悠悠然,羡煞我辈。是快艇,应我等之要求,作漫游,也悠悠然,选游湖山之胜。远山近水,山寺楼阁,舟人为之指点;人物传说,历史故事,舟人

——叙述。镜泊湖南北长近百里，我们择其近者、佳者而游之。山峦迤逦，红霞在天，微风起处，波成涟漪，时见鸣禽掠水，似与我等招呼，四周静寂，我心澄澈。看看月起东山，游人尽去，遂请舟人泊岸，付款而别，径往东京城一宿。

游湖观瀑，由之兴起，乘兴而来，匆匆一见，尽兴而归，颇感慰藉。其间，虽多辛苦劳顿，余不计也，非不知也。

2006 年 9 月 20 日

清韵高格话董梅

董寿平先生,是我国当代著名的书画巨匠,所作书画无不精绝,尤以写梅、写竹、画黄山享誉海内外。我于先生自70年代初多有请教,时相过从,遂忝为忘年交。今先生年近期颐,尚笔耕不辍,可谓笔参造化,人书俱老。

先生画梅,50年代以色染纸,或径取有底色之绢素,笔调白粉,参以少许胭脂,画折枝梅花,匠心经营,枝之横斜,花之向背,苞之含放,无不精微,直传元人王元章之气息。

1982年,我适成都,于新都宝光寺见董老所作白梅一幅,纯以墨笔为之,圈花点萼,寒香冷艳,得扬补之、金冬心之衣钵,然郁勃之气,又不受陈法之束缚。观其题识,知为先生30年代客居蜀中之手笔。时值日军侵华,先生身栖灌县玉垒草堂,手执毛椎,心系国家,一腔热血,发于毫端。髯翁于右任先生有"中吕醉高歌"一曲:"寒梅雪里香浓,仙境人间自永。犹余故国青山梦,画得神州一统。"

董老在"文革"中备受折磨,真是"文章千古事,风雨十年人"。身处逆境,尚不时弄翰拈笔,以抒胸臆,以寄情怀。曾作《红梅图》期盼春天到来。1975年,赵朴初先生曾题董老画梅,诗云:"不取暗香，奇馨遐被。不怜疏影，繁花吐臆。一片丹心，朝霞无际。身饱雪霜，春来天地。"

赵老虽为题梅之作，实是以梅寓人，赞颂了董老身饱霜雪丹心如故，笔下梅花报告春消息。

打倒"四人帮"，董老兴奋异常，我到京华，老人约请到森隆饭庄喝茅台。酒酣，喜写《红梅颂》参加展览，繁花攒聚，灿若霞天，一派生机，跃然纸上，当是深心托毫素，红梅寄浓情。

1992年10月，我应邀访问日本，在好友大野宜白先生的琉璃殿中，又看到了一张四尺整幅的梅花横披，其画虽无作者款识，然审其风格、笔致，无疑是董老的真迹，且画之左下方有启功先生的题诗："点额新装纪寿阳，图传山右有余香。长笺不待留题署，入眼分明出秘藏。"

董寿平画·墨梅图

启功先生的跋云:"此洪洞董寿平先生得意之笔,未及题识,遽传于友人之手,盖辗转传摹,遂如唐宋名图,不待款字矣。启功获观因记。"

此幅红梅图,老干如铁,繁花似锦,在异国他乡,我有幸坐卧其下,仰观大作,枝干昂藏,疏密有致,遂忆及先生濡毫挥写之情状。昔人有云:"当其下笔风雨快,笔所未到气已吞。"移于先生,何其妙肖也。

董老曾为我画墨梅册页一开,题曰:"香中别有韵,清极不知寒。"此句正道出了先生作画、做人的追求,自然也是对我的教育和期盼。每观此画,如对先生,高格清韵是董老笔下梅花的极致,也是我多年相交所熟知的董老的为人。

赵延绪先生作画记

今年6月18日，在山西大学专家楼，大家热烈祝贺赵延绪先生的百岁华诞。我看到坐在轮椅上笑呵呵的老寿星，便想起了老师当年作画的情景。

60年代初，先生执教于山西艺术学院美术系，任系主任，其时，我忝列门墙，常出入于先生画室。

画室仅一间，临窗设一案一凳，案头有石砚、笔洗、笔筒、印泥、镇尺之类。砚为歙地所产，石细而多牛毛纹。笔洗有二只，一圆一方，圆者为青瓷，有冰裂纹饰；方者为白瓷釉上彩，绝精细。二洗中，清水常满，挂一小铜勺于洗沿，勺头如豆，柄曲为钩。笔筒形制古朴厚重，当是磁州窑的名品，内插湖颖十数枝，或大或小，或高或低，一任自然。

先生有洁癖，每到画室，清水洒地，推窗通风，拭擦几案，净无纤尘，然后置绿色画毡于案上，落座案前，开始启砚研墨，缓转轻按，左旋右转，如是往复。研墨不废读书，或吟唐诗宋词，或赏古今书画，有会心处，莞尔一笑。墨浓后，遂理纸染毫，或山水，或花卉。常置名迹于座右，似在临摹，实为创作，借古人笔墨，抒自己胸臆。虽面

1965年6月赵延绪先生画梅花

对倪黄文沈、石涛八大,或吴昌硕、黄宾虹,而先生笔下,即是自家面目,缵师本色。

　　先生作画,先取净笔,以水濡湿,然后舔墨,在画碟中,聊作调和,便作挥运,中锋直下,顿挫有致,待笔端蓄墨用尽,方再蘸墨。先生挥毫,极少洗笔,一画完成,笔洗之水往往清澈如初汲。落墨之后,复施淡彩,螺青、赭石,略加笼罩,走浅绛一路,惟有时染天染水,以求气氛,正先生早年留学日本,学习西画,洋为中用者也。完成之画,悬于粉墙,坐对观摩,若无须再作补充加工,遂题字于上,每写"临某家法"、"拟某家意",此先生平生谦逊之作风。

每日夕,若砚有余墨,必命笔作书,或临帖,或抄诗,墨尽而止。然后洗笔涤砚,决不让些许宿墨留于砚池,且事必躬亲,有同学在场,主动帮忙,老师每每拒绝,并说:"作书作画须有修养,研墨涤砚亦修养之一端,不可一日废。"

先生之画,清静淡雅,空灵澄澈,一如其为人。今天,赵老师已是百岁的人瑞了,我长久地忆起在他身边观画的情景,想起他那"心正则笔正","作画先作人"的教诲,以及濡染那艺术的清福。

岭南画家与雁门关

在万里长城众多的关隘中，雁门关当为赫赫有大名者。古往今来，多少诗人画家，到此凭高抒怀，为之吟咏，登临放目，为之写照。即当代，亦例不胜举。在50年代末，首都画家董寿平、陶一清二先生便结伴莅晋，在雁门古道上，跋涉山川，蒙犯霜露，戴蓝天白云，对雄关险隘，思接千代，手不停挥，写雁代山川，状紫塞雁门。

1964年暮春之初，广东画家黄新波、关山月、方人定、余本诸大家，不远万里，来到山西，在山西画家苏光等先生陪同下，成雁门之行。一行数人，每人骑一条小毛驴，蹄声的的，响山谷间，颇多清韵。驴性温顺，其步慢且稳，而不善骑驴的岭南人，不时会从驴背上滑下来，在幽谷中，引起一阵哄笑。余本，著名油画家，久居海外，既归国，仍西装革履，颇风趣，喜调笑。今方来，但见高个子，尖皮鞋，却跨着一头矮驴，画家那两只细腿尖脚，常常在地上拖拉着。素善戏谑的关山月，便将这情景拍了照，题为"六条腿的毛驴"。余先生不以为忤，反抢着照片作纪念。

赏观诸先生笔下的大作，不管是中国画，还是版画或油画，无不严谨，一丝不苟，耐人品读，令人赞叹。而他们同辈在一起，却是如

作画与游踪

陈巨锁陪同杨善深先生在雁门关

此的随意,有如乡中青年,充满朝气,无些许的文士名流作派。此行后,关山月画《春到雁门》:宽绰平坦的雁门大道上,骑自行车的人们急驰而过,夹道古柳,已抽出修长的枝条,临风摇曳,满眼新绿,远远的勾注山,一抹早春的余雪下,透发出无限的生机。这幅画是时代的赞歌,它参加了全国美展,并成了关先生的代表作。

雁门行,给画家们带来了欢欣,也带来了灾难。在旅途上,他们合作了一幅《打伞骑驴过小桥》的中国画,画上的题记约略是:某画驴,某画驴上老人,某画打伞人,某画桥补景,某题记云云。此画,我曾寓目，虽是一幅游戏的即兴之作，却含有纪念意义，而且那笔墨是十分精采的，它在"文革"之初，竟成了画家们的一桩罪证。

1973年10月，我赴广州，曾拜访黄新波和方人定。他们谈起当年游雁门关的景况，兴致仍是十分地高。黄先生说，那已是阳春四月天，竟下了一场大雪，银装素裹的北国风光，委实让他们这些很少看到雪花的岭南人开心的。在雁门大队的农家，热情的主人给他们炖全羊吃。羊是现宰的，那情景，实在感人，令他久久不能忘怀。方先生说，那是一次富有诗意的旅行，陆放翁有"细雨骑驴入剑门"的名句，他们则是"踏雪骑驴入雁门"了。说着，取出一册《人定诗抄》赠我，其中有一首《冒雪登雁门关》，诗云："鸟道骑驴上雁门，雪花扑面更销魂，雄关战地成陈迹，喜见农村变乐园。"

1981年7月，我陪同香港的岭南派著名画家杨善深先生到五台山写生。在山之日，偶然谈到雁门关近在咫尺，杨先生和他的门人张玲麟、余东汉便决定压缩去西安的旅程，遂取道峨岭到代县。

翌日晨起，驱车沿阳集公路去访雁门关。翻过勾注山，下抵山麓，离油路，溯河谷而上，在乱石细流中行数里，到雁门大队。停车柳荫深处，便徒步爬上了"三边冲要无双地，九塞尊崇第一关"的雁门高处。其时，山风呼啸，松涛习习，68岁的老画家，心潮激越，跑遍了关头的沟沟坎坎，抚摸那饱经沧桑的残垣断壁。然后坐青石上，打开速写本，急速地以干笔焦墨作他那别具风格的写生画。峰峦岩岫，古道苍松，关门城堞，尽收绢素。时已过午，杨先生仍不知疲倦地挥毫着。待离开时，老人仍不时驻足回望。那雁门，确乎让老画家销魂了。方返雁门大队，老人忽然意识到还没有一读那著名的李牧碑，便执意返回去看一看，来回又是5公里。杨老神情专注的读着碑，竟为那赵国良将李牧的事迹所感动。临别时,留下了深深的一鞠躬。

　　几年后,又一位岭南派老画家黎雄才先生也到晋北来,雁门大地上,也该留下了他老人家的屐痕。岭南的画家们何以对雁门关如此的钟情呢?我想,其一是因了这里有悠久而丰富的人文景观;其二便是它那宏大壮丽的自然景观了。

十里山行故乡情

元宵节前,我回到了阔别多年的故乡。那故乡的变化呀,真让人刮目相看了。不说别的,就连村西那杂草丛生、狐兔出没的荒野上,也建满了房舍。瓦屋鳞次栉比,杨柳漫坡夹道,把当年的张家院和村西的文殊寺连成了一片。

文殊寺早已不存在了,但留在脑海中的记忆,轮廓清晰恍然如昨——在一个高岗之上,有一座古老的寺院,座北向南,正殿即是文殊殿,内塑三佛、四菩萨、二天王。那佛爷高踞须弥座上,佛光四射,庄严肃穆,却有些冷冰冰的感觉,只有那慈祥的菩萨,身子微俯,露着浅浅的笑容,才让人亲近呢。至于那站殿的二力士,横眉怒目,委实让我害怕过。据说这二力士在晚上还要在寺院中走动呢,也许就是巡逻吧,然而我却有点怀疑。有一天,我便悄悄的把一把麦糠放到力士脚面上,到第二天,麦糠依然如故,根本没有洒下走动的痕迹来,事后我将此事写入了日记,先生还夸奖我"聪慧"呢!

文殊寺西厢北端一间是伽蓝殿,有一尊伽蓝爷是我从小的"结拜"兄弟,这是祖母为了我的长寿而认的。祖母每年领我上庙进香,住庙的老善友敲三声"噌吰"大钟,祖母烧几份香纸,我也磕三个响头,然后老善友把一根"长命"红头绳给我系在衣扣上；祖母把一份供礼送给住庙老人，我便吃着油炸茶食跟着祖母回家去。

寺院的南面是一座南楼，下层兼作山门，扶楼梯上去，豁然朗达：寺门前是一片沃壤，永兴河由西而东日夜喧嚣，临河而建的水磨，发出"吱咂、吱咂"的音响；河南大梁上有一座神秘的古堡，古堡中的乔松在清风里摇曳着。我常独自坐在南楼上对着白云萦绕的古堡出神。

寺门外有一对小石狮子，造型古朴，逗人喜爱。石阶磴道从山岗下的小渠边排到寺门口，中间还有个"之"字拐。夹道的马兰花芬芳馥郁；护门的大松树，老干斑剥，虬枝凌空，少说也有上千年的历史了，松影婆娑，松涛瑟瑟。文殊寺东面毗连小学堂，小学堂前院中有一棵姿态奇特的紫荆树，每年仲春，繁花盛开，香气四溢，清醇醉人。每当先生外出，淘气的孩子们，便爬坐在枝杈上，活像一群小猴子。

由村子向西而去，走完寺门道，经石门沟口，向南过流水哗哗的永兴河，爬上石板坡，便是通往跌水崖沟的通道"寺塔坪"。这寺塔坪，从小不曾记得有什么塔，却有一棵小桑树，是我永久不能忘怀的。大约是十来岁的时候，我用木条盘养着几十条蚕宝宝，说是我养的，实际上是母亲帮我料理着，我只是提供它们饲料。炎热的夏天，趁中午放学时，我便独自跑到那三四里处的寺塔坪采桑叶，有时过午不归，母亲便到村口来瞭望。一见面，总是瞪我几眼，怨我跑得太远了，太久了。到第二年，母亲便把那些蚕仔送给了别人，为此，我和母亲还哭闹过一场。现在，来到寺塔坪，那棵桑树依然健在，而过早逝去的仅活了三十二岁的母亲，瞪我的面孔却不时闪现，那严肃的"瞪目"中蕴藏着多少关切和爱昵呢！这寺塔坪上，到处长满了杨桃梢。地处山区，每遇荒年，人们便采集杨桃和饭吃。有一次我也随着几个同年方纪的叔叔和姑姑到寺塔坪砍杨桃梢，从小瘦弱，腕上没力，手一软，镰刀便落在脚面上，鲜血直流，姑叔们忙把我衣服上的补钉撕下来烧成灰，给我按在伤口上，再用布条包扎起来。回家时，我一拐一拐地背着一小背姑叔们分给我的杨桃梢。时隔多年，杨桃叶的苦涩滋味忘得一干二净了，而那伤疤却永远停留在脚面上，每当我看到伤疤时，我便想起了砍杨桃梢的往事，想起了为我包扎伤口的九姑姑。

坐在寺塔坪的青石上，使我神往的是那当年祈雨迎神的场面。五黄六月，久旱不雨，天干地裂，禾稼枯黄，父老们无不焦急万分，仰望长天。那情景，酷似徐悲鸿先生所作的油画《傒我后》。每到此时，村里的老宿们便发起了"祈雨"的"胜举"，来求助于神灵的的恩赐了。我村二十多里外有个叫"达达店"的地方，那里有一尊一尺多高的神象叫"直（音赤）流爷"。祈雨时，村中推举两位"善友"，带一份供礼和一条麻袋，徒步到达达店，烧香礼神，第二天拂晓，便悄悄的将这"直流爷"的头朝下装入麻袋，背起便跑，庙主人发觉，假追一阵，便返了回去。这叫做"偷直流爷"。这"偷神"和"倒装"未免不恭，也许神灵是不会计较众生的。当"偷神"的善友在崎岖的山道上奔波时，村里正作着迎神的准备。人们临时用学士椅子绑扎一个"爷爷楼儿"（即神龛），两个人抬着，走在一个古老的仪仗队后面，这仪仗队，前面是一面大铜锣，喤喤开道，接着是一面蓝色大旗在锣声中震荡，随后有"回避"、"肃静"、"立瓜"、"卧瓜"、"朝天凳"之类的各式仪仗，这些玩意都是用学堂中我们这些小学子扛着，善友们端着供物，神态威严的走在中间，周围还跟着一大群赶不走的顽皮孩子，大家都赤着脚，戴着柳条扎的凉帽，浩浩荡荡走出村来，好不威武，俨然是

作画与游踪

戏台上出将的架势,古老的山庄顿时热闹起来。队伍来到寺塔坪官道口,恭候那"直流爷"的到来。一旦接到"探子"报来"神到"的消息,大家便跪了下去,把神像倒出口袋,端正地安置在圈椅里,然后大家熙熙攘攘地返回文殊寺,将"直流爷"安放在正殿的佛坛前,两方有本村的龙王爷陪侍着,下面便是祈雨的善友们轮流跪供了。在祈雨的日子里,人们不时引颈长天,倘若碧蓝的高空飘过几片白云,便觉得"直流爷"的"灵应",若在三五日内降一场喜雨,人们更感谢神灵的恩泽了。到秋闲季节,唱一台"谢雨戏",把"直流爷"和龙王爷从文殊寺请到戏台对面的神厅内,让他们也舒舒服服的看几天戏,然后用一个新制的神龛把"直流爷"送回达达店。"祈雨"的"胜举"方告结束。"迎神"和"社戏"那严肃和热闹的场面,在我儿时的心目中,倒是留下了深刻的印象。

当我收回这些往事的遐想时,已经走过了斜道,又沿着河谷,漫步在山路上,那水泉沟、窑子沟、槽子沟、三人沟、尽柴背、搭裢沟、寺南沟的景色,实在让人目不暇给,山峰起伏,姿态各异,或雄宏,或峭拔,有的青草覆盖,有的杂树丛生,有的孤峰独立,有的怪石嶙峋。那水泉沟的清泉,天旱不涸,只是太细了;严冬不冰,还蒸腾着热气,水中荇菜,碧生生的随波晃荡。那搭裢沟的山溪,每到春天,溪水解冻,奔流不息,从无倦意,永保活力。而走道沟的烧山药,想起来比那山珍海味还香呢。背柴下山,在路旁歇了肩,掏几个山药蛋,架一堆篝火,湿柴冒着青烟,发出乒乓的声响,不一会儿,山药烧好了,小伙伴们吃着虎皮虎皮的山药蛋,并在清溪中喝几口"爬爬水"——手托石块,双膝而跪,俯身下去,以口汲水,才饮几口,清凉遍体,那才来劲呢。

66

前面到善友沟坪，有人说这是一块风水宝地，传说文殊寺当初就建在这里，不知什么时候才迁到村西的。现在这里还留着两块大磐石，便是人们所说的左石鼓右石砚。磐石后面新建一排砖瓦房，是大队鹿场的办公室和宿舍。鹿场有三位工作人员，大都四十开外的人了，有两个还是我小学时的同班同学，他们见了我有点隔膜，不像当年那么亲切，我也不敢直呼一位叫"山鸦鹊"同学的绰号了。他们养着四十多只梅花鹿，白天在山野中放牧，晚上赶回了鹿砦，这是一个用大石块围起八尺多高墙壁的大囫囵，也有几间有屋顶的鹿圈，可供鹿儿们聊避风雨。这些鹿，每只都有名字，它们与主人很亲热；主人抚摸着它们，它们倚偎着主人，但当我这个不速之客走过去，它们竖起了耳朵，甚有戒意，你一走过去，它便跳开来。鹿的弹跳能力是很强的，有的鹿有时深夜越墙而走，几个月后才转回来。这些鹿，每年产羔子、锯鹿茸，也给大队增加三千多元的收入呢。此外，这里还有苗圃、牛囫囵、马囫囵，是植树和放牧的好处所。

鹿群要出坡了，我握别老同学，再沿河谷行进，前面到磨石湾。这里奇石叠错，相映成趣，看似危然欲坠，然而千百年来，风雨不动，杂然横陈，供人欣赏，任人品味。过了沙崖沟，便是惊心骇目的石罅前崖，但见那峭壁摩天，白云飞渡，几只老雕，盘旋崖前，扶摇直上，倏忽无踪。再前行，是红条背、跌牛沟、四家沟，这都是农民们在冬闲季节割山柴、伐荆条、砍山货、搞编织卖现钱的聚宝盆。春天入山，山桃花、野玫瑰，争芳斗艳，一丛丛，一簇簇，临风如醉。夏秋入山，却又象到了花果山，油荷荷、面果果、马茹菇、林蓁蓁、羊角角，还有山葡萄、山桑葚什么的，任你挑，任你选，或甜或酸，或酥或软，山桃野果，分文不收，吃足了，孩子们欢乐地砍起山柴来，或放歌，

67

或长啸，或学鸟鸣，或学狗叫，那是再快乐也没有的。说山柴，那是朴榆，这是椴朴，这是红心柳，那是杏枝，拖肚上结和尚头榛子，白胡槿上长毛榛，六道木传说就是杨家女将杨排风使用过的降龙木；那冬夏柔软的红暖条，光洁玉润，红如玛瑙，俗称媳妇条；而"植儿梢"，人称红柴，大年初一，人们用它煮饺子，取其吉祥之意；那顽槿叶子是小羊羔的毒药；而楸子树，却又是山水画中的"鹿角"……山中的一草一木，我是那么熟悉，又是那么亲切，见到它们，如同见到少年时的同窗好友，我抚摸着这一草一木，似乎童心萌发了。

山回路转，迎面来到遐迩闻名的"崞县八景"之一"石神瀑布"的跌水崖，那是多大的气势呀，一匹素练，直挂青岩翠壁之上，岩石间，杂树凌空，几十只野鸽子站在山石上，"哥咕"而鸣，山幽谷静，回音韵长。说也奇怪，有瀑布，却无澎湃之声，这是因为我这次来跌水崖探胜，还是在早春二月，水未解冻，簸箕湾流出的暖泉水，在这高岩大壑上，化为了冰瀑，晶莹透亮，闪烁生辉，俨然是冰雕玉琢的。若在盛夏雨后而来，未到其地，先闻其声，身行崖下，寒气逼人，加之山禽和唱，野果交辉，你也许认为是误入花果山水帘洞了。故乡的山竟是这么美，故乡的水竟是这么醇，故乡的草木竟是如此的可爱。我不禁吟到：山行无长路，一片故乡情。往事落寒泉，童心系高藤。老桑识似旧，新鹿记未曾。忽闻声清越，幽谷鸣鹡鸰。

天涯石鼓

从小山居，对高山大岭、深谷小溪便有一种特殊的感情，每到一地，总想抽暇游览，似乎与山水结下了不解之缘。近年来，得以壮游祖国名山大川，东凌泰岱，西上华岳，北登恒山之巅，南极潇湘之水；泛舟漓江，饱览桂林名胜；小驻黄山，饫赏云海奇观；岭南西樵，赣北匡庐，流云飞瀑，变幻多姿；雨中太湖，月下西湖，给我以神奇莫测的印象。饱游饫看，直可拓胸襟，开眼界，长知识，启灵雕，壮笔墨。祖国的壮丽河山啊，使人情倾神往！登山，情满于山；观海，意溢于海。

在碧云天黄花地的金秋时节，我有幸再次到故乡的名山——原平县天涯山一游。

出原平县城，一条大路，向东而去，道路两旁是丰收的"万亩方"，种满了高粱、玉米、谷子和豆类，还有蔬菜什么的，这一切好象是用玛瑙和翡翠镶嵌的图案，也好象是用彩霞和珍珠织成的云锦。谁曾想几年前这里还是蛙声咯咯的盐碱滩呢！这该付出多少心血和汗水，才换来丰收的喜悦！欣赏着悦目的景色，同行者不禁发出"啧啧"的赞叹声。

作画与游踪

　　车转了九十度的大弯，正北而去，一直到"油篓山"下。这里是旧地重游，便勾起了我的一段回忆。孩提时，曾有一次跟随祖父在这里赶庙会。荒郊河滩，一座小山，顶上有几座古庙，庙内神像威严，使我不敢正视。庙前有个"捞儿池"。少年的心理，哪里知道"捞什子"的用意，也很想捞几个玩玩，然而祖父将我拉走了。那些卖小玩艺的，有小鸟口哨、小泥人、羽毛做的转铃，红红绿绿，五花八门，吸引着多少眼馋的孩子们，我也不忍离去。天色不早了，买几个锅贴儿吃吃，穿一串麻叶带回去，结束了一天的郊游，幼小的心灵，也觉得很为满足，至今回忆起来，还很有滋味呢！今天登上"油篓山"，庙宇荡然无存了，欣慰的是，眺望滹沱两岸：田园如画，稻谷飘香。十几孔的拱形大桥，横跨滹沱河上，西接"油篓山"，东至天涯山脚。

2015 年夏初重游天涯山

远远望去，桥如长虹，又如洞箫。滹沱河由北而南，出拱桥，便豁然开朗了。

车过"红旗大桥"，绕过一个树林掩映的村子，爬上一个漫长的黄土坡，便到了石鼓祠。祠院座北向南，山门和"鼓殿"建在石砌高台上，台上和台下共有四根石旗杆，亭亭玉立，高插云天。台上，还有一棵酸枣树，老干斑剥，饱经风霜，枣叶都落尽了，枝条上还桂着未落的红溜溜的圆枣，装点着秋色，实在喜人。

"鼓殿"内供着介子推像，后壁上画着三十二幅有关介子推故事的连环画，人物造型严谨而不呆板，衣纹服饰的线条挺劲而流畅，设色富丽而不庸俗，看上去，这是具有很高绘画技巧的民间艺师的手笔。

石鼓祠，实际就是介公祠。出庙门，台级下是一个很宽绰的戏场，场南有三间北向的乐台。"每年寒食三日，左右乡民，咸来祈赛，及游人行客车马，往来焚香瞻礼者，不可枚举。"据介绍，过去一年一度的"石鼓庙会"，热闹非常。自从"文化大革命"以来，传统剧目被赶下历史舞台，"样板戏"又哪里能在这"四旧"的舞台上演出呢。此后，这里就很少有人问津了。所幸乐台未因"四旧"而破，至今安然无恙。乐台的四条明柱上有两副对联，书法流畅可爱，虽经风剥雨蚀，却还依稀可辨，兹录于下。

其一：

　　名利交迫，扮几场争夺情形；如觅蝇头，如居蜗角。
　　善恶两分，写一本彰瘅榜样，俨披鲁史，俨谱毛诗。

其二：

> 上下数千晖，史书偌大，坛场演就。
> 新旧几百章，乐谱等时，歌舞尽之。

在"文革"时，旧舞台上的剧目看不到了，然而在社会这个大舞台上，戏剧始终没有停演过，那些风云一时的"历史人物"，谁个善，谁个恶，不是很清楚么！那些追名逐利，助纣为虐，卖身投靠的丑类们，也不是个个身败名裂了么！

"天涯，崞邑（原平县原名崞县）之名山，石鼓乃八景最尤者。"

"鼓殿"背后，便是天涯山，其山拔地而起，直刺苍穹，山头群峰罗列，森严壁垒，攒三聚五，英姿挺秀，各具形态，难以名状。这些山峰，迎来朝晖，送走夕阳。披星戴月，更觉灵奥幽深。至于三九寒天，北风呼啸，大雪弥天，四围山色，一派银装，独此天涯奇峰，山崖壁立，难于积雪，偶有所积，也为大风吹去，青青峰峦，更显奇绝。这便是"天涯晓雪"的景致了。前人有诗赞道：

> 天边巉削一峰青，不与诸山并列形。
> 白雪满空峰独晓，孤标万古秀滹汀。

"鼓殿"左侧，有一座状如马鞍的小山，叫做马鞍山，山石黑而岩质坚，上面点缀着古铜色的锦花和苔藓，有如甲胄。试想远古的天王和力士手执兵器，稳坐这马鞍之上，巡逻于滹沱河畔，那该是一种多么壮阔的情调啊！

马鞍山内侧与"鼓殿"之间，便是那遐迩闻名的"园列岩腰非土筑，空悬岭足待神挝"的"石鼓"了，据碑记所云："石鼓""嘉名出于大卤，不雕琢与镌磨，乃天生于亘古"。此"鼓"确实奇特，我想了一个形象的比喻，但未免有些小巧。"石鼓"如同一个巨大的铁勺倒扣下去，勺头前端抵在山岩上，勺柄末端着地，将此"石鼓"支撑的四平八稳。游人从石鼓下面穿插而过。有风的日子里，坐在"鼓"下，听听"鼓声"，那才过瘾呢。我去的日子，连一点微风也没有，也就不能领略"鼓声"中的韵律了。这声音也许与苏东坡游"石钟山"时所发的"钟声"是一个道理吧，但是我没有去仔细地考究它。

天涯灵秀，石鼓奇特，向来为人们所乐道，然而我却是更爱这里的"莲花山"，山不高，与马鞍山隔沟相望，巨大的花瓣，一片覆盖着一片，匀称饱满，欲放而又含苞，"石鼓"却又像它的一片荷叶。每当初日相照，红光灼灼，姿态妩媚，景色动人。

"聊为一驻足，且慰百回头"。在天涯山玩了半日，似乎未能尽兴，回来的路上，还是不住的回首了望。天涯山，美极了，我想起金代诗人元好问游天涯山写过的一篇壮美诗篇：

> 九州上游推大卤，独恨山形颇椎鲁。
> 天涯一峰今日看，快似昂头出环堵。
> 何年气母此融结，鬼凿神镌未奇古。
> 八窗玲珑透朝日，洞穴渗淡藏雷雨。
> 苔花锦石粲可喜，乞与云烟相媚妩。
> 半空掷下金芙蕖，想得飞来自玄圃。
> 传闻绝顶更灵异，云是清都群玉府。

作画与游踪

五云飞步吾未能,风袂泠泠已轻举。
东州死爱华不住,向在陋邦何足数。
敬亭不着谢宣城,断岸何缘比天姥。
酒燕何时朝复暮,倒卷漙沱浣尘土。
唤起山灵槌石鼓,汉女湘妃出歌舞。
诗狂他日笑遗山,饭颗不妨嘲杜甫。

野史亭拓碑小记

初夏晨起，相与数人，出忻州城南门，向东南而去，不期风雨而至，飘飘洒洒，愈下愈大，雨中行约五公里，至韩岩村。在村头丛树之中，有亭翼然临于高台之上，那便是古今驰名的"野史亭"。古亭在风雨中披上了一层轻纱，更是有一番韵致。

金代诗人元遗山，金亡不仕，构亭于家，著述其上，得百余万言，捆束委积，塞屋数楹，名曰野史亭。元修《金史》，多本其说，斯亭也随之名满天下。

古亭历元、明两代，早已不存，至清代乾隆年间，忻州牧汪古愚重修元墓竣工，后访野史亭故址不能得，便于元墓东侧筑屋一楹，再书"野史亭"三字匾额，悬挂其上。又经百年，该亭渐就倾坏，到民国十二年，又在其处建新亭，就是我们今天看到的野史亭。

在宽绰的院落中，中为一台，高约2米，亭建台上，作六角形攒尖顶，其亭中壁上嵌元遗山画像，画像左右为元遗山的笔迹六种，兹摘述于后。

一、《涌金亭示同游诸君子》：

  太行元气老不死，上与左界分山河。有如巨鳌昂头西入海，

作画与游踪

突兀已过余坡陀。我从汾晋来，山之面目腹背皆经过。济源盘谷非不佳，烟景独觉苏门多。涌金亭下百泉水，海眼万古留山阿。髯沸泺水源，渊沦晋溪波。云雷涵鬼物，窟宅深蛟鼍。水妃簸弄明月玑，地藏发泄天不诃。平湖油油碧如酒，云锦十里翻风荷。我来适与风雨会，世界三日漫兜罗。山行不得山，北望空长哦。今日一扫众峰出，千鬟万髻高峨峨。空青断石壁，微茫散烟萝。山阳十月未摇落，翠蕤云旖相荡摩。云烟故为出浓淡，鱼鸟似欲留娑婆。石间仙人迹，石烂迹不磨。仙人去不返，六龙忽蹉跎。江山如此不一醉，抚掌笑煞孙公和。长安城头鸟尾讹，并州少年夜枕戈。举杯为问谢安石，苍生今亦如卿何？元子乐矣君其歌。

二、诗一首，内容从略。

以上二石刻，皆为楷书，据清代翁方纲所考，均为诗人金正大年间所书。观其笔法，清挺遒健，结体严密，传薛舍人、柳少师法度。

三、曲阜题名：

太原元好问、刘浚明，京兆邢敏，上谷刘翊，东光句龙瀛，荡阴张知刚，汝阳杨云鹏，东平韩让，恭拜圣祠，遂奠林墓。乙巳冬十二月望日，谨题。

书凡八行，行书左行，此题名碑，曾收入《金石萃编》。

四、古陶禅院题名，内容从略。书凡四行，行书左行。此题名原碑为元大德六年补刻，曾收入《寰宇访碑录》。

五、挽冯节制诗一首，因经翻刻，讹误颇多，兹抄录原诗于后，以资校勘。

一笛悠然此地闻，住山还忆大冯君。已看引水浇灵药，更约筑亭留野云。前日褰衣哭蟠腹，今年宿草即荒坟。东邻谁举游岩例，秋菊寒泉尚可分。

六、跋米元章书《虹县诗》：

东坡爱海岳翁，有云：元章书如以快剑斫蒲苇，无不如意。信乎子敬以来，一人而已。又云：清雄绝俗之文，超迈入神之字，其称道如此，后世更无可言，所可言者，天资高，笔墨工夫到，学至于无学耳。岁乙卯九日，好问谨书。

该石刻尽管多有错讹，但仍值得书法爱好者欣赏。

这后面四则，均为行书。苍老疏宕，气度超脱，深得米南宫、苏东坡笔意。从题跋一则，更可看出元遗山在书法上崇米的一斑。他换得米书云台帖，便喜而赋诗，"周官武臣奉朝请，剑佩束缚非天真。世间曾有华陀帖，神物已化延平津。米狂雄笔照万古，北宗草书才九人。今日云台见遗墨，黄金牢锁玉麒麟。"他崇米褒米，从而学米，然而又不局限在米家规范中，能博采广收，成自己面目，而为元书。

元遗山写了大量的题画诗，还有碑帖题跋以及印记，这些都是我们研究诗、书、画、印的珍贵资料，历来为鉴赏家所重视。《秋涧集》中有一则："观东坡与蒲资政传正书，并觅柿霜无核枣四帖，后有张行简、董师中、元遗山跋语。"又《墨缘汇观》中有一则,墨榻定武五字损本兰亭,卷后押元遗山三字朱文印。卷末,鲜于太常题云:"右定武兰亭玉石刻甲,余平生所见者少,况有内翰遗山先生图记,尤可宝也。"

元遗山的墨迹,不仅给我们在书法艺术上的享受,也是校订诗文的足好资料。正是"晚生恨不识遗山,每诵歌诗必慨然。遗墨数篇君惜取,注家参校有他年"。

"我来适与风雨会",野史亭一日,虽受饥寒困顿之苦,却大饱眼福,游览了胜迹,欣赏了诗文书画,并获得几件上好的蝉衣拓和乌金拓。雨中归来,余兴尚浓,展对墨迹拓片,成此小记。

时五月三十一日。

五台山三日游

山西五台山，与四川峨眉山、浙江普陀山、安徽九华山为中国四大佛教名山。古往今来，每逢盛夏，山水生辉，游人络绎，其中还有不少善男信女，从蒙古、南洋等地，不远千里，来到这里，在晨钟暮鼓中，烧香念佛，顶礼膜拜。

近年来，我有幸陪同一些专家学者、诗人画家，几度到五台山研究文物，考查古建，访胜探幽，采风选画。白日登山远眺，情舒意畅；晚上案头灯下，作点小记，自觉兴味无穷，乐在其中。今摘日记三则，以飨五台山旅游者，倘能起点导游的作用，我便为之欣慰了。

一

吉普车在北同蒲公路上急驶着，车到忻县，向右转了弯，便经定襄向五台方向驰去。

《中国美术史略》要再版。我陪同作者——美术史专家、天津艺术学院阎丽川先生，到五台山补充和落实资料。

车过"济胜桥"，就算进入五台县境，有人把这座桥作为五台山的第一座南大门，过去有些朝山的喇嘛，从这里就开始磕起等身头，一步一跪地磕到五台山腹地台怀镇，这就足见他们的信仰虔诚了。

车到东冶镇，离开了柏油公路，左向而去。行十华里，眼前出现了一个高耸的土丘，上上下下长满了高高的白杨树，绿荫丛中，掩映着一座深红色的古建筑，这便是遐迩闻名的南禅寺。

听到汽车声，文管所老王同志出来，把我们迎进了休息室。清静的庭院中，点缀着疏落有致的花池，百花正盛开着，屋檐下的葡萄树，挂满了沉甸甸亮晶晶的果实，安石榴笑破了肚子，露出满腹的珠玑，一切都是恬静的。热情的主人以清新馥郁的花茶款待着来客。

小憩之后，六十八岁的阎老便迫不及待地跨过一道小门进入南禅寺的大院。

面宽三间的大佛殿，牢固座落在砖石结构的高台上，它已有一千余年的高龄了。这座大殿由于地处台山之外，香火冷落，无人问津，然而却幸免唐武宗"会昌灭法"的厄运，未被焚烧，侥幸留存。我想，

1979年夏陈巨锁在五台山写生

世间的事情，竟是如此，祸福相生，祸福转化，这也许就是辩证的道理吧。

打开殿门，阎老为佛坛上那些彩塑所吸引，他赞叹这出自古代民间艺人之手的作品，竟能如此造型准确，衣着简炼，体态丰满，结构严谨。他认为这精湛的艺术品在美术史中应该是大书特书的。

年代这么久远，大殿竟没有苍老？不，它是返老还童了。人畜的践踏，风雨的侵袭，地震的摧残，使古建筑的部分梁架歪斜了，构件劈裂了。为了保护国家文物，这大殿，不久前才落架重修，它倾注了今天专家们的心血，国家文物局局长王冶秋同志两次亲临现场指导工作，才使古殿焕物华，瑰宝庆昭苏。

已为一驻足，仍是百回头。离开南禅寺很远了，阎老还是不断地扭回头去，望望那高丘上的白杨树，树荫中的古建筑。

在五台县招待所午餐后，谁也不想休息，便漫步到县文化馆的后院，参观了元代至正年间所建的广济寺。这座浑厚朴实的古建筑，保持着元代"减柱造"的特有形制。殿内陈列着古陶器、古铜器以及书画文物，供人们参观学习。

下午两点，别台城，出北门，东上阁子岭，走完了一段山路，眼前豁然开朗，这就是五台县有名的产粮区茹湖盆地。平展展的土地上，渠网纵横，林荫夹道，车喧马啸，一派丰收景象。老年人也不记得这里有过"茹湖"，八月初更见不到雁阵，五台县八景之一的"茹湖落雁"，只能是载入县志的历史陈迹了。

走完盆地，前面是一条狭谷，两山夹峙，一水中流，正是"一夫当关，万夫莫敌"的形胜之地。据说在抗日战争期间，一二零师在这里打了一次漂亮的伏击战，就是那有名的"石沟战役"。

作画与游踪

　　车出石盆洞，沿着清水河岸，行不多久，我们到达松岩口大队，别小看这个山村，它吸引着成千上万的参观者，不久前，还接待了加拿大的贵宾呢。这是因为在抗日战争期间，白求恩同志在这里创建了"模范病室"，为中国抗战工作作出了卓越的贡献。为了学习和纪念这位伟大的国际主义战士，人们为他建立了纪念馆。"五台山纪念白求恩陈列室"十一个金光闪闪的大字，镶嵌在新建的建筑上，字是山西书法界的老前辈郑林同志的手笔。花木丛中，拥出一座雄伟的汉白玉纪念碑，矗立中天，上面有聂荣臻同志的题词。

　　"模范病室"的旧址是一座临街的庙院。院北面的三间正厅是手术室，室内陈列着当年简陋而实用的各种实物的复制品。南面是一个戏台，"模范病室"落成后，晋察冀边区司令员聂荣臻同志在这舞台上讲了话。东面一排房是当时伤病员的病室，屋前有一棵傲然挺立的老松树，当年白求恩同志经常扶伤病员在树下晒太阳，给大家讲故事。我们听着讲解员的介绍，面对这棵"虬枝连理友情深"的不老松，恍然想起了在电影中伟大的国际主义战士白求恩同志的声容笑貌。

　　离开松岩口，车仍旧循着清水河溯源而上。眼前，高山峻岭；脚下，芳草浪花。渐渐地、渐渐地出现佛塔、墓碑、庙宇、寺院。金刚库过去了，前石佛、后石佛、白云寺也跑到脑后。路左，忽然出现了一处风景窟，这是镇海寺。三面群峰壁立，四围古松蔽天。更有一小溪，抛珠洒玉，清音叮咚，真是"山中景趣君休问，谷口泉声已可人"，奈何天色不早，我们只能在山口望望落照中的石阶磴道，山门屋脊。忽然几声鹿鸣，空谷传响，经久不息。

　　峰回路转。台怀镇突然呈现到眼前，大白塔，直达青云，那菩萨顶的琉璃瓦在夕阳返照中，浮光耀金。而林立的寺院群，一组一个体系，一座一个面目。在这暮色笼罩中，数不清，看不透，缕缕炊烟在屋顶上缭绕，冉冉白云在山腰间游荡，好一个佛教胜地啊！

我们住进显通寺的二号院，中国佛协主席赵朴初先生在前几天也来了，他下榻在一号院的正室里。

一天的颠簸，我有点疲累了。晚饭后，正当解衣欲睡，忽闻"僧敲月下门"；进来的却是陪同阎老从天津来的小张同志。她说阎老精神尚好，兴致犹存，很想晚上就去瞻仰毛主席在五台山的路居纪念馆。一提这个去处，我的困盹顿然消失了。

八月初，在北京、太原，仍是炎热难耐，手中的扇子尽管不停的挥，头上的热汗还是不住地出。而这"岁积坚冰，夏仍飞雪，曾无为暑"的清凉胜境，穿着毛背心，还嫌不够，阎老身体不大好，我索性让他把大衣披上了身。

月下的显通寺院，松柏交翠，树影婆娑，有如"积水空明，藻荇交横"，这俨然是任伯年所画的"承天寺夜游图"，不过画中的人物却不是苏东坡和张怀民。

穿过"山海楼"，再过几道小门，走进塔院寺的方丈院。这里就是毛主席路居纪念馆。有毛主席、周总理和任弼时同志的路居室，室内按原样陈列着当年的床铺、桌凳、洗漱用具、笔墨用品的复制件。其简朴的程度是我们没有想到的。那是一九四八年，党中央从延安出发，东渡黄河，途经晋西北，四月九日来到五台山。中央领导同志在这里观赏了古迹，访问了蒙、汉、藏胞，毛主席还勉励大家努力生产，保卫果实。四月十日便绕道石嘴镇，东上长城岭，出龙泉关，到西柏坡，部署和指挥了全国的解放战争。

当我们走出路居馆后，小张为大家朗诵了叶剑英同志《过五台山》

的三首七绝。我只记得一首,抄录于后,以免忘怀:

> 南台山上白云低,
> 人在云中路径迷。
> 可有神工能扫雾,
> 让吾放眼到平西。

二

阎丽川先生夜感风寒,支气管炎有点发作了,他只好在家休息,我随同赵朴初先生一行要上东台顶观日出。

五台山五峰耸峙,顶无林木,有如垒土之台,这就是五台山名称的由来。北台叶斗峰,海拔三千米以上,素有"华北屋脊"之称。东台望海峰,西台挂月峰,南台锦绣峰,中台翠岩峰。听这些名字,就够引人入胜的。

深夜三点就起床,分乘几辆吉普车,借着车灯的弧光,慢慢向山顶盘旋而上。大约走了四十多里路程,车停了下来,我们已经来到鸿门岩。要上东台顶,只能舍车徒步了。其地正是高山缺口,茫荡天风,呼啸而过,我们身穿皮大衣,头还是不住往狐皮衣领中缩。路旁怪石嶙峋有如虎踞兽蹲,年逾古稀的赵朴老也不要人搀扶,迈着踏实的步子,走在最头里,看上去,哪像七十多岁的老人呢。

快到五点半的时刻,大家就登上了望海峰的顶巅。叫作望海峰,实际是望不到海的,望到的是云海。不多时,东方泛起了鱼肚白,连绵不绝的群山峡谷中,大雾迷漫,风起云涌,顷刻工夫,升腾的白云覆盖了山脚,翻卷到山腰,沉没了小山,云海形成了,从眼前铺到那天尽头，用"五百里滇池，奔来眼底"形容它，似乎还嫌不足以说明它的壮观呢！远处露出"海面"的小山尖，在"波涛"中。忽高忽低，忽明忽暗，忽隐忽现，那也许就是神仙世界中的方壶胜瀛吧。

正在欣赏这洋洋大观的云海时，放白的东方更亮了，突然在那水天相接处，射出了万道红光，尽染了翻滚的"海水"。一瞬间，半轮红日喷薄而出，殷红殷红，晶亮晶亮，上升之状，恰似舞台上的动画片。当那初日离开"海面"时，似乎跳跃了一下，有如初生的婴儿离开了母体，天水变得更加明晰了。人们在旭日的光照中欢呼着，雀跃着，风在吹，"海"在动，一切充满了生机，充满了活力。

赵朴老即景生情咏词了，那声音在山谷中回响：

东台顶，盛夏尚披裘，天着霞衣迎日出，峰腾云海作舟浮，朝气满神州。

不知是谁诚心要开我的玩笑，也要我来一首。我着实有些窘迫，急忙念出故乡诗人元遗山的一首《台山杂咏》来解围：

颠风作力扫阴霾，白日青天四望开。
好个台山真面目，争教坡老不曾来。

"好诗！好诗！"赵朴老赞扬着。

大家说说笑笑返回鸿门岩。山风小多了，天也不像凌晨那么冷。站在高处远远俯瞰那台怀镇，酷似一个精致的小盆景，那殿宇碑塔井然有序地布置在四围青色中，她已经从沉睡中苏醒，开始接待那熙熙攘攘的远近游客。

返回显通寺的时候，才上午九点钟。我急匆匆地去看阎丽川先生。他吃了些药，已经好多了。我向他介绍那云海的奇观，日出的胜景，他为没能纵览江山的丽色，感到是极大的憾事。

下午，陪同阎老游了三个寺。

五台山传为文殊菩萨的道场，传说东汉永平年间，这里就出现了寺庙。随着"佛法"的兴衰，庙宇便有所增损。现在五台山内外，尚存大小寺院五十多处，一个地区，寺院如此集中，这在国内外也是罕见的。

我们在显通寺漫步。这个建在汉明帝时的大孚灵鹫寺旧址上的建筑群，大都是明清的遗构。殿宇宏大，古木峥嵘，大雄宝殿后的无量殿，是一座气度轩昂的无梁建筑，殿内特别引人注目的一件"经字塔"，据说是苏州的一位信士用十二年的时间写成的，一部《华严经》，组成了一个大佛塔，回栏曲槛，历历在目，斗拱华檐，形象俊美。那蝇头小楷，写得工整秀丽，始终如一，这实在是难能可贵的。而席地静坐的那些铁罗汉，还有一段动人的传说呢。明末崇祯年间，五台山玉花池的一位老僧，云游北国，四方化缘。每当手中所得布施，凡够铸一尊罗汉时，就在所到之地祈请能工巧匠，精心铸造。不知过了多少年月，走了多少路程，老僧的眉发皆白了，乃完成了铸造五百罗汉的宏愿。而这些罗汉怎么运回五台山，老僧却没有办法，出于无奈，便在返五台山的路上，吩咐每个罗汉说："老僧衰迈，力薄能鲜，无能将诸位运回台山，但愿某月某日各自归来，玉花池僧众接迎，罗汉台上就座。"

说也灵验，某年月日，玉花池的老僧领着众僧在拂晓前，来到罗汉台前，出乎意料，各路罗汉已先僧人在罗汉台上各就各位了，大家合十念佛，只见香烟缭绕，钟磬清幽。细心老僧发现罗汉台上空出一个位子，再经清点，四百九十九尊，老僧奇怪，怎么会少了一尊？便再整行装，按路寻访。原来是有一尊罗汉，走到半路，遇一老人，便问到五台山的路程还有多远？老人说："还远着哪，不说你的脚是肉的，就是铁的，也还得磨掉一截。"谁知这尊铁罗汉，一经点破，便不能再行动了。这一日，老僧寻得此尊罗汉，就地盖了一处小庙，供奉起来。这便是五台山五百铁罗汉仅有四百九十九尊的故事。然而在"十年内乱"中，近五百尊的罗汉、劫后余生，仅存二百二十三尊了。玉花池的殿宇也荡然无存了，这些幸存的罗汉只好乔迁到这大显通寺的无量殿内来，聆听那大莲台上释迦牟尼的讲经说法。

无量殿之后的"清凉妙高处"，有一座铜殿，两座铜塔，都是明代铜铸艺术中的精品。铜殿用十几块隔扇门围起来，每一块是由一个省铸造的，文饰之美，工艺之精，实在是惊人的。细看门上图案，各不相同，合起来却能浑然一体，天衣无缝。殿内四壁上有小佛万尊，金光闪闪，灼灼照人。

铜殿下面，左右两侧，有两座玲珑剔透的铜塔，两丈多高，亭亭直立，铜锈斑斓，古趣盎然。这里的塔，原有五座，暗合五台之意，不知什么年代，有三座到外地云游去了，塔座至今还蹲在原处，等待和盼望着主人的归来。

显通寺院松柏荫中，还有幢无字碑，有好事者，刻上今人的诗词，后经僧众的反对，才借助于刀斧的功力，使无字碑又归于无字了，然而那隐隐的刀痕留迹，依稀可见，这也许是无知给历史遗留的纪念吧。

作画与游踪

　　游塔院寺，我们最感兴趣的是那二十一丈高的大白塔，状如藻瓶，矗立台怀。瞧那风磨铜宝顶，光华四射，听那复盆的风铃，声闻四达。登上那阔大的藏经楼，书架林立，经卷迭放，一函函，一宗宗，以千字文"天地玄黄"而编次，有条不紊，方便检阅。而由楼下直通楼上的转轮藏经橱，圆转灵活，吸引着更多的游人。至于那佛殿僧寮，碑碣题记，因时间的紧迫，我们就无暇一顾了。

　　出塔院寺，过台怀街，经十方堂、罗睺寺、圆照寺、广宗寺，转过大影壁，走完青云直上的一百零八级石台阶，直抵菩萨顶的"灵峰胜境"。在这胜境中有斗座"滴水殿"，最饶趣味，是日晴空万里，而又日久无雨，奇怪的是这宝殿四檐，雨珠滴沥，落地注石，振振有声。天长日久，檐下石条上被滴出一排排深坑，真是"水滴石穿"，功成自然。至于它的科学道理呢，有人说这是台山自然气候所致，那么其他殿檐为什么不滴水呢？有人说这滴水殿檐瓦是特制的，有返潮和防渗的性能。这些是有待于科学家研究的问题，我则欣赏那下注溅石的水花，在阳光下反射出五光十色的艳彩。这"胜境"里还有全台最大的石刻乾隆碑，有藏式菩萨像。还有做"万人斋"用的大铜锅。那乾隆皇帝的"御笔"是专效赵孟頫的书法，软弱无力，无多精神，不能耐人寻味。至于那满、蒙、藏文，我则是文盲了，不敢妄加褒贬。藏式菩萨像，倒是塑得有个性，有特色，据说是西藏喇嘛的技艺。那铜锅有多大呢？"万人斋"后，小和尚还得用大黄牛拉着犁在锅底耕锅巴呢，当然这是艺术的夸张了，究竟有多大？很抱歉，我没有具体测量，还是请你亲自去看看的好。

　　菩萨顶浏览完毕，我们坐在山门外的石阶上休息，指点着那没有去看过的南山寺、碧山寺、殊象寺、黛螺顶等许多寺院，谈叙着五台山的传说和故事,想象着清代皇帝们朝山的盛况。阎老的游兴未艾,画兴又大发了,展开速写本,勾起画稿来。祝愿那千岩万壑、名胜古迹,统统收入到老画师的锦囊。而那小张却是心旷神怡地陶醉在大自然的怀抱里,情不自禁地朗诵起陈毅同志的诗作来:

> 本不游五台,
> 迂道时日紧,
> 至今有余欢,
> 曾踏菩萨顶。

三

著名版画家力群同志和青年漫画作者王健同志,参观了北魏的云冈石窟,辽金的上、下华严寺和善化寺之后,从大同来到五台山,小住数日,饱游饫看。今日一清早,便向台怀镇的大白塔告别了。

我们取道小车沟,车在河谷中行十余里,来到九龙岗。这又是一个风景佳胜之地,依山傍水的高岗上,建一座"峻极霄汉"的龙泉寺。寺院的历史是很久了,但留下来的只是民国十三年的建筑物,年代虽不久远,也算不上什么文物,而山门外一座汉白玉石碑坊,却是雕刻艺术中的一件杰作。若能用孙悟空的法力把它缩小到案头,就是一件精湛的象牙雕刻,它在青山和蓝天的映衬下,是那么清新明快,玲珑剔透,又像一幅刀笔洗炼的木刻画,难怪老木刻家欣赏着,发出连连的赞叹,说这是"国宝",应该很好地保护,他为一根柱子上损坏了一个龙头枋而惋惜。当他知道那是"四人帮"时期,"破四旧"的恶果时,这位有素养的老艺术家也破口了:"那帮龟孙子,真是坏透了!"

作画与游踪

大家怀着忿忿的感情走下龙泉寺高耸的石台阶，横过清水河的一条支流，车便走上了翠岩峰和锦绣峰的盘道。时令已入深秋季节，而那些山花野卉，仍是丛丛簇簇的向盘山路拥来，万紫千红，不可名状。车驶进了花的街巷，花的海洋，真有点锦绣裹山川的味道呀！五台山有许多名花异草，据《清凉山志》记载："名花有五，曰日菊、金芙蓉、百枝、钵囊、玉仙；异草有三，曰蓍蓝、鸡足、菩萨线。"对花木我是所知甚少，但我知道，这里有一种叫做"蝎麻"的草，它有蝎子的本领，人挨了它，会痛痒。据说十几年前作家巴金先生到五台山时，他的夫人曾经领略过这种草的滋味。我介绍着这些传闻轶事，版画家和漫画家被逗得乐了起来。

到南台顶的岔路口，车转了个弯，向左而去。因为时间关系，我们不能去中台顶访问那些终年战斗在云海深处的五台山气象站的英雄们，然而为他们那种探测大气风向，不知疲倦，忘却困难的精神，从心田深处油然生发出一种崇高的敬意。

我们也没有攀登那古南台，繁花似锦的锦锈峰也只好割爱了。车转下坡路，前面来到人们传说的文殊菩萨示现的金阁寺。四面环山，白云低卧，鸟鸣谷应，幽静之极。该寺正殿中有一尊五丈三尺高的千手观音铜铸像，是五台山的第一大菩萨。殿内还弃置着两台一米高的莲瓣大柱础，是唐代的遗物，于此，也可窥见一点唐开元年间金阁寺的盛况了。

出金阁寺，一直是弯弯曲曲的下山盘道。中午时分，我们到达最后的游览点佛光寺。

午饭后，稍作休息，便对这座古建筑精华巡礼了。

一棵龙鳞"接引松"，伸展着挺劲修长的枝条，好象是在热情地迎接来人。书写着"佛光寺"三个铅粉大字的深红色的影壁，直立在老松树下，影壁的后面便是寺院西向的山门，上面挂着"全国重点文物"的保护标志。拾阶而上，过了山门的穿堂，便是一个宽敞的大院，新砖铺地，花木扶疏，殿堂整洁，庭院清幽。那座北向南的文殊大殿，是金天会十五年的遗构，观其建筑，已见"人字架"的雏形，这在世界建筑史上恐怕也是最早的"人字"结构了。我们为之骄傲，祖先的聪颖和才智是不能低估的。院的东端又是上升的石台阶，台阶之上。又是一院落，花木更多了，更烂漫了。月季、玉簪在老柏下放散着幽香；喜鹊、鸽子在屋脊上鸣叫和嬉戏。那座和山门相对的主体建筑——东大殿，居高临下雄踞在山腰间的高台上。那气派宏大的古建筑，使人眼界开阔，心胸充实。这是一座唐代大中十一年的原物，面宽七间，进深四间，单檐庑殿顶，有平缓的屋顶，硕大的斗拱，显著的"生起"和"侧脚"，朴实无华的"平闇"，一切体现着唐代建筑的风格和特点。就连那复盆的莲瓣柱础，也都是精美的工艺品。殿内佛坛上三十多尊塑像，更是须眉生动，光采照人。肃穆的三世佛，慈祥的菩萨，英武的力士，虔诚的罗汉与供养人，矫健的青狮与白象，组成一个庄严的佛国世界。豪迈不羁，奔放有力，雍容华贵，丰满充实，体现出唐代雕塑的艺术美和时代风尚。那梁架上的唐人墨迹，那拱眼壁间的唐人绘画，那板门上各朝代的题记，琳琅满目，美不胜收，我们实在是如行山阴道上，应接不暇。力群同志最欣赏的是释迦牟尼佛须弥座的一幅壁画，这画在佛座的束腰背部，紧贴扇面墙。几年前，在一个避雨的日子里，为古建专家祁英涛工程师所发现。我们用手电欣赏那精采的画面，力群同志为那生动的人物形象，奔放流畅的线描，鲜焕夺目的色彩所激动："好极了！这简直和吴道子的《送子天王图》是亲兄弟。"

91

作画与游踪

　　东大殿外侧，有一座绳纹切砖、空心叠涩的祖师塔，是魏齐遗物。据说这就是当年梁思成先生在敦煌壁画上看到的"佛光塔"，这塔把他引来五台山。1937年夏天，古建筑专家梁思成等四位教授来到这里，精心钻研，不舍昼夜，摩挲着殿前的大中十一年的经幢，寻觅着寺院中的题记，洗刷梁架，测量构件，绘图照相，屈膝会诊，才将这座沉睡千年的古寺唤醒，公诸世界。殿前的两棵千年古松，是这大殿的伴侣，它目睹了这寺院的沉晦和昭苏。松针在微风中瑟瑟作响，似乎在倾诉：佛光寺自从回到了人民的手中，才得到了国家的真正保护，并引起世界上古建筑专家的重视，千年古寺焕发出青春的活力。梁思成先生有知，也会含笑九泉之下。

　　在返程中，车过"济胜桥"不远，顺路参观了河边石刻工艺厂。这是一座社办的手工企业，专门刻制精美的仿古砚台。河边旧属五台县（今归定襄县管），县以山名，故所产之砚，仍名五台砚，简称台砚。河边村东，有山雄峙，名叫文山。文山之腹，多贮佳石，石工凿石于此，精雕细琢，成"石鼓砚"、"兰亭砚"、"贞观砚"、"宣和砚"以及"琵琶砚"、"犀牛砚"等等名目，远销日本和南洋，深受欢迎，还供不应求呢。砚石分红、紫、墨、绿四色，紫色细腻，绿色美观，因人而异，各选所好。版画家力群同志近来对国画和书法颇感兴趣，便定制了两方大墨海，生花之笔将与这台山之砚相得益彰，更臻神妙。

　　当我们回到晋北古城忻州时，已是灯火交辉，十分夜色了。

绵山纪游

诵读《寒食》诗，多有咏赞介子推之章句。往游绵山，凭吊介公，夙愿已久，惜未得机缘。乙亥盛夏，幸蒙驻介休部队盛情相邀，遂偕书画家姚天沐、赵球、王治国、狄少英诸同道成绵山之行。

到介休翌日晨起，天响闷雷，时降雨星，同行者，无不仰天长望，深恐阻雨，不得出游。早餐后，忽来一阵清风，雨过天霁，大家喜出望外，遂分乘三辆小车，在王副政委的陪同下，向绵山进发。车出介休城，东南行四十里，至兴地村，适值绵山脚下。一行十人，下车安步，沿山道而上。仰观绵山，崇峦叠嶂，隐天蔽日，崝岩巨石，扑面而来，正老杜"山从人面起，云傍马头生"之境界。喜有清风捧袂，山桃悦目，柏子飘香，好鸟和鸣，且登山未几，腰脚尚健，故尔谈笑风生，戏谑调笑。行进间，路转仄迫，左临悬崖，右倚高壁，凿石为磴，随高就低，同人只好屏声息气，手脚并用，步伍长喘，汗流浃背。偶得宽展处，便倚岩而坐，以调气息。如是，行行歇歇，歇歇行行，时左折，时又右转，竟已达绵山半腰。过一曲涧，地转平旷，有山寺忽现，为龙头寺。步入山门，寺颇宏大，倚山而建，石阶高耸。奈何大殿已毁，只留残垣断壁，瓦砾堆积，丰碑扑道，蔓草丛生，一派荒凉凄清。询之寺僧,知为1939年日寇侵华时所为,闻此,无不愤然切齿。

龙头寺小憩片刻,遂复前行,不远为望峰门,昔称吊桥门,正一夫当关,万夫莫敌之处所。过关门,路虽平,径却仄,只见一羊肠小道,缠绕半山之腰。上为摩天巨嶂,下临峭壁深壑。仰观,惟恐泰山压顶;俯察,不禁胆战心惊,游人至此,不复言笑。险路不长,便有林木夹道,野卉丛生,且有三五小庙座落道旁,同行者方将悬心落肚。

到蜂房泉,书画家一时欢呼赞叹。巨壁嵌空,高阔十数丈,上生钟乳石十数个:状若悬钟,上复绿苔,蒙蒙茸茸;下注清泉,似断线,若穿珠,叮叮咚咚,坠落碧池,若敲钟击磬,清音如缕。碧水一池,因风荡漾,临水而坐,肌肤鉴绿,以手掬饮,凉沁灵台。游旅困顿,随之而消。忽有人朗读诗碑,正傅山先生咏此石乳泉之佳什:

> 佛恩滋静者,石乳敕龙潭。
> 菡苕琼茹引,摩尼玉线甘。
> 惠该功德八,清澈法身三。
> 一勺醍醐足,那加不许贪。

声韵清幽,回转岩壁,绵山之胜,此为一绝。

别石乳泉,前行一里,为白云庵,俗称中岩。庵建岩下,杂树所荫,据说抗战初期,冯玉祥将军所属方振武部曾在此率众举行了著名的绵山抗日誓师大会,后为抗日政府机关所在地。惜经丧乱,无人看管,僧尼他去,禅房破败,乱石堆积,杂草过人。岩前有白云洞,云时出没,问当年庵中抗日盛况,白云不语,老树无声,惟断壁上抗日标语，依稀可辨，略可窥见其中信息，诚可宝也。

复沿山道而行，时高时低，乍宽乍窄，宽处三皇阁、玉皇阁倚岩而建，有老树垂荫，杂花点缀，野趣幽韵，任人领受。路到尽处，山成豁口，遂凿石穿木，架桥相通，乃为栈道。人行桥上，手扶栏杆，放目远眺，远山如黛，深谷云起，但见胡燕飞度，鹰隼盘空，偶有风过，恍觉栏板晃动，于此不敢久留，急步而过。如是者栈道有二处，一曰兔桥，一曰鹿桥。

下缓坡，忽见林木攒聚，奇石叠错，古木佳石中五塔雄踞高台之上，寻读砖塔碑记，知为康、乾时高僧大德之灵骨舍利安放之所。塔前有石兽二尊，雕工粗犷，憨态可掬，经风雨，伴灵塔，苔藓斑剥。高台之上，生一老榆，状颇奇特，密叶如盖。枝桠横空，同行小战士，先缘木而坐，复脚勾高枝，悬空倒挂，若寒猿饮涧，遂拍小影，立此存照，以志胜游，亦富谈资。

过塔林，谈笑间，峰回路转，忽有楼观化现半空，重檐广厦，悬建云岩之上，下垂石磴，高可百二十级，若云梯垂天，上逼广寒宫阙。此正绵山胜景抱腹岩云峰寺也。自望峰门而来，斗折蛇行十数里，始得此奇观，同行者或展画夹，或开相机，将此天然图画收入绢素，摄入镜头。

这抱腹岩，状似穹庐，座东面西，高、深均可十余丈，广约三倍过之。寺建覆岩下，为上下两层，下正对山门为主体建筑——空王古佛殿，新近复建，规模宏大，彩绘焕然，空王殿南侧为千佛殿，殿毁，佛坛尚存，坛上千佛，高约尺余，虽残肢断臂，或立或卧，其造型精美，风韵犹在。空王殿北侧为"介推祠"，在1939年也遭日寇焚烧，祠庙起火，化为灰烬，殿基残存，尽成瓦砾。我来绵山，不得一瞻介子风仪，不能一拜介子圣像，面对残垣断壁，胸生无限芥蒂，偶成俚句，临风咏啸，以舒胸臆。

> 登临沿鸟道，为寻祠堂幽。
> 桂柢迷草木，香篆断春秋。
> 绵田遭劫难，日寇焚故邱。
> 寒食火未禁，此恨几时休。

由空王殿南侧东上石阶六十余级，抵云峰寺上层殿阁，由北至南，依次有菩萨殿、罗汉堂、诸天殿、石佛殿，殿内或泥塑，或石雕，各俱神态，法相庄严，就中有二木雕，刀法洗练，古朴典雅，诚为古代雕塑中之佳构。又有焦居士真身塑像一躯。惜表层泥塑剥落，真身骨骼外露，置一木箱中，我寥寥一观，犹见皮肉之相，亦亟待重塑金身，供人礼拜。

由石佛殿南去，为广嗣峪，为"捞石子"之处所，再南有祈雨池，池畔有金大定十一年之祈雨碑，奈何岩下光弱，未能卒读。池南有五龙殿，祀五龙与龙母塑像。据云每当天旱，龙祠香火不绝，绵上乡民，跪拜祷告，偶沾雨露，社戏三日，以谢神灵，其时也，绵山上下，游人摩肩接踵，络绎如市井。

上层诸殿，或殿壁相靠，或曲槛勾连，到五龙殿，随山遛转，殿已面北，再过一栈道，出堡形门洞，已置身抱腹岩外，正初见云峰寺之"化现楼观"。一排十数间，下临绝壁，回廊曲栈，岩下白云迢递，檐间铃铎传声，间有老僧过阁，袈裟飘举，或谓空王化现，游人引颈瞻礼，庆幸机缘不浅。

绵山纪游

早年读叶昌炽所著《语石》,志有"抱腹寺摩崖碑,在绵山最险处,自沙堡曹祇甫裹三日粮,绳缒猱升,拓数本以出,后亦无问津者"云云。我来绵山,遍寻不得,但愿此大唐刻石有山灵呵护,永留人间。时过中午,且又雷声复起,绵山绝顶,不容登临,在寺院中小憩食粥,面包香肠,一扫而空,便取道"沿沟"而返,以领历"沟底"景趣。

离云峰寺,下云梯石磴,尚须循小路入山,以近深谷上游,方可下达岩谷。穿林莽,过夹道,仰见五峰耸起,高出云表,状若封土,俗称"五龙墓"。经峰脚,行未几,又逢险道,名曰"舍身崖",其险绝,远过来时道路,摩天峭壁下,一径如带;下临绝涧,深约千寻,道旁寸草不生,更无杂树遮拦,崖长三十米,紧接栈道,又三十米,且无栏杆护持,行人至此,无不面面相觑,惊恐失色,个个缘壁摩耳,屏息而过,不禁心悸腿软,头晕眼花。就中治国兄尤为恐高,观其行状,表情木然,冷汗成珠,腿颤为最,遂由二战士挟持而过。同行问话,半刻未能开口。张政委则言:"我为军人,却未曾过此险路。今行其上,未觉步移,惟感山动,行高临险,也是一次锻炼。"镇静自若者唯赵球先生,虽行最后,由青年画家少英同志陪同,不时仰观俯察,尚伫立栈道,扳动快门,拍摄岩沟景观。

过此险路,前行虽仍是羊肠小道,然有林木丛生虽险而不恐,踽行其间,野趣饶生。

入山愈深,山道愈下,转九十度大弯,下百十级石磴,便到沟底,眼前顿感逼仄,两山夹峙,乱石枕流,时见清溪潺湲,忽又惊湍激浪,此正郦道元《水经注》之"石桐水"也。顺溪流而下,跳石跨涧,穿林过莽,时在溪左,时过水右,十五里溪涧,移步换形,极尽丘壑之美。游弋其间,临流拍照,汲泉而饮,采岩畔之山花,捡水中之卵石,

97

作画与游踪

因风过而长啸,为传响而高歌,虽腿脚已不济,而欢乐却无穷。谈笑间,雷声大作,山雨欲来,同行者加快步履,只是腿脚不听使唤,赵球先生手拄木杖,尚赖小战士扶持。而六十五岁的天沐先生,不独谈锋健,一路高谈阔论;且腰脚也健,似乎不大费力,第一个返回兴地村停车场。甫入车厢,天雨袭来,雨大如注,天公有眼,方免去诸画家淋漓之苦。返回介休城驻地,已是下午六点,一日之旅,苦耶乐耶?尽在其中。

游了三个寺

甲戌四月，我适五台山，下榻税苑山庄。山庄地处紫霞谷口，傍山临溪，云蒸霞蔚，时有清风过隙，万籁和鸣，檐角间铁马儿叮咚，山林中布谷鸟啁啾，一时间，平添了几缕清幽，几许静寂。时下旅游事业兴旺，名山胜区往昔的清静，几年间变得沸沸扬扬，熙熙攘攘。这税苑山庄倒是得地理之恩泽，富山林之野趣，宿食其间，其心也静，其气自舒。

一日午餐后，无一丝睡意，遂偕画友步出山庄门栏，悠哉南行数十步。有慢坡若云锦，长约百米，宽可丈余，道之左右，杂花香草，似图案镶嵌，道之上下，青石铺陈，光洁如洗，石缝间马兰花丛丛簇簇，淡紫色的兰花，正竞放着，呈现出一种文静和典雅，间或有三五株蒲公英点缀着，金灿灿的花朵儿，煞是醒目，那几只款款而飞的蜂蝶，不时停落在花瓣上，给静静的花草带来不小的骚动。我和朋友背抄着手漫步在坡道上，小心翼翼地落脚，深怕遭践了石缝中的芳草和香花；我们低声的说着话儿，唯恐惊扰了那吮吸花蜜的小精灵。两头老黄牛迈着缓步走下坡去，面对晴天朗日，长哞一声，才使那似乎凝固了的空气稍一振动。

作画与游踪

坡的尽头是慈福寺，转过影壁，寺门半掩着，推门而进，咿呀之声，惊醒了打坐在寺门内的僧人，他惺忪着两眼站起来对我们合十致意，朋友如数付与了三元门票钱，古寺才显出一点儿时代的特征。

慈福寺，又名禅堂院，环山腰而建，东西窄而南北深，东临深谷，西倚陡坡，恰似半山腰的一截玉带。

寺建道光年间，历史不算长，在台山寺庙群中是小字辈。由寺门到后殿，共五进院落，有乔松十数棵，杨、榆百余株，浓荫覆盖，绿苔上级，亭午的日光透过那繁枝密叶，洒下满地的斑剥，大雄宝殿前两株芍药含苞待放，花蕾数十头，勃勃然，在幽深静寂中，充满了无限的生机。寺中了无声息，只一位吉林来的居士，仰卧在大殿抱厦前的台阶上晒太阳。我和画友从旁侧台阶上步向大殿檐廊间，抚摸那隔扇门的精巧的小木作，其雕刻的细碎和繁缛呈现着清人的建筑风格。

1987年9月陪沙曼翁先生、张海先生游五台山

这寺院，我是旧地重游，记得在"文革"中，我第一次到五台山，经四处打听，方得知慈海法师尚在慈福寺幽栖着。在破瓦残垣中我见到了老人，本来就矮小的身材，还躬着背，手里端一只铁瓢，瓢里煮着几块土豆片和一掬野菜。就这样每日一二餐，维系着老人的生命。

慈海，学问僧。大学毕业后，竟到西藏经营生意，由藏返内地时，绕道印度，四处礼佛，遂结佛缘，回国后便到苏州灵岩寺出家，1957年云游五台山，便驻锡碧山寺。从此终日躲进藏经楼上做学问，云牌响了，下楼吃饭，饭后，又回到楼上研读经卷，山中无历日，几忘寒与暑。

"文革"开始了，在劫难逃，慈海当属"牛鬼蛇神"，无法忍受百般折磨，便回到了在上海某大学执教的胞兄家中，兄弟相见，手足情深，不料晚上就寝时，慈海身着写有"牛鬼蛇神"的白色背心裸露在外，一时被侄儿男女发现，深恐祸及池鱼，便把这位族叔推出家门，其兄也无可奈何，长太息以掩涕兮，哀时世之多艰。慈海无处可去，又回到了五台山，便到这禅堂院来以度残生。后来听说法师坐化了，临终前还说："人到世上若住店，住进了贼店，那就残了。"

当我在慈福寺漫步，自然念起了慈海法师，人去楼空，能不慨叹，还是亏了弘一法师"悲欣交集"的四个字，才将我胸中的不快释去：慈海去了，他才得到了真解脱。

沉默着步出慈福寺，南行百余米，道转右向，面前五松凌空，松下墓塔林立，墓中当不乏高僧大德之灵骨与舍利，聊作观瞻，便望三泉寺而来。

仰望三泉寺，犹在千寻之上，翠石岩岩，不可名状，仄径逶迤，起伏山谷间，清泉溅玉，明灭芳草中。过石拱小桥，桥下水石相击，琮琮有声，犹笙簧在耳。路旁碧草如茵，白花谁散，似繁星嵌空。过"青莲根"刻石，峰回路转，仰见峰头巨石如案，一朱衣者，拥襟而坐，俨然赵子昂《达摩面壁图》。

山渐峭，路更仄，至三泉寺山门前，方有一旷地，寺门新建，石阶陡起，匾额灿然，为天津诸信士敬献。入寺巡视，寺不大，"文革"中尽毁，前不久，兴工动土，复其旧制。三泉寺当有三泉，寻之不得，询之寺僧，曰皆为潜泉，汇为一井，正山门外西侧之水井也。井加盖，我启盖而视，深可五尺，玉液一泓，晶莹透亮，不独供本寺食用，也供他寺汲取，新近施工，也皆此三泉之水，正所谓汲而不涸，满而不溢，真宝泉者也。寺，背倚孤峰，至极顶也不过百寻，系翠岩峰之余脉。山凹间，一株野桃，夭佻有致，探寺而开，正白居易《大林寺桃花》所云者：

人间四月芳菲尽，山寺桃花始盛开。
长恨春归无觅处，不知转入此中来。

离三泉寺，下缓坡，其地平旷，数十米外，瓦屋僧舍，布列其上，为寿宁寺。至山寺后门，其貌不扬，若农家门楣，然一付联语，颇道出山寺境界：

古寺无灯凭月照，山门不锁待云封。

此时无云，只一"待"字，则可引人入胜。至若雨后天霁，白絮涌起，洞门云积，老僧出入，是何等景致；而或山月朗照，古寺凝寒，偶有山灵长啸，则又是怎个情调。

捉摸着联语，脚已步入了寺中三大士殿前，净洁的寺院中，一株老松，伫立苍穹，粗可合抱，顶若华盖，清风吹过，瑟瑟有声。东厢为僧舍，案头除供佛像香烛外，墙上尚挂有书画条幅，肃穆中另有几分清雅。

中殿即大雄宝殿。二僧人正在殿内阅经，见有人来，遂起身延客至殿内，我们稽首礼佛，一时清磬传响，殿壁回荡。其时忽有一红咀鸦，穿殿门而入，飞栖山墙内沿之上，正哺四只小雏，喳喳有声。我说："殿内住上鸦雀，不免佛头着粪。"老僧答道："不妨，爱屋及乌么。"我观察老僧仪态举止，非他寺一般僧侣，遂共落座叙谈，方得知老僧法号自静，年高八三，山东烟台人氏，与戏剧家马少波同乡同学，日军侵华事起，未寻得抗日门径，不堪生灵涂炭，遂在北平剃度出家，遁入空门，后到五台山，结茅台顶，潜心佛学，未有懈怠。"文革"中，曾遭"横扫"，回烟台老家，以务农度日。"文革"后，曾往福州鼓山涌泉寺讲授佛经年余，后复五台山来，先在南山寺，未几到这寿宁寺来，住持十数年，重整山寺，大殿修葺如初，僧舍客堂复建一新，其功德自是无量。

谈及这寿宁寺，老和尚如数家珍：这寺原名为王子烧身寺，系高齐天保帝第三子入台燃身，火尽，阉官刘谦之拾其骨，塔于鹫峰之西。帝惮之，即于焚身处建寺，即今之寿宁寺。老法师叙述着，又导引我们读殿前东侧的石碑，碑系翰林院编修陈邦彦奉康熙帝旨撰书，碑尚完好，读之更进一步了解该寺院历史的梗概。西侧也有一碑，只是残破严重，难以卒读，只看到"我的狗儿年"等字样，这无疑是一块元碑了。

大雄殿前是六角攒尖顶的文殊殿，殿虽一般，然柱头一副联语颇为引人注目，其书法中宫紧结，四维开张，挺拔中又增加了几分苍浑，一派黄庭坚书法的气息，询之，得悉此寺联语并书法皆是自静老和尚手笔，不禁对禅师更加钦仰。

寺院浏览一过，又返回大雄殿，与法师谈及寺内对联，禅师甚是谦虚："老僧不善书法，涂鸦而已，至于联语皆即景所成，未计平仄，见笑见笑。"谈及与马少波先生的交往，法师说："与少波时有书札往还，偶尔往京，多住在少波家，他是文人，与僧人来往，似也无妨，然在"文革"中，则另当别论了。"还有一位政界显贵，也是法师同学同乡，然他不愿透露姓名，说："某某官高位显，自是公务繁冗，我便不搅扰他，现在他也年高离休，当不会太忙吧。"老和尚沉入了思念之中。

天色转晴，时入薄暮，我们向老禅师道别，循原路而返，自静禅师的形象久久在脑际浮现，一位八十多岁的老人，身着灰色棉袍，在寺院中洒扫，在古松下盘桓，在青灯旁诵经，在书案上挥毫……

当我再驻足回望寿宁寺时，已是白云拥寺，钟磬声起。寻思那自静老和尚竟在这翠岩峰余脉的山脊上高隐着，不禁脱口而言："真雾豹也！真雾豹也！"

游了三个山

金秋十月，应阳泉美术院院长杨建国学长之邀请，前往参加美术院建院十周年庆典活动。祝贺之余，承蒙主人盛情安排，得以冠山、藏山、苍岩山之游。

冠山

驱车离阳泉市区，未几，即抵平定县城，匆匆而过，未得寻觅那久享盛名的平定沙器，而脑海中萦绕的却是张石舟和石评梅，前者的书法艺术在山西的文化志中当占一席位置，而后者与高君宇的革命故事，则颇为人们乐道。当我挽回对平定人物的思绪时，车早已离开了县城，西南向行约十数里，舍油路而转山道，盘旋于高路坡梁，车外风物破目而来，正赏读间，小车嘎然而止，已到冠山停车场。下得车来，漫步于资福寺前，但见古槐婆娑，浓阴匝地。山门外建一小戏台，掩映杂树丛中，台前一小场地，方广不足三丈，容数十人可也，当为祈赛敬神之所。入得寺院，老僧方进早斋，我们随意在碑廊大殿中徜徉，竞放的牵牛花，枝叶蔓延于窗棂庭树，斑剥古碑的额头上，也开放着四五朵，煞是清醒喜人。寺院中有金柏一株，当有数百年的高龄，亭亭伫立于苍穹之下，听柏子坠地，瑟瑟有声，嗅柏子清香，临风益甚。

出资福寺，左行，有龙泉一泓，清澈见底，游鱼可数；忽而风至，涟漪微动，山摇树曲，倒影幻化。泉侧有亭，内陈一石，上镌四字："丰周瓢饮"，为傅山篆书手迹。游人至此，多晤对研摩，同行者摄影家周旭升为我们拍照留念。

复前行，杂树丛簇，落叶飘零，丛树间，石磴陡起，直入松门。松门者，古松二株，左右阙立，横枝连理，密叶相复，俨然门户也。过松门，东去为冠山书院。其地，境极清幽，石碑林立，搜读一过，有柳公权石刻十六块，为后人翻刻，惟乔宇《雪中访左丞吕公书院旧址》一石，其书不俗，诗亦颇能道出山中景趣，遂抄录于笥夹：

峻岭崇冈冒雪来，冠山遥在白云隈。
松盘厚地蜿蜒出，花散诸天缥缈开。
傍险欲寻归隐洞，凌高还上读书台。
平生仰止乡贤意，莫遣遗映飑草莱。

嘉靖乙酉正月既望白岩山人乔宇书

别书院，复循磴道上行，至文昌阁。阁虽卑小，然登临远眺，心胸豁然开朗，正"四面云山环斗极，满城烟树焕文章"。抚栏吟唱，其韵幽绝。阁后，杂草侵道，寻觅而前行，一松斜倚白石，石畔黄花簇拥，正"三径就荒，松菊犹存"之谓也。

由文昌阁东去，有夫子洞，洞颇小巧，有石雕数躯，刀笔古拙，有奇趣。洞前有砚池，池畔悬崖壁立，崖上野菊灿然悬空，花下岩壁，上镌"云山坐论"四字。于此小坐，负暄漫话，超然物外，似得山水真机。面对冠山之松石，诚为天然图画，古松数百株，一本万殊，有如洪谷子所见太行山之粉本。其石岩岩，不让泰山之雄，山花竞放，秋林尽染，徜徉其间，宠辱不惊，去留无意，恬然怡然，乐何如之。惟所虑者，山下开矿，地脉破坏，水位下降，冠山数百年老松，竟有十数株不幸枯死，赤条条针叶全无，他年若来问讯，冠山古松怕是尽入南门柴市矣。视此，一己之名利，一身之升退，又何足道哉。

藏山

出盂县城，北行三十里，路东山脚下，一座彩绘牌坊，玲珑而立，当是藏山之门户了。车入坊中，行约五里，见奇松二株，一立一卧。立者，修干撑空，长枝绣羽，若凤鸣岐山；卧者，弓背倚石，枯枝掘地，似龙跃东海，询之导游，"龙凤松"是也。

过龙凤松，渐入佳境，浓荫覆道，绿苔盈阶，鸣泉上下，好鸟和唱，虽时值深秋，却无丝毫凄清荒凉之感。藏山者，非藏赵氏孤儿之地者，乃藏春、藏夏之处所。谈笑间，游人已簇立嘉庆间所建牌坊之下，品评古建，观摩石雕，那二龙戏珠的砖刻影壁，更为引人注目，版画家董其中先生尤为激赏，摩挲再三，不忍离去。

在主人的导引下，复前行，过回廊曲槛，谒寝宫，寻藏孤洞，登飞檐楼，读碑碣铭文，赏摩崖石刻，后小憩"旷怡亭"（六角亭）上，老僧献茶，谈《史记》，谈抗日，谈藏山的复兴。凉风掠过，才浅尝到深秋的韵味，也吹醒了沉睡在我脑海中的傅山诗作：

藏山藏在九原东，神路双松谡谡风。
雾嶂几层宫霍鲜，霜苔三色绿黄红。

作画与游踪

>当年难易人徒说，满壁丹青画不空。
>忠在晋家山亦敬，南方一笏面楼中。

傅山诗作题为《藏山用乔白岩先生韵》。乔宇（白岩先生）之诗碑，壁立寝宫之侧，奈何行色匆匆，只诵读一过，未得抄录，不无遗憾。诗中"神路双松"，当指龙凤松，而"南方一笏"，则今之"笏峰"，势若笏板，壁立斜阳，座南向北，面对飞檐楼，峭劲奇特，对此，深感造化之神异。

山中图画，俯拾即是，品读良久，留连而去，过韩厥祠、二灵庙，下石阶磴道百余级，东去滴水崖、黑龙池，岩腹泉注如屋漏，其状如丝如线，如雨如霰。其声如琴如瑟，如磬如筑，在岩窦间，回环往复，清韵悠扬，犹听佛曲。立身泉下，仰面而汲，水注口中，凉沁心脾。自黑龙洞反窥洞外，泉瀑如珠帘，垂挂洞门，夕阳映照，珠光宝气，光彩动人。出岩洞，在"听泉亭"（八角亭）外，有杂树似"鹿角"，似"蟹爪"，秋叶斑烂，色若丹砂，正国画中双钩夹叶，然攒三聚五，变化无穷，图画所不如也。

却看天色向晚，藏山渐为暮霭所掩，由浅淡而深沉，由迷离而混化，终于失其踪影，逞混沌世界。藏山真藏匿欤？是耶？非耶？

苍岩山

离阳泉，车行平展展的太旧公路上，瞭望间，便过娘子关，驶入井陉。未几，离高速公路。转向苍岩山线路上。因夏秋多暴雨，山洪泛滥，公路为毁。我来旅游，时值抢修，机械车辆，轰轰然，热闹非常，也因此，我们所乘之车，不时被阻，停停走走，有如蜗牛沿壁升降。油画家朱维民教授颇滑稽,善戏谑,所谈故事,令人捧腹而笑,旅途劳顿,为之化解。

车在河谷中行进,满谷的卵石,绵延的群峰,静寂的山庄,摇曳的丛树,咩哞的牛羊,勾画出一幅幅恬淡的风景画。待车抵苍岩山脚,已过中午时分,拟先充饥肠,而后登山。

停车场外,酒肆林立,店招显赫,主人盛情,选"超一级"的饭庄,引大家落座。然上桌饭菜,仅凉拌黄瓜,冷调菠菜,嚼不烂的肚丝,带霉的花生米;那热菜则是炒白菜,炒豆腐,炒鸡蛋,外加一个清炖山鸡汤。这"超一级"堂皇的大餐馆竟无米下炊,使招待我们的东道主深感歉意。

饭菜虽不能可口,山水却是宜人的。这苍岩山,我是旧地重游,对山中的传说和名迹颇为熟悉,便也成了半个导游。和老同学王朝瑞、杨建国、亢佐田等比肩而行,指点那路旁的、石缝的千姿百态的老檀灵枝,走困了,随意在路边的天然石凳上坐下歇歇脚,或到那小溪细流中擦擦脸,风泉漱玉,一身的热气,瞬息间,便烟消云散,通体的清凉,真够惬意的。抑或读读沿路的石刻文字,也颇能引人入胜。走走看看,竟不知爬上多少级石磴,进入了云梯石径,在这荫翳的石罅中,左右苍岩壁立,仰空蓝天一线,唯两山间虹桥飞架,桥殿凌空,有所谓"千丈虹桥登入微,天光云彩共楼飞",乃楚图南先生手迹也。

云梯尽头,有灵官殿矗立,殿后岩岩,似无去路,一扭头,天王殿已在眼前,过殿门,已置身桥楼殿旁,大殿建虹桥之上,面宽五间,进入三间,二层九脊,阳光下,琉璃瓦浮光耀金,甚是瑰丽。循回廊一观,如入琼楼玉宇,恍然天界。桥殿前,还有一小天桥,二桥形制相仿,皆石拱建筑,正"双桥落彩虹"之意境。伫立桥头,仰观俯察,大千世界，尽入手眼。过小天桥，有福庆寺大殿，规模宏大，形制古朴，奈何殿门紧闭，不得一窥堂奥。殿后为浴龙池，风平浪静，山树云影，尽在其中矣。

在天桥附近，徜徉有顷，复取道北山，沿半山仄径，入婵娟门，谒公主祠，观尚书碑，憩峰回轩，入藏经楼，探幽访胜，其乐融融。赵国荃兄，长我几岁，腰脚矫健，一路领先，直薄峰巅。席地而坐，略作休息，待同游者集齐，绕过玉皇顶，下至南天门，复转桥楼殿，取原路下山，返回停车场。

当我们离开苍岩山的时候，大家还依依地回头眺望那山的奇秀，那檀的茂密，那桥的玲珑，那殿的宏丽……我则深深遗憾，不能在此名区中留宿一夜，仔细体察那傅山诗句的境界：

　　　　山楼敞夜扉，石缝一星烂。
　　　　梦回香客喧，无始方静玩。

丝路行记

1988年10月间,甘肃省西峰市举办"古象杯"全国书法大赛,我应邀为评委,遂有陇东之行。

敦煌,有闻名世界的艺术宝库莫高窟,早在我初中读书时,看到了画家潘絜兹先生所创作的《石窟艺术的创造者》,便心向往之。"文革"初,于"破四旧"的书堆中,捡出了一本《敦煌变文集》,翻读后,竟对变文、讲经文、缘起佛教故事等俗文字学产生了浓厚的兴趣,遂起机缘,决心寻求机会,到敦煌去看看。所以在西峰书法大赛评选揭晓后,我便径直到河西走廊西端的重镇古沙州,拜访了朝夕向往的莫高窟。而后返经嘉峪关、酒泉、张掖,过祁连雪山,到西宁,访塔尔寺。再经兰州、呼和浩特而归晋。前后历时二十天,在匆匆行脚中,日有所记,虽多简略粗陋,却也是我在丝绸之路上的雪泥鸿爪。

十月十八日

上午八点离忻州,十点抵太原,直至书协山西分会,协会为每位理事配备了《诸子集成》、《通鉴纪事本末》、《中国古文字学通论》,发我的三部书遂让李建平同志捎回忻州。

中午在省书协秘书长王治国同志家就餐。下午，经由治国同志联系，购得卧铺票，下午两点十分乘由北京经太原到成都方向的火车赴西北。

十月十九日

凌晨四点半，火车抵达西安。下车后，间有小雨，街道上灯光映照，行客匆匆，小吃叫卖声，旅社留客声和火车汽笛声，使古都西安显得嘈杂和烦乱，由于在我眼镜片上也挂满了细雨，眼前扑朔迷离，正幻梦中景色也。

出车站，街上湿漉漉的，通过几次的询问，终于找到了西安长途汽车站，购得往西峰市的车票。随后就早餐于车站食堂。由于时间紧张，就不能再仔细品尝羊肉泡馍的风味了。以前曾两到西安，访碑林，游雁塔，过临潼，洗华清，卧病在骊山脚下，访画家于防震棚中，往事如昨，尽现脑海。

陈巨锁在敦煌月牙泉

时到七点,天已大亮,便上汽车往西峰而去。车出西安,在咸阳古道上奔驰,车窗外细雨朦胧,田畴间水气蒸腾,远山一抹,林带隐现,将浓忽淡,似有若无,俨然是李白"平林漠漠烟如织"的词境了。车过礼泉,路旁出现了一大堆一大堆的柿子,在白雾中那桔红色,恰是燃烧的火焰,格外耀眼。车推的,袋装的,人来人往,热闹非凡。

经道乾县,首先想到的自然是唐代那些天子贵胄们,因为他们的陵寝就在这里,乾县正是因为李治与武则天的一座合葬墓——乾陵而得名的。60年代发掘的永泰公主墓,其精湛的壁画和瑰丽的唐三彩陶俑,也曾轰动一时。行进中,路左忽然出现了一座高丘,那正是章怀太子墓。这位曾经注释过《后汉书》,又被立为太子的李贤,没料到因阻挡了母后登基的愿望,旋被废为庶人,放逐巴州,三十一岁便自杀身亡,死后的陵寝却如此宏伟,细想来,世事多变,世间又何止一个章怀太子呢。

由关中平原,转入黄土高原,渐又进入高山大岭之间,汽车转折盘旋,缓缓行去,时入白云深处,时在峻岭之上。黄叶飘零,秋雨潇瑟,经永寿,过彬县,前面不远处呈现出一座仙山楼阁,它便是陕西省最大的石窟寺——彬县大佛寺。据说寺内有北朝及盛唐期的雕塑像及唐宋人的题记石刻,奈何只能在车中一顾,瞬间,古寺便抛到了身后,竟成空中楼阁,幻而复失了。

中午,停车长武,以便应就餐。然而一路颠簸,饱受劳顿之苦,什么也吃不下,买了几个熟鸡蛋,勉强下咽,便回车上,闭目养神。

车又起行,入甘肃宁县境,雨方停歇。下午五点许抵达西峰市,下榻庆阳地区招待所,时有西峰市文化局局长薛超、副局长杨才全等同志接待。先我而到者,有甘肃何裕(聚川)、青海李海观、新疆申西岚、宁夏胡介文诸先生。后我而来者有宁夏柴建方君。

晚，市文化局设宴，为大家接风洗尘。餐后，稍作休息，便研究了有关书法大赛的时间安排和评比事宜。

十月二十日

上午休息。早饭后，我漫步到新华书店，书店尚未开门，在街头徜徉半小时，然后再到书店，购得叶圣陶先生所著《我与四川》和郑理、周佳合作的《李苦禅传》二册，返回招待所，置诸案头，随时翻阅。下午，"古象杯"全国书法大赛组委会介绍征稿情况，评委们讨论评审办法。

十月二十一日

从全国五千七百多件来稿中，经当地书家初选，选出六百件佳作，然后分真、行、草、篆、隶、篆刻等门类，进行复评。

下午五点，西峰市市委书记、市长等领导同志来看望评委，然后共进晚餐。晚上，召开了简短的座谈会，书家们多不善辞令，主人们则是一通欢迎和感谢的套话。

十月二十二日

上午，文化局的同志们已将复评后的作品，全部悬挂礼堂，评委们以无记名的投票方式评出一等奖十件，二等奖二十件，三等奖三十件，优秀奖若干件，又对这些作品进行总审复议，最后核准获奖名次。

下午，发布评选结果，庆阳地委、行署等领导同志到会祝贺。会后举行了笔会，当地群众颇好书法，围观者云集一堂，委实难以应酬。

十月二十三日

整日作应酬书件，为书法大赛题词"古象忽呈新象，西峰又攀高峰"，为博物馆题"古象雄风"，其余多是古人诗词章句了。

中午，原地委书记李生洲同志来访。老李在一年前曾致函我索书，我到庆阳，特来致谢。他说西峰原是一个小镇。现为庆阳地区行署所在地，当年为陕甘宁边区的一部分，这里民风淳朴，近年来群众性的书法活动颇为热闹，因此地曾出土黄河象化石，原物已调拨北京自然博物馆陈列，为科技文化界所瞩目，便以"古象杯"为题，搞了这次全国性书法大赛，藉此想推动庆阳地区书法事业的发展。

晚餐，在一家有地方风味的小餐馆进行，主食为当地民食"哨子面"。饭虽简单，做工却很精致，也颇可口，正是物美价廉者也。饭后，浏览街头小吃摊，在油灯、电石灯、炉灶火舌的光亮中，小摊林立，人影晃动，面食、油食、饼类，样式繁多，五花八门，叫卖声，吆三喝四，煞是热闹，正儿时所见庙会中景致。随后步入剧场，观西安等地名角到西峰演出的折子戏、清唱，多为秦腔和眉户调，高亢激越，粗犷雄强，当入"西北风"范畴。

十月二十四日

上午在旅社读书。

下午参观北石窟寺。大家在市文化局领导的陪同下，乘车出西峰，西南向而行。车在黄土高原上驰去，深沟大壑，纵横无际，仰观碧空千里，白云闲度；俯察黄花点缀，落叶缤纷，虽值深秋，喜经夜雨，空气分外清新澄洁，游人自然心旷神怡。

车行五十里，遂由原上驶入坡谷，到寺沟，在蒲河茹河交汇处的东岸上，龛窟罗列若峰窝状，便是北石窟寺。主人延请大家至接待室，吃茶小憩。并介绍了这石窟寺地处丝路北道，在北魏永平二年由泾川刺史奚康生开始建造，后经西魏、北周、隋、唐各代均有开凿，现存窟龛近三百个，造像两千余尊。

大家迫不及待的穿一道南向小门，开始了石窟寺的巡礼。窟龛开凿在黄砂岩的岩面上，分上中下三层，其中最大的当是165窟了，为此寺主窟，正为永平二年遗构，内有七世佛，身躯硕大，造型敦厚；而窟中的浮雕伎乐人，则更是形态感人，神采逼现，观其演奏，耳际犹有仙乐缭绕，可谓声情并茂（地声也是声）。那244龛的西魏供养人浮雕，也极简洁明快，人物潇洒而不失高古格调，若顾虎头女史箴图卷。至于那些唐窟的造像，更是精采绝伦，令人倾倒。其中一窟，似乎住过人，或是遇雨避寒者，或是放牧烧食者，曾在这里架起火堆，烟熏火燎，把一铺石雕熏得墨玉一般，然风韵犹在，别有一番情致。

与北石窟相应的姐妹窟——泾川南石窟，据说距此九十里，同为北魏所开，规模略小，因时间关系，也只好割爱了。至于离这里也不算远的"凿仙窟以居禅"的宁夏固原县须弥山石窟，那更是无缘问津。

临别北石窟寺，应邀留题"魏唐精英"四字。

十月二十五日

上午，柴建方、胡介文二位车送银川，申西岚君往西安而南下安徽老家。我在旅舍读书。

下午三点半离客寓，与何裕、李海观二先生将飞往兰州。杨才全等同志送我们到机场，飞机晚点，五点半方到西峰，然后加油，六点起飞。在飞机上，俯瞰陇东高原，沟壑交错，横无际涯，忽大山起伏，曰：六盘山是也。据说，远在成吉思汗率军进攻西夏时，曾避暑兹山，元代安西王还在山上建过"清暑楼"，历史的陈迹也许不复存在了。至于那"六盘山上高峰，红旗漫卷西风"的雄词壮句，20世纪80年代的青年人，所知者也恐怕寥寥无几。只是那大自然的神奇景观，千古不变，令我心驰神往。

时值六点半，忽生浮云，飘忽不定，未几，白云铺海，成兜罗绵世界。飞机行云海之上，云如棉絮铺地，丝纹不动，远眺，直达天边，茫茫无际。时近薄暮，西天熔金，夕照大放光明，真神仙境界。云薄处，方可透过云层，下视山峦群峰，林莽丛树，若海底世界，荇菜浮游，海藻聚散。云断处，山谷湖泊，深沉之极，时有朵云行过，若飞帆白鸥。行机一刻，过完云海，日沉西山，下界混沌，由苍茫而昏黑，万物皆不复现。

晚七点许，飞抵兰州机场，正有七点半飞往乌鲁木齐班机，遂购得到敦煌机票。与何裕、李海观先生匆匆握别，他们回兰州市区，我则待机起飞。

谁料，飞机发生故障，小黑板上不时写出通知旅客推迟飞机起飞时间的告示。到九点，方得剪票登机，那知飞机在跑道上兜了几个圈，又停下来。好在十点，总算起飞。夜中飞行，不少旅客，已是两眼朦胧，昏昏欲睡。历一小时四十分，行程一千一百公里，到达敦煌机场。万没料到，在此下机者，仅我一人，时值午夜，又无入市区之车辆，只身到戈壁滩上，心情不独孤寂，真有点不安了。

在候机室，忽闻乡音，喜出望外，上前询问，正是同乡故旧之子，他为本次飞行机组人员，将很快起飞，往乌鲁木齐飞去，经他介绍，认识了该机场政委，是代县阳明堡马站人氏。在政委的热情帮助下，为我打电话在敦煌市联系了宾馆，并派车送我进城，下榻飞天宾馆106号。至此，心绪方为安定，遂洗澡上床，便酣然入梦了。

十月二十六日

上午，出宾馆，徒步过市场，由南而北，至市政府门前而东去，不远，就到敦煌博物馆。

馆为新建，颇具风采。于此巧遇故交荣恩奇同志，我们是1973年同在广州秋交会筹备期间相识的，时隔十五年，虽音问久疏，但一见如故，甚为高兴，谁道"西出阳关无故人"（阳关距此七十公里，尚在西南）。老荣现为博物馆馆长，在他陪同下，参观了馆藏文物，其中简椟、经书尤为引人注目，使我驻脚良久。老荣还约我到阳关、玉门关走走，然时间有限，就不能到那些古董滩上寻觅历史的遗迹了。

出博物馆又逛了几处书画店，购得《敦煌遗书书法集》等书册，返回旅寓。

中餐后，随即租一辆自行车，出南门只十里，就到鸣沙山外，然后骑骆驼游览了鸣沙山和月牙泉。平生第一次骑骆驼，我在驼背上晃荡，拉驼人牵着绳索在沙碛中迈着艰难的大步，驼铃在沙谷中回响，多少有点苍凉和凄楚。鸣沙山逶迤起伏，高处整齐的如刀切割，平处则呈现出水波纹或大网眼，这大概是风的威力吧。单调的沙漠，在阳光下，反射出刺目的光芒，难怪拉驼人带着一付黑眼镜，天湛蓝得出奇，时有白云飞过，沙碛中留下了一缕长影。

月牙泉，形似一弯新月，清彻明净，无些许纤尘，岸边几丛芦苇，在轻风中摇曳着，芦花飘白，片叶翻金，一只野鸭，漫无目的游来荡去。湖边无游人，我绕湖一周，泉水中映出倒影，沙道上留下脚印，"人去楼空"，影子消失了，脚印也为轻风拂去。这大漠，太沉寂了。水中投下几粒石子，湖面溅起了无数浪花。我来了，鸣沙山全然不觉；我去了，月牙泉复归平静。

乘兴而来，兴尽而归，返回城区，出西门，过党河，登上了沙州故城遗址的城墩，垒高风急，耳际呜呜然，若张义潮率众收复沙州，"展旗帜，动鸣鼍，纵八阵、骋英雄"。放目四顾，平畴绿树，不禁想起了咏《敦煌》四句，"万顷平田四畔沙，汉朝城垒属蕃家，歌谣再复归唐国，道舞春风杨柳花"。

由故城遗址南去不远，有白马塔者，巍然千年，传说为鸠摩罗什传教东土，驮经白马，于此涅槃，遂瘗马建塔，以为纪念。我于塔下徘徊观瞻，还请一位村姑帮助，按动相机快门，留下一张纪念照。

返回宾馆，时近六点，为妻发一信，以告行踪。晚饭后，颇觉疲累，没读几行书，就睡去了。

十月二十七日

上午八点达公共汽车往游莫高窟。出敦煌东门，方行二三里，汽车抛锚，适有出租车驰过，遂转乘小车而去，转九十度弯道，三危山迎面扑来，主峰巍屹，群山拥立，无丛草，也无杂树，赤裸裸横绝戈壁之上。

蓦地，大漠崖谷间，楼阁化现，栈道穿云，白杨夹道的阡陌中，一座彩绘堂皇的木牌坊当道而立，"莫高窟"三个鎏金大字破目而来，为郭沫若氏手笔。身临多年向往的胜境，心怦怦然，终于来到了敦煌！到入口处，尚无一人先我而到，管理人员，让就地等候，待集中一个小集体再领着参观。我迫不及待，拿出名片，说明来意，热情的主人

作画与游踪

随即安排丁小姐破例为我一人导游，我那感激之情当是不言而喻了。

在我的建议下，丁小姐领我首先造访了大名鼎鼎的"藏经洞"，在莫高窟统一编号上，它是第17窟，与16窟所毗连，是晚唐时期为高僧洪䇿影塑像的方丈小室，于1900年6月25日为道士王园篆在清理16窟甬道时所发现，大约五万件的珍贵写本、文物从这里流出，近九十年的时间，在世界上掀起的敦煌热，形成了以敦煌艺术、文献、史迹等为研究对象的敦煌学。

丁小姐领着我在南北一千六百多米长的石窟中巡礼，就北凉、北魏、西魏、北周、隋、唐、五代、宋、西夏、元等朝代有代表性的石窟中观摩，她细心地用手电照着佛窟的各部位，讲解着建筑、壁画、塑像；讲解斯坦因、伯希和盗运文物典籍的勾当；讲解当代敦煌学的研究成果；讲解张大千、常书鸿……

我为那精湛的雕塑、瑰丽的壁画所陶醉出神；为那迷离扑朔的佛教故事而激动赞叹。北魏的朴拙、西魏的清奇、盛唐的金碧灿烂、雄宏博大，中原文化、西域艺术，在这里结合的真是天衣无缝，水乳交融。

那335窟中的初唐壁画是《维摩诘经变》中的"问疾品"。结构宏伟，须眉生动，画面上的维摩诘，凭几探身，激烈陈词，而文殊菩萨沉静自若，一个偌大辨论场面，表现得热烈而入微。而晚唐壁画《报息经变》中的"恶友品"，将"树下弹筝"细节，刻画得精致细腻，善友弹筝，公主倾听，神态毕现，呼之欲出。那举臂提脚反弹琵琶的舞伎，踏着乐曲的旋律，翩翩起舞，跌宕生姿。那扭躯回首、扬手散花的飞天，体态轻盈，飘然凌空。面对这些飞天舞伎，竟觉满壁风动，天衣生香。

429窟的"狩猎图"又将我带入动物世界,那白熊、灰狼、野猪、猴子、双马,描绘得各尽其态,那狩猎者,追牛、射虎、猎羊,一时间,惊险万状,紧张激烈。而《九色鹿本生》故事,却以横卷的形式,娓娓道来,给人以启迪和教育。至于那萨埵那太子舍身饲虎的悲壮场面、尸毗王割肉贸鸽的动人故事,都给我留下了难忘的印象。

对千佛洞壁画,使我伫立甚久的还有第61窟。走进洞窟,丁小姐指着那高4.6米,长13米的巨制说:"五台山来的客人,对'五台山全图'定是了如指掌,想必用不着我再费口舌了。"我面对这世界上最古最大的立体地图,那从南起太原,东至正定,方圆五百里以内的山川形胜,城垣桥梁,皆历历在目,想当年梁思成先生等不正是看了这壁画,随起机缘,然后到五台山"按图索骥",竟然发现了唐建瑰宝佛光寺。

莫高窟的雕塑,或质朴无华,或秀骨清像,或高华丰腴,可谓各臻其妙。最高大者当是96窟的弥勒像,而那328窟的初唐彩塑,更见风采,在庄严肃穆的佛国世界,主佛冷俊,迦叶沉静,阿难矜持;那神情专注、体态丰满女菩萨,嘴上却留着蝌蚪形的绿胡须,酷似山西广胜寺毗卢殿的十二园觉;而半跪复盆莲瓣座上的供养人,其造型又与佛光寺所塑相仿佛。

该记的太多了,在我走出洞窟时,行囊中增加了厚厚的一堆资料,又买了几本书——《敦煌学论集》、《敦煌译丛》、《敦煌文学作品选》等什么的,也算不虚此行。

在夕照中,三危山金光耀目该是化现千佛的时刻了,我没佛缘,无从领略那胜景,却使我想起了第一个到这里开凿石窟的和尚——乐僔,这已是1600多年前的往事了。

我漫步在杰阁凌空的九层楼上，留连于涓涓而去的大泉河畔，三危山麓的沙漠中曾留下我长长的脚印，烽燧上、墓塔旁，我与新结识的澳大利亚朋友留下了永恒的纪念照，招待所就午餐时，与一位美国学者的交谈，使我对祖国文化，对莫高窟更加热爱，也因此而产生一种自豪感。祖国的文化遗产不正是一座高大的莫高窟吗？她取之不尽，用之不竭。

十月二十八日

上午八点半离敦煌飞天宾馆，九点乘汽车望嘉峪关而来。一路沙漠，少见人烟，时有烽火台点缀其间，若那烽烟高起，便是一幅"大漠孤烟直"的图画了。这只是脑海中出现的短暂的形象。眼前唯一的便是通向远方的单调的油路和列在路边的了无变化的一排电线杆。走百余里中，或可见三五土屋，其名曰：某某井，亦极破败荒凉，间或遇上几只骆驼和羊群，天地间才似乎有了点生机，才为坐在车中的我提了提精神。车过安西县，稍事休息，有旅客前去用饭，我到街头聊作观光。这安西便是古之瓜州，盛产瓜类，然而时已入冬，那甜瓜、白兰瓜自然是杳无踪影，有的则是那久负盛名的安西风，"风威卷地野尘黄"倒是绝妙的写照。

车行七小时，途径380多公里，于下午四时许，方抵嘉峪关，这是一新建城市，颇具规模，行人虽不熙攘，然市容净洁，店铺栉比，且有几处高楼大厦矗立于蓝天黄沙之中，料这西陲重镇，随着丝路旅游事业的发展，必将兴旺发达。

下榻嘉峪关宾馆313号房间，洗漱毕，漫步街头，遂进小吃，以为晚餐。过书店，购得《钱君匋篆刻选》与日人中田勇次郎所著《中国书法理论史》各一册，以备展玩。

十月二十九

上午八点搭汽车行15华里，抵嘉峪关城，由东门入，观文昌阁、观乐台、关帝庙，进朝宗门，为一瓮城，再入光华门，再左折登城墙，上至光华楼，颇高大，再转城墙一周，于柔远楼远眺，祁连南峙，白雪玉成，陇云高压，秦树低迷；紫塞东去，缭垣透迤；瀚海西来，苍茫无际。时值九时，北风卷地，颇感寒冷，遂下柔远楼，复出东门，绕城外而行，由北至西，于关城正门外，得观"天下第一雄关"碑，字颇道劲苍古，亦西北风味。碑侧地上有一骷髅，颇完整，我审视再三，不知时历若干春秋，一时间，'阻风蔽日天无色，战骨埋沙夜有磷'的诗句涌上心头。

正门外东侧有工棚数间，工人五六位，正吃早饭。我上前打招呼，他们甚热情，经询问，得悉，正门城楼是新建，旧楼毁于1928年战乱中。去年六月一日开工，今年七月一日完成，历一年零一月，花钱五十多万元。亦政通人和，百废俱兴之举也。

别工人，复前行，过长城小豁口，到东闸门，适有车入城，遂返客寓休息，时正十一点。

午餐后，整理行囊，于十二点半离宾馆，搭车行四十里，至酒泉，方下车，遇一解放军小战士，叫李发安，四川宜宾人，甚是热情，见我所提之物甚多，帮我送至招待所，我是感激不尽，便拉他到饭馆吃饭，他脱手而去。这酒泉当是河西四郡的肃州了，当以"葡萄美酒夜光杯"最为称誉，我于饭馆独酌数杯，忽发雅兴，遂成二句："幸得夜光杯在手，时安整日醉葡萄。"

在酒泉，拟留一日，时间颇为紧张，午餐后，先于十字街头鼓楼下巡礼，一座三层木构楼阁，高踞砖台之上，楼下四门楣上各有一题刻，为"南望祁连"、"北通沙漠"、"东迎华岳"、"西达伊吾"，如实道来，亦见西北人士之质朴。

城东关有一名胜，那就是遐迩闻名的"酒泉"了。现辟为公园，颇空阔清幽，杨柳扶疏中湖心亭飞角翼然，太湖石叠砌有致。那"酒泉"以汉白玉琢栏，其泉方广，水深而明澈见底，中植一雕纹华柱，游人尽以硬币掷入，落入石柱顶端者，即示吉利。入乡随俗，我亦投数枚，一枚正中其上，怡然而去。泉旁竖石碑一通，上镌"西汉酒泉胜迹"六字，提示此处正是传说中西汉名将霍去病以汉武帝赐酒倾倒泉中，与部下士卒同饮的所在了。

出"酒泉公园"，路经博物馆，陈列室近时关闭，未能一睹。时已薄暮，华灯初上，夕照中，南望祁连雪色，更见明洁透亮。步入"祁连餐厅"，半斤水饺下肚，便回招待所阅读那巴金先生的《雪泥集》。

十月三十日

上午八点半离酒泉，乘汽车东去，沿路有树、小草，比西来时平添生意，一路又有祁连山相伴，初日朗照，更见秀色。

行车四小时，于十二点半，抵张掖东门，徒步入城，至鼓楼南，宿甘州宾馆301号。

下午至南街，有"山西会馆"者，现为市文化馆占用，有山门、戏楼、钟鼓楼、牌坊、大殿等，且有碑刻十数通，多为清嘉庆中所立。此会馆为市文物保护单位，一个来自山西的游子，邂逅"山西会馆"，自是喜出望外，分外亲切。

离"山西会馆"不远，有大佛寺，主殿气派十分宏大，面宽九间，内塑一卧佛，身长23米，为国内卧佛之第一，马可波罗游甘州，曾有记载。在藏经殿有河西走廊第六届美术、书法、摄影展，略作浏览，最后看了文物陈列，便结束了对大佛寺的礼拜。

张掖有"万寿寺"，寺中有古塔一座，也颇玲珑可观。然塔在张掖中学校内，塔周有围墙，塔门上锁，不得登览，遂返客舍。

同室住甘肃省委组织部一同志，谈农村经济问题，甚有见地，为之首肯。

十月三十一日

在敦煌时，曾购得一册《丝路行》的杂志，内有由张掖到西宁的一条公路线，古之丝路南线也，遂决定由此取道西宁，主意一定，日前便到车站购票，票已售完，只好购得十一月一日票。无奈只得在甘州滞留一日。是日，天甚冷，上午拳曲于被子中读敦煌变文。午后，天稍转暖，再过书店，不慎，将脚扭伤，拐着行走，颇痛苦。明日早车，以免耽误，便移宿西关车站附近的"群众旅社"，店甚小，且简陋，聊可栖身。晚餐勉进炒面一盘，余则枕被读《艺林剪影》十数篇，文中多介绍书画前辈，有仰慕者，也有相识者。读之如高朋满座，良友晤对，自无寂寞也。

十一月一日

早餐毕，七点半离张掖，时细雨纷纷，时不久，则小雨转为雪花，车到民乐县，已是漫地皆白，冰雪覆盖了。于车站购热鸡蛋数个，亦雪中送炭，疗我寒冷。

作画与游踪

一路平坦，道路四旁平地耶？沙漠耶？缘大雪严覆，自难辨认，约十一时许，车抵祁连山谷口，这便是扼甘肃张掖到青海西宁的要塞"扁都口"。提到扁都口，有人说这就是隋大业五年炀帝西巡东还时所经过的大斗拔谷。

早年读《通鉴纪事本末·炀帝亡隋》篇曾记："车驾东还，行经大斗拔谷，山路隘险，鱼贯而出，风雪晦冥，文武饥馁沾湿，夜久不逮前营，士卒冻死者大半，马驴什八九，后宫妃、主或狼狈相失，与军士杂宿山间。"今我行其地，又值寒冬，风雪相加，心自悬浮。车行高山峡谷，道路尽为雪淹，行驶虽缓，其滑不减。历时许，方达岭头，四望全是雪山，茫茫大荒，尽作银界。时有一藏民，策马而过，骠悍矫健，真画图中人物。又见八九牦毛缀入山坡雪海，黑白对比强烈，诚为版画家之佳构也。其地标为"俄博"。从岭头而下，是一草甸，秋高草黄，幸免雪盖，周有栅栏或围墙，其大不能尽收眼底，牛羊游食其间，一牧羊女，衣朱红色，煞是醒目，又一"高原放牧图"跃然眼前。

下午一时半，汽车抛锚，检修一小时，方得驶动，沿大通河而下，于河中淘金者，上下皆是，似乎要将这河床翻一个儿。风餐露宿，想其收获必多，否则不会在此甘受其苦。到"青石咀"地方，已是下午四时，司机说，据西宁甚远，就不能在此处打尖吃饭了。

离河谷，车转入山坡，左悬右转，步步升高，仰望山峰，直插云端，峰头黑云幻化，真《西游记》中妖怪出没之地。我与司机同排相坐，他说，行车将要通过那峰头，我则不寒而栗。道路盘旋，风吹积雪，唿哨而过，天地昏黑，向岭上望去，车拥高处，蜗行龟走，其进惟艰。至107公里刻石处，其地甚陡，且车轮打滑，难以行进，旅客不得不走下车来，齐声吆喝，推车而过。同行者多青年藏民，性少言语，体多悍壮，推车时，更见其气力，如我之身单力薄者，则是绝无仅有。车行109公里处，为顶峰，时值下午六时，天已转黑，山路既滑，又多拐折，路外又是深沟大壑，稍有疏忽，其结果自不敢想象。在恶心、头痛中忍耐过四小时，于晚十时方到西宁，就近投宿汽车站旅社，住501房间，放下行囊，稍作洗漱，也不思饮食，吃感冒清二粒，便上床歇着，此行也，苦耶？乐耶？

十一月二日

河湟首邑西宁，在西北边陲自然是一个大都会。它的历史虽久远，然而作为省会，它却是年轻的。民国十八年，青海建省，才有了这块省府驻地。其地处高原，海拔2270米，气候自然寒冷，与其说西宁是凉城，不如说西宁是冷城，"关陇风回首，河湟雪洒旗"。早餐就食街头，虽炉灶冒烟，而饼面皆凉，不是昨日没有进食，今晨也似乎难以下咽的。

由西门站，乘旅游车出南川，行二十多公里抵湟中县鲁沙尔镇，再步行数里，便到了黄教圣城塔尔寺。道路两旁，商店林立，大多售法器供物，珠光宝气，琳琅满目。

塔尔寺，座落莲花山坳，其中最为引人注目的则是那金碧辉煌的大金瓦寺了，这是一座汉式传统结构的建筑，又参以藏式佛教建筑的装饰艺术，在三层歇山顶大殿上，复盖以镏金大瓦，并于屋脊和四角饰以宝塔、火焰珠、龙头套兽的铃铎，一派富丽堂皇的气度。大殿四周的地面上铺砌着坚石和硬木，天长日久，跪拜的喇嘛和藏民们遂将这些木石用膝盖和手掌磨成了深深的槽。我徜徉于殿前，观看那些跪

作画与游踪

拜人群，其专一和虔诚的态度实在无以复加，一种庄严肃穆的气氛弥漫寺院。该殿是为纪念黄教始祖宗喀巴而兴建的。明初，宗喀巴首创格鲁派，影响之大，僧徒之众，当时在喇嘛教中自是首屈一指。在他于西藏甘丹寺圆寂后，便在他的故乡建了一座塔殿，现在这个大金瓦寺，便是在那塔殿的基础上于康熙五十年扩建的。

距大金瓦寺不远，有小金瓦寺，其规模不算大，但小巧别致，进得寺院，喇嘛们列坐殿堂门前两侧，面对来人，吹号诵经，号长丈余，其声单一恢宏，"鸣——"地长鸣着，给人以苍凉之感。两廊房，内绘壁画，颇粗犷，是藏式佛教壁画中的精品，廊房的楼上陈列着岩羊哈熊等高原异兽，这是他处寺院从未见过的，该寺后面的广场上，有白色如意宝塔八座，一字儿排列，若尼泊尔风格，情调不凡，游人多于此摄影留念。

与大金瓦寺风格迥然不同的是规模更为宏大的藏式平顶建筑大经堂。占地近二千平方米，可同时容纳千余喇嘛在此进行佛事活动。殿堂深广，光线幽暗，168根大木柱耸立经堂，木柱上方饰以雕刻，下方皆以龙凤彩云藏毡包裹，屋顶高悬幡帏、彩带，四壁环列大型堆乡佛像，地上满布精美小块地毯，数十盏，酥油灯闪烁，烟雾缭绕，充满毡腥味的经堂内呈现出无限的神秘。僧人在晃动，信徒在跪拜，如我辈之游人，自是屏气观看，而不敢大声说话，深怕惊动神灵或破坏这种严肃的氛围。

也颇幸运，是日正是农历九月二十三，一年四次的跳神活动让我遇上了，九间殿前的大院内，云集着汉、藏、蒙、土等各族群众和僧侣以及远道而来的欧美外宾，在芒锣、长号和圆鼓的撞击声中，身着长袍、头带假面具的舞蹈者双双出场，或金刚力士，或牛头马面，或碧眼黄发，或骷髅鬼脸，不一而绝，踢腿转身，仰观俯察，顾盼多姿，在缓慢的节奏中，变换着花步，那分列在屋檐下两侧伴奏者，头着桔黄高帽，身着紫红僧衣，在寒风中偏袒一肩，体肉外露，神情专注，专事吹奏。内中一二青年小僧，左顾右盼，其情狡狯，此乃逃禅者也。

酥油花，雅称油塑，是塔尔寺的一绝，几年来已在电视中多次拜观，今得亲睹，顿开眼界。偌大的殿堂内，陈列着形似影壁的几铺人物故事、佛教神话，诸如《文成公主进藏》、《西游记》、《木兰从军》等等。山川建筑，井然有序；花木蔬果，点缀其间；那人物须眉毕现，楚楚动人。色泽鲜活，其制作之精巧，信手拈来，皆成妙谛。

在塔尔寺又浏览了讲经院、文物院、大厨房等数处圣迹，于下午一时返回西宁。

自宋元以来，信仰伊斯兰教的客商工匠等从西亚和中亚远来中国，西宁东关的清真大寺便在明初应运而生。该寺在明太祖"敕赐"落成后，便成了西宁回民进行宗教活动和穆斯林群众举行婚丧嫁娶仪式的场所。我访清真大寺，时近傍晚，独自步入牌坊，走一段甬道，是一道大门，列九级石阶之上，设拱门五道，一大四小，门楼两翼各建三层宣礼塔一座，颇壮美。入拱门，面前出一广场式的大庭院，空寂无一人，清静之极。院的尽头，便是大寺的主体建筑礼拜堂，它已有近百年的历史，中国式殿堂，饰以阿拉伯和古波斯的图案，融会贯通，别具面目，殿堂之大，可同时供三千人礼拜。殿门紧闭，我从窗孔中向内探视，由于空寂，更觉其阔大。清真寺我去过的不多，然如此之规模的，还是平生第一次所见。

默默的走出大寺，街头行人已是甚少了，西宁是如此的宁谧、静穆，生活在这里的人，该会高寿的。

作画与游踪

十一月三日

西宁仅一日，看了两个极然不同风格的寺院，便登上了归程。早七点二十分上火车，方上车，就有一人将自己的上衣挂在已有衣服的衣帽钩上，然后将手伸入自己的衣兜，却将别人衣兜中的钱物掏去，掏完此处，再掏彼处，如是者数次。这是发生在西宁车站开车前几分钟的车厢内，在场发现的人恐也不少，只是歹徒身佩藏刀，我自软弱，见义勇为者也不复出现，呜呼，宁静西宁也不安宁。

车行四小时十六分，经二百余公里，于中午十二点半抵兰州车站，下榻兰州饭店东楼425号。

下午访肖弟先生于甘肃省文联，晤谈半小时。

曾读叶圣陶先生游雁滩公园散文，记忆颇深，因驻地距公园不远，便漫步其内，沧海桑田，先生笔下的景物已多物变，自觉无甚兴味，遂回客寓。

十一月四日

上午游五泉山，此地多古木，有柳、榆、椿、柏，五泉者仅见其二，曰"掬月泉"、"惠泉"，亦徒存空名而已，实无泉也。山之最上处为"三教洞"，颇卑小，有"千佛殿"，尚宏大，然正在修缮中，不得参谒。有"金刚殿"在山脚，为省文物保护单位，内有丈六金身铜塑接引佛，铸造精美，在西北文物中亦属罕见。于文昌宫观看了甘肃省画廊陈列之书画，甘肃书画家的风貌于此可见一斑。

下午游白塔公园，山巅白塔凌空，山脚黄河东去，公园山径曲折，殿宇罗布，朱楼丹阁，相映成趣，漫步其间，悠然怡然。小坐山亭，南眺五泉山，逆光中，颇有层次，下瞰大河，铁桥飞架，气势顿生，南北两山夹峙中，兰州一城，高楼林立，烟绕云飞，街头巷尾，车水马龙，繁华景象尽现眼底，诚甘肃之首府，丝路之门户也。

十一月五日

上午九点半离兰州，搭车东去呼市。一节卧铺车厢，寥寥数人，因人少，很快就相识了，有西北民族学院教授，有包头某厂家经理，是彝族青年；又有两位呼市推销员，方由伊犁归来，其中一人，祖籍是原平，为我同乡，甚是热情，时时关照；还有一位山西文水籍女士，在兰州工作，去包头探亲。同车厢各位，谈锋甚健，也颇投机，山南海北，天上地下，古今中外，无不在谈笑之中，一车的寒气便被荡涤无存。只是说到，此段道上，颇不安全，小偷出没，流氓猖獗，又值慢车，走十数分，便停车一次，时入深夜，深恐歹人窜入车厢，需分外留心行囊，故一宿未能高枕无忧。

十一月六日

早晨在朦胧中外望，车入内蒙境多时，四野平旷无垠，值河套地区也。到五原车站，葵花籽堆积如山，想在夏日，黄花遍地，灼灼照人，当另一番景色了，下午二时许，抵包头，在站台小作观光。至此车转由西向东，在平原上奔驰而去，只阴山一线，横卧其北，南则土默川平原，古之敕勒川者。"天似穹庐，笼盖四野"的《敕勒歌》竟脱口而出。

下午六时半抵呼和浩特，完成33个小时，1114公里旅途生活，到民族旅社落脚，然后饱餐几张颇有风味的的呼市饼，便回寓卧读有关蒙古史料。

十一月七日

呼和浩特，蒙语也，即青城之义。有新旧城之分，旧城为归化，新城为绥远。今新旧城早连成一体。六十年代，在"四清运动"中，我结识了刘贯一同志，曾拜读他的诗作《高阳台·凭吊昭君墓》："碑老多残，坟高易冷，阳春空照芳尘，忆昔汉蒙事来，佳话未息风云。丰州久挂凄凉月，王嫱千载怨黄昏……"对"青冢"便心向往之。今到古丰州，自然首先是寻访那昭君墓地了。

由旅社至南茶坊，再乘市郊车南行十八里，便见一土丘，拔地而起，高约三十多米，那便是青冢了，时行园中，有董必武诗碑，有"昭君出塞"的雕像，苍松翠柏中，风姿绰约。有文物陈列室和休息室，瓦舍森然。我循磴道，沿土丘而上，直达丘顶小亭，于此伫立良久，北望黑河如带，南眺平川苍野，忆昔明驼千里，喜今蒙汉情殷。耶律楚材之名句"玉骨已消青冢底，香魂犹绕黑河滨"，顿浮脑际。

得见青冢芳颜，心愿似乎了却，便循原路回到南茶房，改乘六路汽车到小什字，观礼那大召和席力图召。

大召，始建于明万历年间。与归化建城同时开工，是呼市最早的召庙了。寺内现供奉的银制释迦牟尼像，还是四百年前的遗物，弥足珍贵。在钟磬声中，有三五参拜者，烧香叩头，与西宁塔尔寺香火之旺相比，是不可同日而语了，至于清静修行，倒是好地方。

席力图召在旧城石头巷，寺不大，俗称小召，也颇僻静，然它却是达赖三世圆寂后，在蒙找到了转世人呼比勒罕，这就是后来的达赖四世云丹嘉错。云丹嘉错年幼时，随席力图召首座希体图葛布鸿学蒙、汉、藏文并黄教经典，随着达赖四世的成长，这召庙自然也响誉漠南。

在席力图召巡礼，寺中那通在康熙三十三年大喇嘛率众平定准噶尔部勾结沙俄东侵的记功碑，引我再三诵读，这应是小召的一段光辉历史了，院内还有一座汉白玉砌成的覆钵式白塔，其设计也见匠心，精工修美，在这华美的黄教寺中，却显出冰清玉洁，有几分羽化登仙之感。

出小召，又漫步于小召下院五塔寺。这里寺院早已不复存在，只一座精巧秀美的金刚宝座舍利塔，亭亭而立，游人于此徘徊驻脚，无不为那挺拔的倩姿和意匠的经营而啧啧赞叹。一部《金刚经》用蒙、藏、梵三种文字镌刻于宝座，一千多龛鎏金佛像罗列四围。那莲瓣须弥座上的五塔，一高四低，饰以图案，刻工细密，变化无穷，摩挲再三，不忍离去。可喜塔北那铺影壁，则更教人宝爱，一幅天文图跃然眼前，只是那天文学名称都以蒙文标写，我不懂蒙文，面对此图真是如读天书，两眼茫然，不知所云了。据说这是国内唯一发现的以少数民族文字标写的天文图，其珍贵不言而喻了。

在呼市，用半天的时间，匆匆对几处胜迹进行寻访，中午一点方返回客寓。

下午四点半，乘火车返晋，晚七点经道卓资山，这里素以熏鸡著称，堪与德州扒鸡、道口烧鸡相比美，遂购二只，以为品尝，九点多过集宁，午夜到大同，车入山西，便鼾然入睡了。

作画与游踪

十一月八日

  早八点返回忻州,此行历时二十二日,经道陕西、甘肃、青海、内蒙四省,领历其风土人情,饱游其名胜古迹,经历长途的劳顿,带回一身的困倦,余则便是以上这些拉杂的文字了。

峨眉踪迹

西川好,最忆是峨眉。四川归来整整三年了,然而峨眉山的山光云影,流泉飞瀑,名刹古寺,老树奇花,这画卷,还不时在眼前幻化;蛙鼓猿啼,钟撞磬击,万籁呼应,空山回响,那清音还不时在耳际缭绕。啊,峨眉,秀绝天下的峨眉山。

初访万年寺

由成都乘火车到峨眉车站,然后改乘小轿车,峰回路转,没多久,我们便来到了净水的桂花场,前面全是山间小路,大家只好以步当车。天不知什么时候下起小雨来,泥泞小道十分滑,我在路边买了一只大节的竹拐杖,拄着它,似乎很安全。身着透明的塑料小雨衣,也是临时买来的,才五角钱。雨衣上挂满了珠露,随着行人的脚步,不时地滚动着,宁静的山道上,还能听到露珠的滴嗒声。四围的山色,笼罩着一层轻纱,大自然呈现出一种似有若无的朦胧美,使我真正领略到"山色有无中"的意境。

走完八华里的小道,来到峨眉主峰以东的观心坡下,这里便是万年寺的所在了。最引人注目的是一座明代建筑的穹窿顶方形无梁殿,

作画与游踪

内有普贤菩萨骑白象的雕塑一尊，是铜铸，据说重有六十二吨，那白象，看上去比真象还要大，是北宋年间的遗物。我不禁惊诧古代艺术家那精湛的铸造技艺和宏大的创造气魄了。

砖殿后，有水池石桥，池后有"巍峨宝殿"，是解放后重建的。我们下榻楼上，推窗四顾，静极清幽，小雨初停，行云飞渡，林木含烟，薄暮苍茫。我正泡茶养神，忽然花灯乍亮，一座本来肃穆的佛国圣地，顿放光明。我恍惚步入了佛家的琉璃世界。空气是透明的，树木也是透明的，在树木掩映下，殿阁更焕发出无穷的神奇来，树荫如筛，光怪陆离。老僧出入，经声四起，钟磬声幽，此起彼伏。其声经久而息，古寺又归之于沉寂。

我正解衣欲睡，楼下又传来如吟如唱、如琴如瑟地声息，这便是我仰慕已久的万年寺弹琴蛙的绝技。据传说，在唐代这万年寺有位广浚和尚，经禅之暇，颇好琴艺，每夜深人静，焚香操琴，谁知群蛙窃听，天长日久，这琴技，便为青蛙所操了。广浚早已离开了人世，而琴音不绝，传衍至今，这该是弹琴蛙的功德吧！听了这故事，李白的诗句油然涌到我的心头："蜀僧抱绿绮，西下峨眉峰，为我一挥手，如听万壑松。客心洗流水，余响入霜钟。不觉碧山暮，秋云暗几重？"至于这位蜀僧浚是否是广浚和尚，我就不去管他了。

风雨洗象池

离万年寺，经息心所，过初殿，至华严顶，时值大雨滂沱，天地混蒙，江山一片，我们正好在寺内避过。大雨倾刻而过，山峦又现出水墨淋漓的倩影来。虚实相生，绰约多姿。过华严顶不久，前面出现了一条使人望而生畏的"钻天坡"，听这名字，就教人胆怯，放眼望去，石磴崚嶒，直挂云际，跋涉其间，步履艰难，尽管山高天冷，行人尚是热汗蒸腾。我们委实有点走不动了，恰好道旁有块四五米见方的小平地，上建小茅亭，背倚大山，林木翳然，亭下环列石条，有一壮实汉子在此小卖食物。同行几人，不约而同坐下来，不问价钱多少，便大口大口地吃起煮鸡蛋，还打开一瓶老白酒，轮流把呷，那酒的香甜醇厚，似乎在盛大的宴会上也还没有领略过。小憩一刻，精神又高涨起来，好像没多久，便钻出了钻天坡的顶峰，来到了海拔2100米的洗象池。

这洗象池，冷杉拱卫，琳宫雄峙，殿前有一六角形小池，传说中，普贤菩萨常驾云来此沐象，所以此地名为洗象池。徜徉于杉林之中，漫步于洗象池畔，时有阴风搜林，山灵长啸，烟云翻卷，殿阁浮空，衣袂飘举，翩翩若羽化而登仙。其时，日色冥冥，大雨袭来，我便匆匆走回室中，拥被而坐，听檐头滴水，林中号风。奈何被褥潮湿，不胜寒冷，我又觉察到这神仙境界中也会有一种使人难耐的苦涩滋味儿。至若，晴空万里，皓月当头，光华皎洁，影筛满地，四山如洗，空明澄彻，老僧晚课，黄卷青灯，离尘脱垢，四大皆空，那自然是另一种沉味吧！无怪乎人们称赞这"象池夜月"是峨眉山的一大胜景呢！

横绝峨眉巅

登上洗象池，同行者都有些精疲力尽了，决定由此下山。我呢，总觉得我们由山右来此川西，不远万里上峨眉，未能登峰造极，于心不甘。大家便一横心，在晨风薄雾中，又开始攀登了。脚力不济时，停下来喘喘气。走完罗汉坡，来到冷杉林，轻霭薄雾，划出深浅得宜的层次来，瞧那奇树钻天，横枝下垂，古苔挂雾罥，髵髵及地，不正是南宋诗人范成大游峨眉山所见景色吗！

出杉林，爬陡坡，到白云寺，其地又升高数百米。其时，云漏日光，射下束束光箭来，照到尚未消融的白雪，银光绚烂，耀人眼目。适有几位国外旅游者，对此情景，高兴的雀跃欢呼，其中一位，竟将自己的衣服脱去，站在光束中，用那峨眉的太古积雪，搓擦他那壮实的身躯；我则蘸着路旁的雪水，在宣纸上勾画出两幅写生画，至今还当作珍贵的纪念品。

前面来到雷洞坪，其地险绝，悬崖百丈，云生岩谷，岩际有亭，凌空若飞，游人立亭中，有僧人介绍说，坪下有洞，为龙蛇所栖，若闻声音，则雷电上击，所以此地曾立一块语禁碑，我于亭中，休息良久，扶栏俯视，深不见底，真的还有点头晕眼花呢。

雷洞坪后，还有一段更加艰难的磴道，叫做连望坡，又名阎王坡，是又陡又滑的冰梯雪道，左侧峭壁摩天，右侧下临无地，人行其上，无不提心吊胆，好在此处有铁马可租，铁马者，乃铁制拖鞋，套于行人鞋上，鞋底有钉状小牙，人行雪道，钉入雪中，一步一个脚印，稳健踏实。据说在此险路，还不曾发生过意外。过此，便到接引殿，再穿七里坡，入太子坪，那卧云庵和金顶，就在望了。

飞步凌绝顶，置身霄汉间。停立在三千多米的金顶之上，天风茫荡，云海平铺，放目数千里，尽成兜罗绵，西望大雪山、贡嘎山于云海，若瓦屋，若几案；俯察舍身岩，危崖壁立，不知几千寻。只有那岩下白云，鬼使神差，呼啸而上，倏忽而下，观其变化，醒醉魂，壮神思，惊心动魄。

落日熔金，云海瞬息间变成了燎原的大火，光焰无际，瑰丽动人，我心中的热血也沸腾了，此时此刻的感觉，不正是国画大师刘海粟先生所书联语么："海到尽头天是岸，山登绝顶我为峰。"

遇猴九老洞

卧云庵一宿醒来,已早晨八点钟,推窗而看,云卧庵门,如护如封,闻风起舞,朵朵如絮,拥窗而进,寒气逼人。这呼吸通帝座的所在,我们不能久留,便打点行装,腾云驾雾,凌虚而下,究竟下山还是容易的,没觉费多大力气,就返至洗象池,并改辙易路,取道仙峰寺。行进间,华严峰右,云收雾敛,现出一座化城来,古木扶疏,小殿玲珑,背负高岩,面临深涧,溪水叮咚,山花飘香,野趣清韵,应接不暇,走近一看,知是"遇仙寺"。我们于此小坐片刻,听听游子遇仙得道的故事,便又匆匆赶路了。

到仙峰寺,已降到1700米的高度,山寺深邃,巨石横陈,那珍贵的珙桐树,开着洁白的鸽子花,团团簇簇,煞是喜人。大家到殿右几百米外的"九老洞"观光,据说这里是九老仙人居住过的地方,当年黄帝还来此问道。现在洞内石桌罗列,洞外飞瀑高悬,我们无缘遇到仙人,我便脱口而说:"九老不知何处去,空留玉液挂云端。"

由九老洞下山的时候,我们意外地被猴子包围了。到峨眉,遇猴子是一大眼福,上山时我们还为猴娃准备了猴食,但无缘相见,心中还一直怏怏不快呢,现在突然遭遇,刚听吱吱几声猴叫,我们又喜又惊,几个人很快聚拢到一起,眼前、身后、草中、树上,到处是猴子,我们散发着食物,稍一迟顿,便有猴子跳起,将食物抢去,动作敏捷,防不胜防。大家戏逗着,早有人打开了相机,把这精采的场面,收入了镜头。手中的食物已经散完,大家也觉尽兴,该走了。然而挡道的老青猴,任我们怎样拍手示意,它还是不肯离去,啮牙裂嘴,表情实在怕人,没想它主动出击了,抢去我们一只小提包,将内中的照相机

作画与游踪

等什物翻了一地，因为没有找到食物，又展出一副欲搏之势。等到后边来了一大伙游人，那猴头才姗姗而去。

盘桓诸胜境

洪椿坪，因有洪椿木而得名。寺建天池峰下，梵宇超然，庭院清幽，有山茶一株，树高过墙，花朵灿灿，若红烛烈焰。有兰花数丛，均不用盆栽，以绳索系土块，悬挂檐前，花繁叶茂，带露迎风，清香馥郁，直扑游人。寺外，周遭千年古木，滴翠排青。此处，只因常年烟浮云过，薄雾霏霏，形成了人们乐道的"山路元无雨，空翠湿人衣"的灵峰妙境。

沿黑龙江一路前行，眼前展现出一幅无边的青绿山水长卷来，茂林修竹，石楠银杏，蔓草攀缘，繁花点缀，大自然这双无形的手，巧妙地纺织成各种图案的锦缎，将高山大壑，层峦叠嶂，覆盖得严严实实，偶有山禽野雉，飞鸣而过，在绿色的帷幕上留下闪光的色彩和清悦的音符，这正是："山色千重眉鬓绿，鸟声一路管弦同，真到画图中。"（赵朴初词句）

来到黑龙江栈道，百步九曲，穿峡渡涧，上仰青天一线，下俯白浪千重，影暗栈道，声震崖谷，人行其中，直恐两山合拢，古道坠落，小心翼翼，急穿而过。

抵达清音阁，拳拳之心，为之舒展，这是一处山水兼园林的胜区。牛心岭下，高阁翼然，碧树红檐，交辉相映，其岭左右，黑白二水，奔涌而来，各出虹桥，飞泻而下，喷雪溅玉，直漱牛心石。临流而画，物我两忘，画盘落激流中，而不知捞取，恬然怡然，神遇迹化。

峨眉行踪的最后一站，则是入山门户报国寺。这里殿堂巍峨，僧侣云集，香火旺盛，游人如织。它给我留下印象最深的是一座明铸紫铜华严塔，身高二十余丈，分十四层，上铸小佛四千七百多尊，还有全文《华严经》。铸造精细，造型优美，此铜塔直可与五台山的华严字塔相比美了，南北呼应，各尽其妙啊！

嵩山纪行

由郑州坐长途汽车，向西南行约150公里，就到中岳庙车站。一出车门，但见重峦叠嶂，倚天而立，逶迤西去，横无际涯。山麓紫烟升腾，岩岫白云出没。耸塔山寺，高出云表，飞流小溪，倒挂岩壁，啊！久已向往的中岳嵩山到了，不禁使我神飞意逸，途劳顿消。

嵩山，古有"嵩高"、"崇山"等名称，至周平王东迁洛阳后始定嵩山为中岳，经武后则天的加封，其名声更加大著。山由太室、少室二山组成，七十二峰，千姿百态，长达120多里，主峰"峻极峰"，海拔1584米，仰之弥高，望之深秀。

太室山脚，黄盖峰下，有一所气派宏大、景色壮观的游览区，就是中岳庙。庙内古柏参天，殿阁四起，中轴线上，十三进院落，依山就势，井然而筑。青石道旁，唐立碑碣，突兀苍穹；宋铸铁人，挺胸跌肚，还有那御书石刻，龙飞蛇舞；梅山叠石，象蹲虎踞，漫步其间，应接不暇。随着熙攘不绝的游人，步入中岳大殿，见布冠束发的二道人，正洒扫殿堂，清理香案。同行者老祝，却为那奇柏古桧所吸引，打开画夹，尽情挥毫，似乎要把那一本万殊的柏树尽收绢素。老亢则登上了"天中阁"，扶栏四眺，触景生情，并吟哦起前人的诗作来："建阁高无地,乾坤入卷帘,窗含秋日暮,栏湿细云恋……"我呢,徘徊于墨海碑林之中,摩挲那嵩山著名道士寇谦之于北魏文成帝太安二年所书的《中岳嵩高灵庙之碑》,千五百年,风剥雨蚀,更加人为的破坏,字迹漫漶,不复成诵,但就仅存的数百字来看,仍然银钩铁画,神完气足,确是魏碑中的佳作,使人恋恋不忍离去。

出中岳庙门外,有石雕翁仲二躯,形象生动,刀法流畅,为东汉安帝年间遗物,是研究当时雕塑艺术和历史服饰的珍贵资料。再南去半华里,有太室阙,与翁仲为同时期作品。阙基、阙身、阙顶,均以雕凿好的青石仿照木结构垒砌而成,阙身上有平雕的车骑游乐、奇禽怪兽和铭文题记,图案古朴,书法圆浑,相得益彰,韵味无穷。

时已下午六点,游兴尚浓,大家登上了中岳庙后的黄盖峰,山不高,有亭雄踞峰巅,亭侧有一古柏,似苍龙倒卧,侧身探谷,晚风中虬枝摆动,大有跃然飞去之势。在斜晖落照中,走下山来。回首太室,恰是一幅欧阳修《登太室中峰》的诗意画:"望望不可到,行行何曲盘。一径林梢出,千崖云下看。烟岚半明灭,落照在峰端。"

返回中岳庙,借宿东厢,游人尽去,万籁沉寂,我们坐在中岳殿前的石阶上,谈古论今,毫无倦意,忽有山鹊结队飞来,穿梭柏间,着落草地,真可谓"游人归而禽鸟乐也"。

翌日清晨,谒别中岳庙,西行不远,就到登封县城。早点后,便去那名盛一时的嵩阳书院巡礼。出县城,沿着一条柏油公路,北行五里,踏石过溪,爬上一道小坡,就到了书院的大门前。门外西南草坪上,有一丰碑,巍然屹立,高约九米,气度不凡,碑座力士英武,碑额双龙浮动,精灵活现,神采逼人。这正是久慕盛名的《大唐嵩阳观纪圣德感应之颂》碑,李林甫撰文,徐浩所书。观其书法,八分古隶,

作画与游踪

严整宽疏，难怪历来书家对徐浩的书法，推崇不已，认为他的作品是："锋藏画心，力出字外。"

进入书院，两颗龙钟古柏，破目而来，传为西汉武帝刘彻所封的"将军柏"，但见翠盖摩天，盘根拔地，铁干如铸，虬枝横空。其中一棵，八个人才可合抱。老诗人赵朴初有诗赞道："嵩阳有周柏，阅世三千岁。当能为证明，今古天渊异。"

在宋代，这书院与睢阳书院、岳麓书院、白鹿洞书院，并称为我国的四大书院，以研究理学著称于世。宋代名儒程颢、程颐相继讲学于此。它的历史是，北魏叫嵩阳寺，是佛家的胜地；隋朝为嵩阳观，是道家的名区；到宋代却成了儒家的讲坛，现在是登封县的师范学校，绿荫深外，瓦屋鳞次栉比，宽敞明亮的教室内，同学们聚精会神的学习着，古书院为四化建设培育着新人才。

离开"螭纹剥落唐碑古，虬树阴森汉柏雄"的嵩阳书院，西北行约八里，就到了全国重点文物保护单位之一的嵩岳寺。寺不大，背倚太室群峰，门绕山谷清流，依山临崖，桃李成溪，置身其间，恍入桃源仙境。进山门，忽见大塔凌空而起，巍巍然，雄视中州。这就是我国古建瑰宝嵩岳寺塔。它建于北魏正光元年（公元520年），高约四十余米，分十五层，为密檐式砖塔，塔基坚实，塔刹壮美，塔身高崇而挺拔，塔檐密集而柔和，皆以青砖叠涩而成。徜徉塔下，不禁为我国古代能工巧匠们的精绝建筑技艺感到了莫大的欣慰和无限的自豪。

从嵩岳寺向东而去，翻过一道山梁，就到了嵩山的"第一胜地"法王寺。寺建于东汉明帝永平十四年，迄今近两千年时间，寺院几经兴废，佛法兴衰轮回。今天所见的便是"古寺残僧少，荒烟断碣多"的景况。但青山依旧，游人如织。我憩于银杏树下月台之上，东望那玉柱峰侧，两座山峦，造化神秀，相对而立，其状若门。这风景很快把我引到了古昔"嵩门待月"的遐想之中，时值中秋之夜，远近游人，提灯结彩，携酒拄杖，云集法王寺，忽见双峰之间，明月升起，玉镜如洗，清辉满地，游人欢呼雀跃，或饮酒赋诗，或吹箫助兴，不知时过几何……晚风把我从沉思中吹醒，眼前到法王寺踏春游览的全是工人、社员、学生、干部。过去的行乐者却只是豪门大户，韵士幽人，那古昔的明月与食不饱腹的劳苦大众怕是无缘分的。

由法王寺返回登封城，已是灯火交辉，夜市如昼，那灿烂的路灯似乎让高空的明月黯然失色了。

桐庐纪游

黄公望的《富春山居图》，是我对富春江山水形象的第一印象。而郁达夫《钓台的春昼》，给我的却是一种莫名的伤感和淡淡的乡愁。2004 年，岁在甲申，暮秋季节，我适杭州，竟也生出上钓台去，访一访严子陵幽居的意念来。

从杭州到桐庐一百六十里，因有公路交通的便捷，当今似乎再没有人乘船溯江而上，自然也领略不到纪晓岚笔下的诗境了：

沿江无数好山行，才出杭州眼便明。
两岸漾漾空翠合，琉璃镜里一帆行。

起个大早，从杭州城西客站乘车，只消 1 小时 30 分的光景，便抵达桐庐县城。下得车来，正值小雨，匆匆躲进路旁一家逼窄的小餐馆，看看表，刚早上 8 点 10 分。就着小菜，吃一碗大米粥和一张煎饼果子，算是早点吧。

小餐毕，雨停了，先登桐君山。山在富春江和天目溪的合抱处，天目溪自北而来，富春江由西东去。上桐君山，先得东渡天目溪。今溪上架有水泥桥，徒步几分钟，便可到桐君山脚下，方便是方便了，但那待渡的滋味，咿呀的橹声，和船家交谈的情趣，也便难以捕捉了。桐君山，山不高，石磴光洁，斗折而升，小路隐现于古樟老桧之间。经"凤凰亭"，过"仙庐古迹"，至"桐君洞"，已达极顶矣。

入谒药祖桐君像，有介绍云："上古有桐君者，止于县东二里隈桐树下，枝柯偃盖，荫蔽数亩，远望如庐舍，或有问其姓者，则指桐以示之，因名其人为桐君，其山为桐君山。"此县便以桐庐而名焉。今古桐不存，何论"荫蔽数亩"，而桐君老人，高坐仙台之上，长髯飘洒，手持葫芦，伴以仙鹤瑞鹿，道骨仙风，历历在目。此老曾济人济世，源远流长，亦足令人敬佩的。

出桐君祠，见一塔凌空，洁白如玉，屹然重台之上，翠竹之中。塔下有钟，方一撞击，声遏行云，韵穿丛树。茶室小憩有顷，遂取东

陈巨锁在严子陵钓台牌坊前

作画与游踪

　　岩磴道下山，至山脚，见一座徽式二层小楼，临江而建，正"富春画苑"者也，乃桐庐县为当代画家叶浅予先生所新建画室。先生晚年，常居于此，作《富春山居新图》山水长卷。我方来，人去楼空，满院青苔，秋叶盈砌，颇有寥落的感觉。唯有楼侧的平台上，先生的石雕像，背倚桐君山，面临富春江，不管春去秋来，还是花朝月夕，与山灵共话，邀江月同饮，慰藉着"倔老头"那一生的思乡情怀。

　　离富春画苑，游百草药园和古树园。药草飘香，时花满眼，香樟老树，多数百年之物，交柯偃盖，不亚当年桐荫之广大。然富春江上，挖沙船，突、突、突的聒噪之声，令人心烦，搅得游兴顿减，遂离桐君山，往七里泷，访钓台而来。

　　自县城西去钓台近四十里，乘车只十几分钟路程。既至，登山，寻无门径，询之路人，知须先到富春江旅游公司联系，尚需乘船而上，方可一登钓台。入办公室，互道姓名，主人知我曾为钓台书碑一通，便热情接待，迅速安排小船一只，由办公室一女士亲作导游，旋由码头上船，泛游水上，溯江而行。因码头下游作坝修水电站，上游水位随之提高，江面因而开阔，窄处可五百米，宽处可六七百米不等。因之，七里泷中，浅滩急濑，消失殆尽。船行江上，风平浪静，不觉舟移，似感岸动。两岸峰峦，连绵起伏，不见其高，惟觉其秀，绿树含烟，屋舍俨然，矶头坡脚，无不入画。正六百年前黄公望山水粉本也。船近江南龙门湾，有"下湾渔唱"四字摩崖，铁壁朱颖，煞是醒目。崖下有"揽月桥"、"烟水阁"，游人三五，观鸬鹚捕鱼，时值小雨如丝，渔人斗笠蓑衣，立于竹筏之上，手持长篙，浮游碧波间。鸬鹚时起时落，溅起一江珍珠，此等景致，羡煞我辈。船在下龙湾兜了个大圈，又复西北方向驶去。我立船头，仰望北峰之上，有二垒石高台，导游言,此正东西钓台。东台即严光隐居垂钓处;西台为谢翱恸哭文天祥处。指顾间,船近钓台埠头,一石牌坊,雄峙岸上,上书"严子陵钓台",是赵朴老的手迹;而石坊东侧有一大影壁,上书"严子陵钓台,天下第一大观",是日人梅舒适先生的墨妙。朴老曾为我作书,梅先生曾为我治印,今见二老手泽在名山胜水间,分外亲切。

下得船来,导游言:"现在是中午12点,在此已安排了便饭,请!"我们感谢主人的招待,随着引领,走进了"静庐山庄"一间临江的餐厅。方落座,便有清茶献上,热气蒸腾,情意可嘉。临窗而望,江水苍茫,纭纭漾漾,绿树雕栏,幽极静极,品呷一口热茶,其声息,竟在静庐中传递。赏读山水之际,饭菜已摆上桌面,我们不喝酒,以茶代之。先是主人的欢迎,再是我等的感谢,然后便是品尝这山庄的佳肴了。有子陵鱼二尾,石鸡(青蛙一类)一盘,味极鲜美,是本地特产,有远方来客,特为之烹制。应我之需,特上几道素菜,有烧笋尖、烧茄条、西红柿炒鸡蛋,外加一盆紫菜汤,色香味俱佳,胃口大开,频频下箸,此中风味,亦得山水相助也。

午餐毕,步出"静庐",先过陆羽"天下第十九泉",无暇品茗,匆匆一观而已。雨时落时止,似有若无,携着伞,却不曾撑起。步入钓台碑林,回廊曲槛,依山而建,渐升渐高。廊外,翠竹披离,叶端雨花飒飒;廊内,石碑比列,碑上笔走龙蛇。行进间,见拙书石牌竖立其间,上书纪晓岚《富春至严陵山水甚佳》四绝句,重读一过,差同感受,摘录二首,以见一斑。

浓似春水淡似烟,参差绿到大江边。
斜阳流水推蓬坐,翠色随人欲上船。

作画与游踪

> 烟水萧疏总画图，若非米老定倪迂。
> 何须更说江山好，破屋荒林亦自殊。

游赏中，时雨又作，檐溜如注，颇有"树杪百重泉"的诗意呢。东台、西台近在咫尺，皆不得攀。小坐"留芳亭"上，指点江山，遐想古贤，待雨稍减，步下碑廊，谒严先生祠。壁间有范仲淹名篇《严先生祠堂记》，已甚漫漶，不可成诵，稍作摩挲，吾心已足。口中不禁诵起范仲淹赞扬严子陵的名句来："云山苍苍，江水泱泱，先生之风，山高水长。"步出祠堂，望富春江南岸，翠霭青烟中，一抹红云跃出岩岫间，那该是乌桕树的倩影吧。已是深秋时节了，除此些许的红艳外，尚是一片葱翠。导游言，即使在冬天，这富春江畔也会绿意盎然，绝没有萧条荒凉的景象。想那东汉光武帝刘秀的同窗严子陵，躬耕于此，垂钓于此，日复一日，年复一年，陶然怡然，心无渣滓，是何等的爽心，是何等的清静，那官场的险恶，那升降的荣辱于我何干哉！

天又欲雨，"高风阁"、"客墨亭"诸胜迹，遂不复游，登船返旅游公司办公室，主人出大册页，请题留，匆书："富春山水，佳绝天下；子久图画，常留我心。岁在甲申重九后二日，与焦如意游钓台、陈巨锁。"题毕，别主人，经桐庐、富阳而返回杭州，时已下午6点许。

2004年11月

灵岩探幽

看过中国内地电视片《武松》、香港电视片《八仙过海》，日本电视片《西游记》的人，无不为那奇山胜境所吸引。据说其中很大部分外景，拍自山东长清灵岩寺。

十几年中，我数过齐鲁，逛泉城，游青岛，走烟台，下兖州，访聊斋于淄川，谒孔庙于曲阜，赏崂山之水月，揽岱宗之云松，蓬莱阁上放歌，云峰山下访碑，选胜作画、采风入诗，虽说筋骨劳顿，而乐竟在其中。可是那遐迩闻名的灵岩寺，却还不曾问津，若有所失，引以为憾。说来也巧，中国剪纸研究会首届年会在济南召开，会议之暇，安排灵岩半日游，这才算得见庐山真面目，了却多年的愿望。

由泉城出发。乘汽车西南行一小时，至金舆谷西口，见一石牌坊正当谷口，上书"灵岩胜境"，雄浑遒健。穿坊入山，倍觉幽深。至"对松桥"，其境清绝，这桥以石而建，单孔曲拱，桥孔石壁之上，各生古柏数株，老干披离，枝柯互搭，左勾右连，洞府天成。人过"柏洞"，肌肤鉴绿，寒意顿生，时有微风徐来，柏枝瑟瑟，清香阵阵，撩衣指面，恍若仙境。由拱桥至山门，皆古柏夹道，数以千计，粗可合抱，龄高千年，翳天蔽日，略无阙处，正所谓："十里灵岩翠如荫。"

作画与游踪

路旁柏外有"黄茅岗"者，茅草偃蹇，奇石低昂，若群羊牧其间。相传苏轼来游灵岩，畅饮酒酣，高卧岗头，醉眼朦胧，诗兴勃发，脱口而歌："醉中走上黄茅岗，满岗乱石如群羊，岗头醉倒石作床，仰观白云天茫茫，歌声落谷秋泚长，路人举首东南望，拍手大笑使君狂。"我来灵岩，身临其境，诵读是诗，坡老醉态，竟现眼前，好一幅《东坡醉卧黄茅岗》的妙笔丹青。

来到山门外，有一巨碑壁立，上书"大灵岩寺"四字，笔力遒健，神完气足，颇耐人寻味。碑建于元至正三年，为西夏人文书纳所书。立于石碑之前，放目环顾，其寺殿阁嵯峨，群峰拱立，古木掩映，碑塔争辉，游人络绎不闻喧嚣，禽鸟和鸣而更觉幽静。

东望方山之畔，有奇石，酷似老僧杖锡而行，前有沙弥引导，后有僧徒相随，那便是"朗公石"。据说，苻秦永兴中，竺僧朗卜居于此，始建精舍，石畔说法，听者千余人。共见石惟点头，惊以告公。公曰："山灵也，不足怪。"从此方山更名灵岩，朗公当为岩寺开山鼻祖。

入山门，西路行，大雄宝殿侧，有一"珠树莲台"，上植古柏一株，称之谓"摩顶松"，有唐僧三藏摩松的传说。不知何年何月，有人又在柏树中植柿子树一株，现在已是枝繁叶茂。与老柏相偎依。亲密无间，无意中却助了当今导游小姐解说的噱头："祝大家健康长寿，百（柏）事（柿）如意！"同游者无不哄然而笑，鼓掌致谢！这欢笑和掌声短暂地打破了古寺的沉寂。

绕过古柏，进一道小门，拾阶而上，有大殿七间，雕梁画栋，颇为壮观，它是灵岩寺的主体建筑——千佛殿。大殿初建于唐贞观中，宋代重修，明朝重建，殿内诸佛、罗汉，似从四处汇集而来，大有群英赴会之感。本尊毗卢佛，是宋代藤胎髹漆像，左为明成化时铜铸药师佛，右为嘉靖间所铸释迦佛，四壁的千佛像，均是明清两代的遗物。在这庄严肃穆的佛国里，最为引人注目的，却是那如同真人大小的四十尊宋塑罗汉像。我于大殿徘徊良久，这些塑像，比例适度，衣著明洁，神采各异，呼之欲出。有的高谈阔论，有的闭目悟道，或默诵典籍，或沉思往生。入定者，四大皆空；隐泣者，热泪欲注；惊恐者，鼻翼开张；愤怒者，青筋暴起；雄辩者，语惊四座……面对这精湛的雕塑艺术品，哪能不拍案叫绝，难怪刘海粟大师观后题词道："灵岩名塑，天下第一，有血有肉，活灵活现。"早在六十年前，独具慧眼的梁启超先生便写了"海内第一名塑"的评语，至今石碑直立殿前，供人观赏，任人品评。

千佛殿西北隅，有"玉柱擎空碧海青"的辟支塔。辟支者，乃梵文"辟勒支底迦佛"的省称。那么辟支塔，当是佛塔了。是塔建于宋淳化至嘉祐年间，六十三年始完工。高十六七丈，八角九层，砖砌而成，刷以白垩，饰以土朱，映衬于灵岩翠柏之中，挺拔隽秀，高标苍穹，时有山风迢递，铁马儿叮咚，幽谷传响，声落半空。

别大塔，就近来到灵岩寺历代高僧的墓地。这是一处石雕艺术馆，其地碑塔比列，柏桧筛影，游人在一百六七十座墓塔，八十余通石碑中，或赏艺术，或读碑文，时隐时现，时东时西，有如捉迷藏似的。这些碑塔，其状不一，各呈风姿，或质朴，或典雅，或华美。瞧这塔，塔座精工，浅雕以吉祥圣洁的莲花，深刻着矫健护法的狮子，刀工老辣而生动，形象传神而概括，无一不看出历代民间匠人的高超技艺。塔身较高大，上镌高僧法名年号。塔身之上便是那如同小儿积木的塔刹，由相轮、复盆、仰月、宝珠等构件组成，收分得体，造型优美。

作画与游踪

统一中求变化,变化中见和谐。墓塔中,以唐天宝中所建慧崇塔最为古老和高大,一千二百年来,历尽劫难,风雨不动安如山。

读那碑,古往今来,灵岩寺兴衰的胜迹依稀可见,就中《息庵禅师道行碑记》尤为游人所注意。它是息庵生前好友日本僧人邵元在元至正元年所撰写,碑中铭记了两位僧人的友情,郭沫若同志曾作诗赞颂这事迹。息庵禅师,先后在少林寺和灵岩寺任住持,几年前我游嵩山,曾读此碑,今到灵岩,有如老友重逢,倍感亲切。

于塔林读碑数通,似觉头晕眼花,遂坐"御书阁"下,休息片刻,看那清奇古怪的青檀老树,根若卷云,蟠结古壁;枝似游龙,凌空飞舞,虽历千年,尚能枝繁叶茂,生机勃发,想是生逢盛世,也愿为这灵岩古刹增光添彩。

历览古殿,摩挲群碑,仰佛塔而弥高,饮甘泉而神怡。来此名山胜地,自当到"印泉"茶社一饮而后快。这茶社,地处"五步三泉"之前,三泉者,卓锡、双鹤、白鹤。泉清水洌,涓涓而流,淙淙有声。坐于石畔,泡茶一杯,热气轻浮,清香扑鼻,小呷数口,兴味无穷。更喜茶社青年见告《封氏见闻录》"茶条"记载:"开元中泰山灵岩寺有降魔禅师,大兴禅教,学禅务于不寝,又不餐食,皆许其饮茶。人自怀挟,到外煮饮,从此转相仿效,遂成风俗。"我于茶道,素无研究,听此介绍,耳目一新,也为茶社青年学识的广博而起敬。难怪他们的生意如此兴隆。

茶社小憩,精力复原,便取道东路,望方山而登。经"袈裟泉",过"灵带桥",访乾隆行宫故址,觅"甘露泉",地势渐次转高,皆为盘山小道。至"可公床",俯察岩寺,尽收眼底,烟胧青纱,声传钟磬,悠扬缭绕,不可名状。遥瞻群峰,岗峦献秀,岩花争辉,鸣泉溅玉,啼鸟留人。至"白云洞"，读乾隆御书八篇，惜乎未见白云出入，怕是贮之弥深，或者入不付出，其洞深邃黝黑，当为龙蛇窟宅，我自胆小，不敢深入。

白云洞西有"证明殿"，俗称"红门"，为唐代依山凿壁之佛窟，内雕释迦坐像，高约五米，胁侍菩萨，躬立左右，皆体态丰满，神情自若，千百年来，看星移斗转，人间沧桑，世态炎凉。

灵岩探幽，饱我眼福，偿我夙愿，无奈半日之中，行色匆匆，尚有探而未得者，"晒经台"、"一线天"不能遍览，那王安石曾有诗称赞的灵岩奇鸟"王干哥"也无缘一见，那李邕的"灵岩寺颂碑"也寻而未得。然而我并不遗憾。我常想，游山与行文一样，当行则行，当止则止，青山无尽，来日方长，留有余地，思之有情，会之有期。

访聊斋

在齐鲁土地上漫游，最使我神往的则是那"写鬼写狐高人一等，刺贪刺虐入木三分"的《聊斋志异》作者蒲松龄先生的故乡了。

从济南到青岛的快车上，我在淄博市的张店下了车。从张店乘汽车东南行约五十华里，便到了蒲松龄的故乡——淄川蒲家庄。车停在村西"平康"门外的广场上。广场的北端有商店数间，是专门销售参观"聊斋"的纪念品。进"康平"门，是一条虽不宽绰却很整洁的街道，蒲翁的后裔们（这里住着他的第十代孙和十四代孙）正在收秋，将一车车丰硕的谷物拉进了四合院落。街上有几个推着小车卖菜的、卖猪肉的、卖羊肉的，各自敲打着不同节奏的"帮、帮"的梆子，本地人听到声音，便走出门舍，选购着他们所需的什物。街头有几棵老槐，少说也有二三百年的高龄了，虽说老态龙钟，却还生机旺盛，枝叶婆娑，在屋顶上、墙壁上和道路上洒下了斑斑驳驳的花荫，为一条古老的深巷平添了几分姿色，幽雅而恬静，让远来的游子也忘却疲累。情调是格外宜人的。在深巷中前进，到"蒲家庄十七号"、"蒲家庄十八号"的地方（这是新编的门牌号数），同行者不约而同地站住了，这是一座南向的黑漆大门，高大而肃穆，额上挂着一块大匾，是郭沫若的手迹:"蒲松龄故居"。

向往已久的地方就在眼前,心情委实有些激动,心怦怦然。那大门半掩着,我本想尽快步入"聊斋",谒拜那位仰慕已久的蒲松龄老先生,然而时值中午,又怕打扰蒲翁的午休,正在迟疑中,从大门里走出一位中年来,"同志,你要参观吗?"这一问将我从沉思中惊醒,我频频点头,便在该同志的引导下,走进了"聊斋"的庭院。

蒲松龄出生在一个没落的地主家庭,父亲虽然以生意为业,但祖上却是一个书香门第,他的儿孙们又有所"发迹"。所以遗留下这一所庭院还是可观的。三百年间,这"聊斋"当有兴废,然而既然以"故居"保护着,我想大致如故罢。

它是一所三进的院落,大门在东南角。进大门后的第一院落较宽敞,自南而北有一条偏东的铺道,以各色卵石铺成古朴的图案,小道两侧,兰蕙丛生,又有太湖石两尊,亦颇玲珑,置于高台之上,百花掩映,幽香袭人。一二院落之间,立短墙一道,顺碎石铺道开一六角形的双层门洞,门外植藤萝若干,飞蛇走虺,蟠屈洞门两侧,短墙上下,枝繁叶茂,将那黑瓦白墙遮盖的略无阙处,看上去,俨然是一堵绿色的影壁。

穿过洞门,到第二院落,院不大,有正室三间,座北向南,甚高大,这便是"聊斋"了。其室,中间开门,两次间各置直棂窗一组,门窗皆以黑漆涂刷,庄重古朴,室内光线不足,后墙正中,高悬汉隶"聊斋"二字小额,下挂蒲翁画像一轴,是老人七十四岁时的写照。画像前,置一条几,上面搁置几个佳石盆景,颇精巧,这也许是蒲翁的遗物吧,西边一间,山墙下放一张木床,蒲翁著书立说困倦时,于此小憩。东边一间窗户下置一八仙桌,上列笔砚。据说,蒲翁曾在这里对他的《聊斋志异》作了多次修改和润色。

"聊斋"门外,左右各植一株石榴树。树大根深,其枝叶高过屋檐。序属三秋,果实累累,有破肚石榴数颗,珠玑满腹,红艳欲滴,此树当为蒲翁手植也。

走到最后一进院落,有清水一池,池中置"鸳鸯石"一尊,石下睡莲初放,荷叶飘浮。偶有风至,水生涟漪,荷送芬芳。池子后面是一排光亮明洁的书画陈列室,四壁挂满了当今名流、学者题赠"聊斋"的诗词大作,书画佳什。是中,已故戏剧家田汉的七律,深沉老辣,尤颇耐人寻味;丰子恺先生为蒲松龄的画像,极为简炼,寥寥数笔,神采奕然。此画,曾作为《聊斋志异》外译本的封面,传诸世界各地,为《聊斋志异》增采,与《聊斋志异》共存。

与故居毗连的西边的院落,是新建的"蒲松龄故居陈列馆",几个窗明几净的大厅,陈列着蒲翁的塑像、画传,更多的则是从清乾隆年间迄今刊印的《聊斋志异》的各种版本,以及《画皮》、《胭脂》等戏剧、电影的剧照和有关《聊斋志异》学术讨论会的资料。置身于"聊斋"的书海之中,我不禁为这位比契诃夫和莫伯桑早一百多年的中国一流作家而感到无比地愉悦,眼前顿时幻化出蒲翁一生的清苦生活。这位生活于明崇祯十三年至清康熙五十四年的私塾先生,虽曾在孙知县处做过短暂的幕僚,而三十年的春秋却是在离蒲家庄不远的一个叫做毕家庄的村上以教书为业的。主人姓毕,是当地的一个巨富,其家环境清幽,藏书又多,蒲翁在课徒之余,读书、著述,条件倒是颇为合宜的。所以在他四十岁时,一部享誉后世的的巨著《聊斋志异》的初稿便脱手了。

漫游在《聊斋志异》那四百余篇境界之中,无不为那丰富多彩的内容，简练生动的语言而拍案叫绝，或对封建统治集团罪恶的深刻揭露，或对科举制度弊病的无情批驳，或对世态堕落的针砭，或对爱情的歌颂，或对真挚友谊的赞美，无不淋漓尽致，曲尽其妙。难怪这部集魏晋志怪小说和唐人传奇小说的大成者，在当今世界上译成了英、法、德、日、意、俄、匈、捷等多种外文版本，一个研究蒲松龄和《聊斋志异》的"聊斋热"，我以为迟早也会出现的。

当我收回了万千思绪时，步子已迈出了蒲家故居的大门，向东行不远，路北有小屋三间，名为"蒲松龄书屋"，是一个书店，内售蒲氏的著述和研究蒲氏的学术论文及有关的传说故事等，择其所需而购之，以为纪念。

出书屋，下一段石阶路，其地空阔，稍西北有古柳数株，柳丝接地。于柳下，有一泉，水满外溢，故名"满泉"，又因泉处古柳之中，别名"柳泉"。今泉后竖石碑一通，书"柳泉"二字，是沈雁冰先生的手迹。

泉后为一土岗，清溪中流，小桥飞架，岗头有合欢树对植，枝干盘曲，夹叶疏落，树下，建茅亭一区，诚《芥子园画谱》中景致。据说，当年蒲氏"雅爱搜神，情同黄州，喜人谈鬼，闲则命笔"。因而常设烟茗于"柳泉"之畔，茅亭之中，"邀田父野老，强之谈说，以为粉本"。于此我才知道蒲氏别号"柳泉居士"的来历呢。一位刚正不阿、嫉恶如仇的村儒和农夫、商客们在柳荫树下，抽烟喝茶，谈见闻，说故事，一幅《蒲松龄先生采风图》跃然眼前。然而在那文字狱大兴的时代中，哪能奋笔直书呢？蒲翁便以他那超妙之笔，借鬼狐花妖，写人间杂剧，透彻深邃，情真意切，真是"入木三分"，"高人一等"。

离"柳泉"，再西南行二华里，便是蒲氏祖茔，森森古柏中，有墓冢十几个，最前者就是"柳泉先生之墓"，亦为茅公所书，并有题记一则，其词曰："此处原有一七二五年淄川张元撰文墓表，一九六六年秋毁于林彪、'四人帮'篡党夺权之祸，一九七九年沈雁冰题记。"今张元撰碑又重新复制，镌碑立石，并设碑亭，以为保护。所喜蔓草荒坟中，几十棵苍劲古柏在十年浩劫中幸免刀斧之灾，否则，这数百年的老树，即以当今高新科技，怕也不会复制了。

我在墓碑前诵读那张元的撰文，又摩挲着一代文雄茅盾先生为前代文豪蒲翁的题字，感慨赞叹，忽然从古柏间传来"咤咤叱叱"的笑声。这笑声多么熟悉、亲切和质朴，自然而开心，这不正是蒲翁笔下"婴宁"的声音，我扭头而看，走过一对青年男女来，他们衣着新潮，而会到这里来学习而或是游览，则使人由衷的高兴了，我默默地祝愿他们建立"婴宁"和"王子服"一样的坚贞不渝的爱情。蒲翁有知，也当会欣慰的。

当我离开蒲家庄的时候，已是晚霞满天，薄暮冥冥。我得尽快赶回张店，趁晚车到青岛去，前边等待我的还有"崂山道士"和《香玉》篇中的花神——太清宫的"绛雪"呢。

隐堂游记

少读鲁直诗集,甚爱其诗句"愿为雾豹怀文隐,莫爱风蝉脱骨仙",遂以"文隐书屋"颜其室。隐堂者,文隐书屋之谓也。平生好游历,足迹几遍中华大地。每遇佳山水,必形诸笔墨,收入绢素,为写生画,余兴犹在,遂为文字,得游记数篇,以志行踪耳。

贵阳花溪

到贵阳,花溪自然要去看看的。

早餐毕,出客舍,搭一路汽车到河滨公园,改乘小巴士,往花溪去。因修路,又值小雨,在坑坑坎坎的路面上颠簸一小时,方抵花溪。一下车,时雨正大,急匆匆跑往商店,购得雨伞一把,当免淋漓之苦。

独自往花溪公园去。园门敞开,无人收售门票,我便扬长而入。先行小石子路上,松杉夹道,细雨滴沥,路上无一人相遇,不独清静,颇感清寂。出深林,入竹径,修竹含烟,新篁解箨,其径曲折,其境幽邃。忽闻水声澎湃,寻声而去,便是花溪。水自东南而西北流去,"平桥"下,飞瀑争喧,喷珠溅玉。平桥北,是"碧云窝",有亭轩数间,高梧如巨伞,雨打桐叶,有金石声,观其轩,高雅素净,立其下,顿觉满身凝翠，遍体生凉，过平桥，顺溪而行，丑石三五，修竹数茎，垂钓者五七人，手持长竿游丝起落，悠然怡然，自乐其中。细雨纷纷，洒落花溪，涟漪微动，真有点"细雨鱼儿出"的诗境呢。

沿溪行一段路，舍溪而登山，过梅岭，至麟山绝顶，望远山空濛，楼台雾失，水流花径，雾起平湖。不知雨止何时，我仍张伞而忘情那山光水色，忽有杯盏相碰之声，自亭中传来，却看所在，已有三位先我而到者，正清酌庶羞，浅斟低唱，也别有一番情趣。诸君邀我共饮，遂成四人，我将随身所带小食，逐一捧出，也不言谢，便举杯叩陪鲤对。先我而来者，也是萍水相逢尽为他乡之客。有幸小聚，缘自不浅。兴既尽，握手而别，竟忘留其姓名。

我下麟山，沿石磴过花溪。这石磴便是我们北方人山中河上的"踏石"，黔人称之谓"跳墩"，不过花溪上的"踏石"极其规整罢了。水从跳墩间流出而后下跌，若筐中穿纱，极有韵致。这种石磴桥，沿花溪尚有多处，我所过者，为一百三十七块。

沿溪右岸行，其地更饶野趣，芦花尽放，碧水环流，时有野鸭出没，正是"芦花深处鸭嬉来"的绝妙景色。我于此小坐歇脚，自然心静神清，深感韵味无穷。花溪是画，雨中的花溪，雾中的花溪，俨然一幅"水墨淋漓障犹湿"的山水画；花溪是诗，是山水诗，是田园诗，我也曾吟成过两首拙句，竟不知丢到哪里去了。未能录出，正好藏拙。花溪是乐章、是琴声、是筝声，是山水的清音，是万籁的鸣和。

花溪好，奈何骊歌催行近。遂循原路返回贵阳城。

西出阳关

几年前行脚敦煌，却未能出访阳关，总感到对历史的胜迹欠了一笔账。今有机缘再来沙州，自当还清债务，以了西出阳关之宿愿。

在敦煌市文化局长的陪同下，我们一行数人乘面包车出西城，过党河，故城遗址雄峙，白马塔高耸，这些地方，曾留下我几年前骑单车驻足的脚印，今方来，有如老友相见，道一声："别来无恙！"

汽车在沙漠中行驶，眼前无际，一色苍凉，无水、无树，间忽有一两丛骆驼草，低矮而拳曲，点缀在沙碛中，还有高高矮矮、大大小小的土堆子，据说是汉唐的遗冢，千年落寞在西去的古道旁。有幸遇到了一列驼队，为单调的大漠带来了生气，那雄宏而又清脆的驼铃，划破了长天的枯燥和沉寂，坐在车中昏昏欲睡的朋友们才启动着疲乏的眼皮向车窗外探视。车在沙漠中跑过了七十公里的路程，我们终于来到了阳关脚下。

破目而来的是古烽燧台，它雄奇而苍老，犹如一艘巨舰，在蓝天白云的映衬下，运行在历史的长河中。面对这"平沙迷旧路，甾井引前程"的情景，我竟有点神驰遐迩了。眼前顿时幻化出狼烟四起的古昔，勤王出征的将士，在羌鼓胡笛中飞马尘沙；西天取经的圣僧，在烈日黄沙中唇焦口燥；东来献贡的碧眼儿明驼威仪……这烽燧台目睹了千年的变化，寿昌城变成了"古董滩"。

"古董滩"引来了无数的探宝者，中国的、外国的、正当的、掠夺的，近百年来，这里似乎没有清静过。同行者，也想小试运气，不辞辛苦，躬身寻觅，意想得到一件箭头、铜钱、石刀、棋子什么的，然而这里已是篦子梳过几回了，你想得到"古董"，谈何容易。

"古董滩"巡礼毕，便到距此一公里的渥洼池。早年读刘彻的《天马歌》，对这"得天马之所"的渥洼池，便心向往之。传说："南阳新野有暴利长，当武帝时遭刑，屯田敦煌界，数于此水旁见群野马中有奇者，与凡马异，来此饮水。利长先作土人持勒绊子水旁。后马玩习，久之代土人持勒绊。收得其马，献之，欲神异此马，云从水中出。"（李斐注《汉书·武帝纪》）

在沙漠中，蓦地拥出一片绿洲，沙柳、白杨、槐榆之中，屋舍栉比，街头羊牛往来，小四轮拖拉机不时冒着青烟，驰入田垅。这里是敦煌市的南湖乡，村外有黄水坝，坝内便是渥洼池。走上大坝，放眼望去，天池一泓，方园约里许，深浅不测，池水清澈。蓝天白云，若出其里，岸边浅渚，水草丰茂，时有十数人正收网售鱼，鱼大者数斤，红鳞闪烁，泼剌有声，大漠天池中，有引巨鳞佳物，自足令人啧舌赞叹。此行所憾者，就是未能睹一龙媒神骏。只能高吟那汉武帝的《天马歌》了，"太一贡兮天马下，沾赤汗兮沫流赭。志俶傥兮精权奇，策浮云兮晻上驰，体容与兮世万里，今安匹兮龙为龙"。

于渥洼池玩赏有倾，并以饮料罐汲得池水数升，返回敦煌，遂成小记，同行者有北京王景芬、张虎、白煦、刘恒，辽宁聂成文，郑州李刚田，南昌张鑫诸先生。

儋州载酒堂

东坡先生的仕途也够坎坷的，先贬黄州，再贬惠州，三贬儋州。

我适海南三亚，为寻东坡胜迹，遂往儋州去。上午九点乘长途汽车，由三亚沿西海岸行，经道崖城、梅山、九所、黄流、佛罗、板桥、新龙，至东方县城，然后离海岸东北向行，于下午四点方抵达今儋州市所在地那大。那大在改革开放的大潮中，悄然崛起，大厦林立，商贾云集，呈现出一派大都市的风貌来。

由那大西北行约六华里，到儋州中和镇，即宋时昌化军治所，正是东坡先生谪居地。东坡初到儋州，僦居官舍，后朝廷派湖南提举董必察访广西，至雷州时，得闻苏轼住在昌化军衙门，即遣使渡海，把他逐出官舍。轼遂于城南桃榔林下买地结茅，起屋五间，名曰"桃榔庵"，聊以度日。今之中和古镇，尚见旧时格局，颇窄小，且脏乱，鸡鸭猪狗，游弋街头，随意便溺，恶臭难闻，穿行其间，游兴顿消。所幸民风淳朴，尚可亲近。问讯"桃榔庵"的所在，得一热心青年的导引，至镇之西南，觅得遗址，仅残碑一通，亦字迹模糊，未能卒读。碑后，有椰子树十数株，高干撑空，绿荫洒地，树下有石棋盘一件，传为苏公当年与黎汉友好对弈消遣之处，亦附会之说。有东坡井，尚在一里外，据云亦荒败无可观，便未往访。在残碑荒草中逗留片刻，不禁怆然，凄楚之情，顿袭心胸。

离桃榔庵，寻东城书院而来，出镇之东门，行约里许，至书院。门前有滑桃树，粗可合抱，虬枝横斜，绿荫斑剥，掩映门墙，红墙内，椰子树八九株，疏落排列，临风摇曳；马尾松一株，间植其间，为之呼应。登石阶，入头门不远，便是"载酒亭"。亭建池上，翼然凌波。池内荷叶田田，绿鉴眉宇，水中游鱼，往来可数。遥想当年，东坡先生谪居其地，举酒洒粟，与鱼鸟相亲，或可暂忘蛮荒瘴厉之苦。过亭即为"载酒堂"，乃取《汉书·杨雄传》"载酒问字"之义。堂内碑刻环立，或为东坡鸿迹，或为古今名人题咏。堂外花木争奇斗艳，绚烂之极。穿堂而过，为一庭院，颇阔大，东有凤凰树，标明1933年所植，方六十龄，白皮泛青，枝桠朴茂，叶如凤羽，楚楚动人。西为芒果树，已有二百年高龄了，大小若凤凰树，枝叶繁密，已结小果，垂挂枝头。两树覆盖整个院落。星星点点，一院花影。东西配室为书画陈列室，悬挂着当代名人作品，东坡诗文典籍不同版本，陈列其次，仰观俯察，不欲离去。正厅为东坡祠，是东坡先生当年讲学之处所。内塑三尊像，葛帽高耸，持书正坐，一手举起作讲解状者，东坡先生是也；身着蓝袍，长须垂胸，屈手而坐，洗耳恭听者，为东坡好友黎子云；衣白长衫，后立而侍者，东坡先生幼子苏过也。庭之四壁，皆东坡手迹拓片，颇耐观赏。右壁一铺《坡仙笠屐图》，尤为逗人，上有明洪武间宋濂题记一则，以志其状："东坡在儋耳，一日访黎子云，途中遇雨，从农家假笠屐着归，妇人小儿相随争笑，群犬争吠，东坡曰：'笑所怪也，吠所怪也。'觉坡仙潇洒出尘之致，数百年后，犹可想见。"我观其画，东坡先生诚一海南老农，也自乐而笑出。

东坡书院。除中轴线上的建筑外，尚有东园、西园。东园有迎宾堂、望京阁，皆为新建，颇堂皇壮丽。有"钦帅泉"在丛竹中；有"狗子花"，正"明月当空叫，五犬卧花心"之谓者，其花白中见紫，极淡雅，黄蕊，花心五只，酷似卷尾的小狗，向心而卧，头、嘴、耳、眼毕现，我不禁惊诧这造物的神奇，遂采撷一朵，藏之书笥，携归北地，以供友好共赏也。西园有东坡事迹展览馆，介绍东坡先生之生平，尤以在儋州三年半的生活状况为详尽。

最后我瞻仰了位于西园花径中的东坡笠屐铜像，像若真人大小，戴笠帽，着高屐，若行走于田园村舍，这便是享誉千年的大诗人。我立于像前，摄影留念，杨万里《登载酒堂》的诗句"古来贤圣皆如此，身后功名属阿谁"一时涌上心头。

竹寺烟雨

在日本书法界中，我有不少的朋友，而结缘最深的却是一位和尚，他便是天王山竹寺的大野邦弘先生。

大野邦弘，别署宜白，是竹寺的副住持。先生颇好书画，且造诣精深，为全日本书道联盟会员，竹心书画院院长。对中国传统书画艺术尤为耽爱，曾十数次到中国向著名书画家董寿平、启功等先生请教，并同他的父母和儿子到五台山（日本的僧人没有中国僧人那么多的清规戒律，他们可以娶妻生子），他本人虽是僧人，却又是书画家，且有中国书协的介绍，我便陪同他们上山。在清凉寺胜境中漫游，交谈，交流书画。彼此了解了，情谊也随之建立。雨中游竹林寺，宜白的父亲竹寺的住持大野亮雄先生最为神往。不独"竹林寺"与"竹寺"名字相近，这里还是日本遣唐僧圆仁和尚曾经驻锡的地方。竹林寺地处偏僻，游人稀少，自是清静，又值细雨霏微，白云迢递，更见胜境清趣；忽有小风吹过，檐头铃铎丁东，殿内梵呗声幽，平添古寺风韵。亮雄先生在雨中诵读那圆仁慈觉大师的灵迹碑，神情专注，态度是恭虔，随后又转屋檐下，摩挲我为大殿所书的抱柱长联，并请翻译刘书明先生将那联书收入录像机的镜头。

作画与游踪

同年十月，董寿平美术馆在晋祠落成开幕，盛况空前，大野宜白也前来祝贺，我们有幸再次相会。除了参加有关活动外，我还陪同宜白先生和北京苏士澍兄参观了傅山书画陈列馆，浏览了文物字画市场，宜白先生购得清人陆润庠所书条屏，甚是满意。中午于太原食品街的四川餐厅共进午餐，宜白好曲酒，颇喜泸州老窖，士澍兄与川菜有缘，麻辣油已上红了，尚嫌不够，我不能酒，少饮辄有醉意，只是苦了翻译，菜来了他也难得吃上几口。旧雨新知，欢聚并州，其情也眷接，其乐也融与。

说来也巧，时过整整一年，1992年10月，我应邀访日，时间虽为紧促，还是精心策划，安排了造访竹寺日程。

承蒙日本琦玉县日中友好协会的接待，协会秘书长菊地正泰先生亲自开车陪同我们游览。上午九点离浦和市。经道富士山、志木、所泽等地域，中午于路旁小餐馆就便餐，坐柜台前的高脚圆凳上，每人一份札幌面条，是北海道正宗风味，既快速省时，又经济可口。饭毕，于餐馆外花荫下稍事休息，便驱车上路了。过狭山、饭能等地不久，车入山地，远处，峰峦起伏，铺绿叠翠；近处，松柏交柯，虬枝连理；深谷，清泉喷珠，流水潺湲；路旁，杂花点缀，花香氤氲。间或板屋数间，横斜岗岭坡头，屋顶或土朱色，或粉绿色，格外醒目，却也调和。车行其间，正是远离尘嚣，回归自然，但觉心静神清，尘劳俱消。

下午四点许，车抵天王山停车场，我们沿砂石小路，徒步而上，按预约时间到达寺院，大野宜白先生等已在山门恭候了。刘书明先生也在其中，他乐呵呵地对我说，宜白给他打了电话，说我要到竹寺，便在日前由东京赶来了。欢迎我们的还有宜白的子女以及朋友岛田弘一先生。大野说他的父亲和妻子外出了未能来迎接，很是抱歉。

大家到"琉璃殿"的客堂席地而坐，饮茶、吃点心，主人热情地致欢迎词，因为大家是老朋友了，自不拘束，且文人们放逸惯了，随意谈笑，更感亲切。

竹寺，诚如其名，在漫山遍野的竹海中错落有致的点缀着几处高大的殿宇，辅以石灯、石台、间植古柏、老桧、梧桐什么的，树龄或可有数百年之久了。棵棵腰围合抱，高可参天。竹旁、树下，以奇石叠砌假山，颇简洁明快，间或有文字题刻，天长日久，苔花点缀，更见韵致苍古，耐人赏析。

牛头天王殿，是天王山的主殿，高踞半山之台，我们循石磴而上，至殿前。殿不大，却很庄严古朴，内祀牛头天王，大野先生为我们诵经礼佛，顿时香篆缭绕，钟磬齐鸣，一时间，佛事声韵，弥满竹海。"琉璃殿"是几年前的新建，颇宏大壮阔，内设佛堂、写经室、书画室、客堂等，皆以障子分割，这"障子"便是和式建筑中纸糊的推拉式墙壁了，我早年读夏丏尊先生的散文，他有一篇题为《日本的障子》的文章，给我印象是极好的。琉璃殿内的屋壁上，到处悬挂着精美的书画，日本的、中国的，古代的、当今的，赏析其间，令人目不暇给，如行山阴道上。

出琉璃殿不远，有新铸"牛头明王"像一尊，高约三米，由中国成都铸造，不远千里飘洋过海，到天王山来安家落户。新近运回，尚未揭幕，因有朋自远方来，遂将棚布掀起，一尊英武的牛头明王造像显现真容，这当是佛教密宗的造型了。人人去摸索，摸到会心处，便笑口常开，我为那造型生动，衣着飘举，琢磨精细的工艺而赞叹。座石上镌刻着赵朴老的楷书"牛头明王"四字，为造像更添光彩。据说十一月间启功先生将到竹寺为此造像揭幕剪彩，我生有幸，已是先睹为快了。

到了竹寺，当要赏竹，步入竹径，阴天蔽日，唯一束夕照，射入深林，覆照青苔，光色历乱，变化明灭。老干扶疏，临风摇曳，新篁朴茂，解箨有声。放眼远处，黝黑深邃，深绿、浅绿、油绿、翠绿，似有变化，又浑然一体。

晚餐，大野先生以"中国料理"为大家接风洗尘，地道的"孔府家酒"和"洋河大曲"，岛田君连干十数杯，酩酊大醉，和衣而卧，不知可梦入南柯否？饭后，到宜白先生的工作室，我坐在自动按摩沙发上，重温那董寿平美术馆开幕式的录像盛况，内中多有我和宜白先生、士澍兄的活动场景，这自然是刘书明先生的杰作了。每看到我们的镜头，宜白先生总是微笑着朝我们点头示意。

晚十一点回客堂就寝。不知什么时候落雨了，想是随风潜入夜的，然而时下是风雨大作，竹林如啸，檐溜如注，呜呜然一片轰鸣，大有放翁"夜阑卧听风吹雨，铁马冰河入梦来"之意境。有顷，雨小了，风或未停，竹叶瑟瑟然，如泣如诉，这该是郑板桥"衙斋卧听萧萧竹，疑是民间疾苦声"的吟叹吧。未几，风停了，雨也停了，只是间或有竹叶滴露之声，如丝竹，如管弦，清音入耳，余音不绝，忽又加入几声清越的鸟叫，如投入清池中的几粒石子，击破了雨后黎明中竹寺的沉寂。

我披衣而起，推窗而望，山中的翠竹经过了夜雨的洗涤，更见其清净和娟秀了，几缕长云似乎是困倦了，依偎着修竹和庙门而卧睡着。只有窗前的数竿寒碧依云傍石，风姿绰约，挂在叶片上的珠露闪烁着光华。这天王山的早晨，似乎是一泓凝固了的碧玉潭，宁静而澄澈，肃穆而浑厚。据说在大晴天，这里还能看到富士山，然而天又起云了，云腾致雨，烟云幻化，天王山呈现出一幅水墨淋漓的"袄绘"来。大野见我欣赏得出神，便悄然而他去了。

上午举行笔会，大野邀请"墨晨社"的书画家岩田红洋和岩田正直两位先生共襄胜举。窗外白云飞度，室内翰墨结缘，交流书艺，互赠墨宝，一时间气氛热烈。正是赵朴老诗句："会将东海当池水，笔底千花两国春"之谓也。夜间听雨，我得一联：

寺有名僧能书画，
竹无俗韵自管弦。

题赠大野先生。大野甚是高兴，但随即补充一句"寺无名僧，寺无名僧"。说罢，便铺纸染翰，画疏竹数竿，题"清风在竹林"，为之回赠。

书画无长日。挥毫谈笑中已到中午，大野为大家准备了闻名遐迩的天王寺素斋。进得餐厅，又是一个艺术世界，修长的屋子，置条桌一列，顺条桌正中横一竹竿，主客列坐两侧，地有席，席上铺垫，或坐或跪，各取方便。斋屋临山而建，窗户洞开，绿竹万竿，每个窗户，便是一幅自然的图画了；素壁典雅，悬诸字画，点缀竹编、竹刻，颇为别致。室内一边，有修竹三五，破地而上，破顶而出，人在其间，竟得山林野趣。旷野风味，设计之精巧，颇受启迪。斋饭更令人叫绝，人各一份，皆油炸面食，所制各异，镂刻精工，配以松籽、山果、杂花、异卉，盛于竹制的杯、盘、花篮、竹筒之中，一食一名，旁标签条，各书和歌一首，皆出自日本最古老的诗歌集《万叶集》，可惜我不懂假名，难以辨认，遂将签条收入笥夹，以备展玩。面对如此工艺的食品，真是不忍下箸，酒以竹筒所温，竹筒长约二尺，切新竹盛酒，以开水温之，等热气蒸腾，遂置列席上，主客互敬，不需起立，伸竹筒，举竹杯，斟酌交错，我不能酒，强饮三大杯，然酒醇竹香，常留齿间，至今忆起，似有余甘。

那素斋，有酒，有食，有茶，有花卉，有和歌；友朋中，有僧，有俗，有新交，有旧友；筵席上，或饮，或吟，或歌，或调笑，极一时之乐，亦平生一快事也。

下午两点，我们离开了竹寺，时又细雨缠绵，竹雾迷漫，天王寺的高甍和殿角若隐若现，身着绿色袈裟的宜白先生长久地站在山门外合掌相送，一幅"竹寺烟雨送别图"永远地定格在我的脑海。

在竹寺，中日书家笔会后合影
后排左起：岩田正直、陈巨锁、岩田红洋、大野宜白、赵望进、□□□、田树苌
前坐者：岛田弘一

游三溪园记

日本人的生活节奏确是很快的。当我们乘新干线的火车到达横滨的时候,东京学艺大学的教授相川政行先生已在车站等候了。一见面,只一鞠躬,说了几句欢迎的话,便亲自驾车邀我们游三溪园。

在高楼栉比的现代化大都市横滨,三溪园是一个难得的典雅清静的日本式庭园,占地17.5万平方米,园中荟萃了自镰仓时代以来各种形制的古典建筑,单国家重点保护建筑物就有十处。我在车上听着相川先生的介绍,心中是何等的愉悦。我爱古建筑,只是领略过中国各朝代的风格;这次能一瞻日本的一些古建遗物,脑海中自会增加别致的形象的。相川先生又告诉我们,三溪园开放有近百年的历史了,是日本一位美术爱好者、生丝贸易实业家原富太郎,别号原三溪兴建的。园中的古建多是从京都等地迁建而来的。

车在横滨的街市上转了几个弯,便来到一处停车场,隔壁便是三溪园的正门了。入门中,满园的苍翠扑目而来,已是深秋了,尚是一派夏天的况味,林木中间忽点缀三五丹黄的殷红的叶子,煞是醒目。高出林表木末的那是旧灯明寺三重塔,远远望去,高耸的塔顶直刺苍穹,深广的塔檐复盖着塔楼,便是早在画报上和电影中看到的日本古

作画与游踪

塔的形制。据说这座三重塔是关东地方最古老的木塔，是康正三年建造的，当属室町时代的遗构了。

大家说着话儿，赞叹着园中的山光水色，穿过了莲池夹道，步入内苑御门，未几，便来到"临春阁"前。临春阁，临水而建，背倚丛树乔木，回廊曲槛，不施彩饰，质朴而高雅。我读着牌子上的介绍，约略知道，这所建筑是江户时代德川家在和歌山的别墅，也是日本国残存的唯一的大名别庄建筑。屋内保留着狩野永德、山乐、探幽等大家绘制的壁画。我过去学日本美术史，知道这祖孙三代曾是桃山画派的代表人物，曾为丰臣秀吉家族和德川家族的两朝皇室创作了大量的屏风画，在日本绘画史上创造了辉煌的壁画黄金时代，奈何临春阁只能在外面观赏，而那几位画家的手迹却无缘一面，这自然是一个很大的遗憾了。

离临春阁，过小桥亭榭，沿石阶磴道而上，行不远，丛林中拥出一座重檐大殿，颇宽敞宏大，为庆长九年建筑，原是京都伏见城德川家康的故物，名为"月华殿"。近三百九十年的历史了，却未见其衰老，殿堂整洁，楚楚有致。月华殿后"金毛窟"，是原三溪所建的一所茶室，颇卑小，而左近的"天授院"又是一区国保建筑，它是建筑于庆安四年的一所仿镰仓心平寺禅宗样式建造的地藏堂，檐柱间，横装板木为墙，斗栱以上，有硕厚的草秸屋顶，甚古朴。堂前有小树横斜，枝干上缀着疏疏的黄叶，时有小鸟唧啾，静寂中平添了几许清幽。

前行至"听秋阁"，高阁依山而建，下枕溪流。水落桥下，淙淙有声，阁后绿竹婆娑，轻风瑟瑟，于此小憩，山水清音，若金石相振，若丝竹弹拨，不绝于耳，正秋声也。若夜枕凉榻，虫声唧唧，当更能领略其"听秋"的妙用。

距听秋阁不远，有"春草庐"，是颇有历史的茶室了，木牌上标明，该茶室为织田有乐斋所建，有乐斋便是织田信长之弟。信长这位日本历史上的政治家、军事家，曾为国家的统一作出过卓绝的贡献。茶室虽小，于此却引出我无限的遐想来。

前面一座颇为富丽堂皇的建筑物，将我们吸引了过去，那便是旧天瑞寺寿塔复堂，原建在京都，为桃山晚期作品，是丰臣秀吉家为消灾延寿而建的。

"莲花院"亦为原三溪所建的茶室，想当年三溪园开放之初，定是游人如织，难怪主人在园中建了许多的茶室，那茶道生意定是兴隆的，茶室旁是中国梅林，一丘一壑，尽植绿萼梅，可惜不是梅花季节，否则我会在这异国他乡的香雪海中徜徉半日的。

在内苑的最后游览点是"三溪纪念馆"。该馆1985年方建成，内中陈列着原三溪以及三溪园的有关资料实物，展览着原三溪的绘画屏风，这位造园主人，绘画技巧自是不同凡响的，风格颇有"京狩野"的余韵遗风，纪念馆还放映着《三溪园的四季》的电视片，然而却没有一位游客去光顾，相川先生也没有让我们坐下来观看，便领我们到"月影茶室"品茶了。

日本的茶道是久负盛名且为人乐道，然而我们没有时间去领略那茶文化的风韵，据说体验一下茶道的全过程，须耗去两个钟头的时间呢。我们临窗而坐，相川先生为每人要了一杯地道的日本茶。一个手势过去，身着素净和服的日本姑娘，手捧着漆制的茶盘，步履极轻地小跑着送上茶来，而后恭谦地鞠着躬，退了回去。除茶外，每人还有二三只小点心，这便是周作人曾经乐道的那种"优雅的形色，朴素的味道"的豆米制成的茶食了。那茶瓯是极精致的上好的瓷器。瓯中之

作画与游踪

物,并非我国绿茶、红茶或花茶之属,而是半瓯粉末状的新绿,犹同我儿时故乡南河中所见之浮萍。相川先生告诉我们,这是研磨过的茶叶,很细碎,饮时分三次需连茶末一起吃下。我们仿着相川先生的招式,双手捧起茶瓯,扭转图案,三饮而下。茶尽了,点心也品尝了,在我口中,却没有留下任何味觉的概念。似乎得一个"淡"字而仿佛。据说日本茶道是陆羽功夫茶的再传,然而至今我还没有读过那本名闻古今的《茶经》呢。

在外苑游览,我们先登山到先前就看到的三重塔下巡礼,走近了,古塔反而失去那远望时的绰约风姿,见到的则是凝重和古老,苔花重重的石阶上似乎很少有人来问津。大约这二十世纪九十年代的人们,除了赚钱,便没有多少闲情逸致了。

塔下盘桓良久,便沿山顶小道到"松风阁"去,这里是原家初代的山庄,曾建阁,伊藤博文为之命名。现阁为1964年新建,地处高岗,松风习习,凉气逼人,极目远眺,可见上海横滨友好公园和本牧市民公园,秀水青山,芳草碧树,诚"见晴良好"之所在。

下松风阁,经"林洞庵"茶室,"初音"茶屋,过"寒霞桥",一草屋当前而立,形制古朴,正田舍风味,名为"横笛庵",听其名,遂发牧童横笛牛背之思也。

眼前又现一座佛殿,为室町时代后期建筑,少则也有四百多年的历史吧,经风沐雨,巍然矗立,其风格正镰仓东庆寺禅宗样式者,再前行,有旧矢箆原家住宅一区,硕大的茅草屋顶,为合掌造,深广的内屋,光线暗淡,陈列着日本农民们古老的生产工具,于此浏览,得见江户时代的乡村气息,该建筑物曾建歧阜县大野郡庄川村,置于横滨的三溪园中,让久居都会的市民们一睹古昔乡村的风姿,当是何等地新奇，于此也可见造园主人的匠心了。

过"待春轩"茶室不远，就是旧灯明寺本堂，它与三重塔一样，由京都移筑，深檐九脊，青瓦压顶，颇有中土唐建风韵，中间三间装板门，两稍间安直棂窗，只是灵巧有余，而似嫌庄重不足的，时有松涛阵阵，诉说着三溪园的兴衰，据说该园在二次世界大战中，也备受残害，到1953年以后才得恢复原来的面貌，有些建筑物已是以假乱真了。战争是残酷的，发动者不独给别人带去了灾难；同时也给自己留下了创伤，当我步出三溪园的大门时，我的脑海中除了三溪园各时代古建的形象外，更多的则是由三溪园的兴衰所生发的联想了。

西安四日记

（2008年12月1日—12月4日）

陕西省举办"隆重纪念改革开放三十周年名人名家书画邀请展"，送上拙书一件。日前接西安来电，邀请参加大展颁奖晚会和开幕式。遂成此行，借以见见老朋友。忻州潘新华、黄建龙、王海增、蔡建斌、焦如意、殷未林诸同道愿同往，此行当不寂寞。

十二月一日

上午8点，建龙驾车，接新华、海增、建斌与我到太原武宿机场（如意、未林日前已到太原，拟乘火车入秦），小坐候机楼中叙话，海增说笑话二三小段，无不使人捧腹大笑。上午10点50分登机起飞，行一小时，抵西安咸阳机场。待乘机场汽车入城至鼓楼，已是下午1点许，就近于"回坊"之"马二饺子面食馆"就午餐，其地甚迫窄，然生意倒算兴隆，沿街皆回民餐馆，虽已过午，尚见宾客满座，吆喝声声。

餐毕，到文艺北路"唐人大酒店"书画大展接待处报到，见其地条件差甚，且所到书家多年轻人，也未曾看到认识的朋友，遂与新华等诸同行入住东大街之"瑞晶商务酒店"，五个人分占三个标间，我独居一室，房间颇宽绰、明洁而安静。只是午休未能入睡，遂起身步入隔壁之新华书店，浏览一小时，捡《陕西之旅》一册购归，以作卧游。

晚在住地就餐，出房间，仅十数步，便进餐厅，点菜四种，色泽鲜美，口味清爽。我品尝本地特色"酸汤面"一碗，面尚精道，唯汤酸甚，正其特色者也。

晚7点半，焦如意、殷未林到，已入住另家旅馆，遂一同乘车到陕西省戏曲研究院剧场，参加书画颁奖晚会。剧场外，灯光辉煌，彩旗飘荡，军乐声起，好不热闹。

颁奖仪式简短，晚会开始，是研究院小梅花秦腔团演出的新版《杨门女将》。剧团阵容整齐，演出颇具气势，且富新意，利用声、光、电等现代手段，烘托人物，渲染气氛。其演员皆十几岁到二十几岁的青年，而做派、唱腔皆有动人处，真是难能可贵，后来者居上。唯剧本偶有拖沓之感，尚需精炼。待戏散，已是晚上11点余，而西安街头，仍是热闹如昼。

十二月二日

上午9点半，往西安美术博物馆参加名人名家书画邀请展开幕式。观众云集，盛况空前，其人数之多为我参加书画展开幕式所仅见。待省、市领导致词、剪彩完毕，观众涌入上下四层楼的展厅内，真有点水泄不通的感觉，拥拥挤挤，艰于行走，至于仔细赏读作品，那只是一句空话了。不过洋洋八百余件展品中，名人作品（领导者）或算不少，而名家作品却是寥寥，至于精品则是难得看到。遂匆匆挤出展厅，偕诸同行，往西安碑林而来。

碑林地处南城墙内侧书院门东端的三学街文庙内，向为我国最大的室内碑石博物馆。收藏汉至清代碑志2300余通，仅《开成石经》，就有114石，两面刻字，石石相连，排列成一堵堵墙壁，煞是壮观，故有"石质书库"之雅称。碑林始建于宋哲宗元祐五年，尔后历代收集和补刻大量碑石，遂成今日之规模。徜徉于碑室之中，摩挲刻石，品读碑文，无不为这些古代的书法艺术珍品而出神和赞叹。唯有诵读那些曾经临习过的碑版和名帖，似乎如对老友，分外亲切。只是室内温度阴冷，站立碑石之间，面对黝黑而静谧的文字，多少感到有点寂寞和苍凉。便加快了脚步，匆匆而过。步入石刻艺术馆，那东汉的石兽，唐代的蹲狮和犀牛，体态硕大，气势恢弘，又令我为之振奋。那举世闻名的唐太宗的坐骑"昭陵六骏"（四件为原物，二件为复制品），亦令我驻足不前。那些魏唐佛教造像，无不吸引我——观摩品味，魏之清秀，唐之丰满，皆极美轮美奂，耐人赏读。于碑林，为旧地重游，件件刻石，似不陌生，而重一观览，又获教益，古之文物，可谓博大精深，取之不尽，用之无竭。

　　石刻艺术馆外，竖立着一排排雕刻古朴、造型精美的"拴马桩"，这是我以前不曾看到的实物，每件"拴马桩"，当系着一串串有趣的故事，我抚摸着这些饱经沧桑又别具情趣的石雕，冰凉的石质和滑稽的人物与坐骑以及生动多样的石狮子，又是那么的和谐和可爱，并生发出几许温情来，我为这些民间艺术品的高超技艺而倾倒。

　　看看时间，已经是中午了。出文庙，徒步回住地"瑞晶商务酒店"，仅数百米路程。

　　中午，有到西安闯荡八年的定襄人氏崔文川乡友，到酒店来探望我们，相见甚欢，遂共进午餐。席间酒后，闲聊西安书家、画家、作家之故事，信马由缰，颇富趣闻。

下午3点半，崔文川邀我等到西双门他所经营的"燕露春"茶社品茗，茶室仅一间，集郭沫若字，颜其额，四壁陈列古玩图书，茶桌一张，圈椅数把，待落座，小姑娘为我们泡"雀舌"一壶，色清而味淡，品数杯，香留舌本，谢别茶师，文川再陪我们游小雁塔。

小雁塔在城南荐福寺内。由北门入寺院，逆向而行。时值下午五点，寺院内，除我等一行外，了无游人，古木蔽空，时闻鸟语，偶见黄叶飘落，更感幽深岑寂。忽见一塔涌起，密檐13层，仰之弥高，可10数丈，正小雁塔是也。文川说，此唐建砖塔，在明成化年间，因地震"自顶至足中裂尺许"，又于正德地震中而相合。是塔原为15层，今存此13层。听其神奇的故事，我不禁打量那秀美绝伦的唐构，虽古塔"神合"莫测，而千年风韵犹在，对之大快我心。

荐福寺，唐长安城中名刹，为睿宗皇室族戚为高宗荐福而建，初名献福寺，武则天时改今名。今寺院除唐塔外，皆为明清遗构，在幽邃寺院中，殿宇嵯峨，碑碣林立，某殿檐下置一额，为吾忻宫葆诚先生手泽，先生神池人氏，青年时毕业于日本早稻田大学，返国后，一直供职西安，其书法艺术，享誉书坛，尤精隶书，生前曾任陕西省书法家协会副主席。我与先生，虽不曾谋面，却有鱼雁过从，为我作书数帧，至今存于箧笥。今偶于寺中，见先生所书额字，甚感亲切，遂附数句。又见古槐老树中，悬一口大铁钟，为金代明昌年间所铸，向闻"雁塔晨钟"，为关中八景之一。而今大钟在商品大潮中，也成了生财之物。一天之中，不分朝暮亭午，凡有肯花钱者，便可撞击，"雁塔晨钟"，变成了"午钟"、"暮钟"、"随时钟"。钟可复制，而"雁塔晨钟"之景观则被破坏的荡然无绪了，岂不可悲。

文川在内寺内东厢开一小店，由其妻照料，经营旅游产品，时值

作画与游踪

旅游淡季，生意似感清冷。见有售陶埙，新华雅善音律，遂选购一只，试作品吹，其声呜呜然，颇感凄清而苍凉，而韵致与古塔名寺正甚协调。

步出小雁塔，逛"陕西万邦百隆店"书肆，购《周作人传》《奇人王世襄》和《迦陵杂文集》，时已下午8点，文川于某餐馆招待我们吃"大碗鱼"。餐毕，漫步慈恩寺广场，适有音乐喷泉开放，水柱高扬，华灯朗照，五光十色，煞是瑰丽，而大雁塔剪影，高耸天际，黑越越，正西天一柱。时有小风，微感暮寒，忽忆祖咏诗："终南阴岭秀，积雪浮云端，林表明霁色，城中增暮寒。"遂发明日城南一游的主意，看看终南山的秀色，听听香积寺的钟声。

十二月三日

今日拟往城南访胜探幽。

晨起，洗漱毕，于住地餐厅就早餐，建龙邂逅商友高聪先生，高为文水人，是"太原市七彩云南翡翠专卖店"总经理，时下，又于西安市经营金银首饰门市，亦住"瑞晶"。二位见面互致问候，高总知我等今日游览计划，遂安排他的助理小王驾车陪同我们出游。他乡遇同乡，其情方见之。

小王，名乐南，25岁，西安市人，机灵且热情。驾车出南门，经曲江，直奔长安区，沿子午道南去，行约10里，西去，仅一二里，正滈水和潏水交汇处，有高塔涌出林表木末，正香积寺是也。香积寺，地处神禾塬上。神禾塬者，传说古代地产谷米，穗重5斤，听来神乎其神，倒也令人喜悦。

至寺门外，有一平坦广场，前端建一石牌坊，额书"香积古刹"

四字，为赵朴老手迹。登石阶，入山门，见僧院清幽，古木掩映，有雪松、女贞子，各具风采，桂花、樱花虽非花期，而修姿挺拔，亦甚可人，而天王殿前院花池中，巨石玲珑，漏透得体。围石植南天竹一圈，竹实殷红，正吴昌硕画中之尤物。天王殿后，东西各建长廊，立今人所书碑碣百余通，匆匆一读，不乏名家高手，见有熟悉朋友的题刻，便多停留几分钟，不独赏读他们的书法，也会想起与他们交往的往事。

大雄宝殿中，金色宝盖下，有阿弥陀佛接引站像，金碧辉耀，法相庄严，庄严中又流露出几许亲切。站像下，有日本净土宗所赠善导大师木雕彩绘像，这是一平和中见睿智，慈祥中寓刚毅的形象。面对雕像，我不禁对这位1300多年前的大和尚，心生敬仰，也惊诧他与山西的胜缘呢。

吾晋慧远，东晋时在庐山西麓建东林寺，为净土宗之祖庭。而唐之善导往谒东林寺，"观远公遗迹，忾然增思"。后遁迹终南，"恒谛思维，忧念西方，以为冥契"。继而往访吾晋石壁玄中寺，拜道绰为师，深研《无量寿经》，道业与日俱进。道绰入寂后，善导返回长安，开始了弘扬净土佛法活动。据载，善导大和尚，曾奉敕前往洛阳龙门主造卢舍那大佛像，而我曩游龙门，见大佛像下有一块题记碑，言大像是武则天施"脂粉钱"二万贯所造。武则天祖籍亦山西文水。这善导和山西的宿缘真可不浅。此后有名诗《过香积寺》，作者王维，先世为太原祁人，其父时迁居蒲州。王维自然为吾晋历史上的文化名人。时至今日，我们游览香积寺，大雄宝殿等建筑，是在续洞法师的亲领下复建的，而这位已故的香积寺住持，也是吾晋临汾人氏，冥冥之中，其中的机缘巧合，实在是有点说不清。

作画与游踪

收回遐思,回到西院善导大师塔下,上下打量,塔为唐建,密檐仿木结构,砖砌而成,呈正方形,今存 11 层(原建 13 层)逐层收分,每层券拱形洞门,门侧以土朱绘直棂窗,观其形制,古朴健美,唐风历历。置身塔下,怀想善导和尚于 69 岁圆寂后,弟子怀感、怀恽等葬其遗骸于神禾塬上,建寺立塔,即今我们所见到的香积寺之崇灵塔。香积寺在历史长河中,几经兴废,原貌不复可见,而唐塔,饱经风雨,丰韵犹在。而王维笔下《过香积寺》,其意境,则有另外的感受了。

不知香积寺,数里入云峰。
古木无人径,深山何处钟。
泉声咽危石,日色冷青松。
薄暮空潭曲,安禅制毒龙。

品读是诗,我以为诗人策马城南,匆匆与香积寺擦肩而过,便入南山"云峰"。"数里"者,言其快也,真正路程或在数十里,正所谓"好景无长路"。诗人所见景色(古木、危石、日色、青松),所闻声响(泉声、钟声),皆是终南山中特色,而非神禾塬上景致,诗作最后二句,已入禅境,心空万有,迁想妙得。

出香积寺,漫步神禾塬头,扑棱一声,惊起野雉东飞去。时已上午 11 点,复登车,再沿子午路南去十数里,继转西向,又行数十里,入户县境,未几,至草堂营,游草堂寺。进山门,有老树数株,树干上与枝杈间挂满玉米,甚是醒目亮丽,犹如农家院落。甫入后院,方见殿宇宏大,法相庄严。诸殿巡礼后,从院后西厢小门,入西跨院,但见竹林茂密,竹下置有一亭,亭中有井一口,名为"烟雾井",见说早年，每逢秋冬，有烟雾从井口升腾，不绝如缕，直抵长安，称之"草堂烟雾"，列为关中八景之一。所惜今天烟雾环境不存，胜景已是难再，能不令人慨叹。沿竹林南去，见一屋宇，内置小塔，正姚秦三藏法师鸠摩罗什舍利"八宝玉石塔"。据云，后秦弘始三年，皇帝姚兴迎西竺僧人鸠摩罗什于长安，住此译经。时以茅茨筑室，草苫盖顶，故名"草堂"。罗什在此演讲佛法，校译经卷。他与三千沙门弟子，译校佛经达97部427卷之多，遂得译经大师之令名。唐时之物，今唯舍利宝塔，前朝诗刻虽多，则明清时遗物。前殿为法堂，今辟为"鸠摩罗什法师纪念堂"，有楚图南先生题额。出寺门，南望圭峰，巍哉挺秀，犹屏风然。

时已中午12点，遂乘车望圭峰东南而来。车行终南北麓，山道弯弯，忽一峡谷出口，下见水石相搏，浪花飞溅，正高冠峪口。闻说溯溪而上，则有高冠飞瀑，岑参曾有句云："崖口悬瀑流，半空白皑皑。喷壁四时雨，傍村终日雷。"奈何时间促迫，未能往游，唯一顾峪中急浪，车已过长桥，绕山脚而去了。按时令再过四天，便是二十四节气中的大雪了，而北望樊川，平畴无际，小麦青青，阡陌间，绿柳垂丝，细叶鹅黄，若非村头丹柿满树，篱落黄菊盛开，此中风物，直以为是早春三月的景象呢。

行进间，又过一桥，桥下便是沣河之水。沣水北流，吸纳滈水，直抵咸阳，注入渭河。一路东去，终南连峰夹涧，有紫阁、圭峰、玉案、雾岩之胜，灿然目前，指顾间，已为过客。经南五台峪口，车东北向而行，于下午1时许，抵杜曲之兴教寺。

兴教寺，地处少陵塬畔，其地高旷，背倚岩头，面临樊川，古木修竹之中，山寺如画。入寺门，钟楼鼓楼，分峙左右，大雄宝殿、法堂、卧佛殿以次而升，庭院静净，僧人往来。其西跨院，即"慈恩塔院"，有塔三座，坐北朝南，品字而立，其北塔方形五级，青砖叠砌，高可七丈，为玄奘三藏舍利塔，塔之底层北壁镶有《唐三藏大遍觉法师塔铭》，以志法师之生平事迹。大塔之前，东西各置一塔，亦为青砖砌成，四面三层，分别有额字，曰"测师塔"、曰"基师塔"，为玄奘弟子窥基和圆测的灵塔。三塔高低起伏，错落有致。前有古柏掩映，后植油桐护卫，漫步其下，但见桐籽穗红，时有喜鹊衔食，窃红穗而飞鸣；又闻柏枝瑟瑟，如泣如诉，诉说那高僧玄奘，西域归来，译经不辍，年久积劳成疾，圆寂于玉华宫译经场中，初葬于浐河东岸的白鹿塬头，后于高宗总章二年迁葬今址。立塔建寺，以资纪念。待肃宗来山巡礼，题"兴教"二字为塔额，寺遂以兴教名之。古寺代有兴废，而往来游人不绝，上世纪五十年代中外国家领导人周恩来、尼赫鲁、吴努、胡志明等，也曾先后光临礼佛浏览。东跨院有藏经楼，内藏珍贵文物典籍，因已下午，尚未午餐，此间藏品，只能割爱。步出寺门，立于门前旷地，南望终南诸峰，如翠屏峙立，似青莲嵌空，值其薄雾升降，却看时有开合，其峰乍隐乍现，其雾如丝如幕。对之神驰良久，待同行催促上车，方意收神回。

返回西安市，已是下午2点半，司机小王于"回坊"米家"果渊斋"招待大家吃正宗西安羊肉泡馍。确是饿了，文化人也忘却了斯文，便狼吞虎咽起来，餐毕，回"瑞晶"休息。

下午6点半，文水高聪先生于大雁塔广场西侧之"天龙宝严素食馆"，以素斋招待我等乡友。是处环境典雅，食品精细，在灯光朗照下，桌上摆放的菜点，有如一件件制作精美的工艺品，对之再三，不忍下箸。待白酒大浮一杯，才开始品尝那桌上的佳品。

十二月四日

听如意说，隔壁书店有《韩羽文集》。待上午9点开门，登楼寻购，仅一、二两卷，匆匆购归。9点半，离旅馆，小王（高聪之助理）车送咸阳机场。11点50分乘机离陕。机上供应午餐。仅袖珍米饭一小盒，咖啡一小杯（两次合成），其吝啬为前所未见。下午1点到太原武宿机场。其时风甚大，天奇寒。匆匆由建龙驾车返回忻州。时值下午2点半，重就午餐。餐毕，洗澡归家，已是下午6点许。

2008年12月22日

2008年12月在西安碑林摩挲刻石

苏皖行记

（2009 年 4 月 15 日—4 月 25 日）

四月十五日

今日将南行，早晨4点醒来，5点起床，收拾行囊，就早餐。7点罗晋华（黄建龙夫人）驾车来，送我与效英并潘新华、黄建龙四人赴并。于8点20分到太原武宿机场。小罗驾车返忻，我们办理登机手续。9点40分起飞离并，行1小时30分，于11点10分到南京禄口机场。见有直往扬州大巴，遂在机场待车。离晋时，天空浓云密布；到南京，骄阳似火。天候热甚，遂将所穿外套、羊绒衫、毛背心一一脱下，尚感难耐。到12点，车方开，空调启动，凉风习习，干热难耐之痛苦始得解脱。车循沿江高速公路而行，车窗外，沃野平畴，瓦舍烟树，飞驰而过。经镇江西，过润（州）扬（州）大桥，穿瓜洲而扬州。入住紫荆园大酒店，新华、龙龙居一室；我与效英住313号。于酒店，稍事洗漱休息，便外出就午餐，龙龙引入"必胜客"吃西餐，有比萨饼等数品，我虽记不上食品名目，然皆可口，似能适应。在这绿杨城郭的古扬州，坐进了陈设典雅的西餐厅，倒也感到环境赏心悦目，而饼汤大快朵颐。

餐后，了无睡意，遂相与往游"何园"。于扬州，我是旧地重游，而游"何园"却是第一次。"何园"又名"寄啸山庄",为园林主人何藏舢取陶渊明《归去来辞》中"倚南窗以寄傲","登东皋以舒啸"而命名。其园曲径回互,亭台低昂,老槐苍古,花木掩映,所见绣球一株,已成大树,繁花密缀,千朵万朵,雪白中微透绿意,在翠碧的叶片环衬下,显现出无比素净而高洁的风韵。赏花之际,忽然风起,云影袭来,竟落下三五点小雨,匆匆过"片石山房"一观,见方池之上,有太湖石叠山一座,苔痕古木,点缀其次,甚富丘壑,古拙自然,诚天然图画,传是石涛上人手笔。"山房"门外,有丛树若红云经天,似胭脂过雨,遂于树下摄影留念。风益大,天益冷,游兴尽,速返酒店,加衣保温。

晚餐于"百姓饭店",炒菜心,菌汤煮千丝,菜泡饭,真百姓饭也,清素可人,入目鲜活,入口绵软,入肚和适,而四人仅 84 元,经济实惠,咬着菜根,弘一法师"惜衣惜食,非为惜财是惜福"的开示语录,又在脑际油然涌出。

四月十六日

早 7 点,就餐于"富春酒家",品尝扬州茶点,小巧玲珑的各种包子,不独味道鲜美,其造型也颇讲究,其中,尤以汤包令人称绝,菊花瓣似的包子皮中,一窝热汤,以吸管吸溜着,热浪冲口,口颊流香。"五丁包子",就着肴肉、烫干丝,据说"这就是扬州菜馆的特色"了(见曹聚仁《食在扬州》)。也令我想起了朱自清先生这位扬州人写的《说扬州》,他把烫干丝的过程描写得有声有色。我咀嚼着干丝,也品咂着朱先生说的"烫干丝就是清得好"的滋味。

上午往游瘦西湖,我竟成了同游者的向导。我导引诸位漫步于长

作画与游踪

堤绿柳间,柳丝依依,波光粼粼,人行岸上,影映湖中,兼之亭台楼榭之倒影,变化无穷,如梦如幻。我讲述着乾隆皇帝下江南的故事,不觉来到了五亭桥内,诸位忙着摄影留念,我坐在白色栏杆上,赏读这建筑别致的朱柱黄瓦的桥亭,俯察那烟波浮动的湖水,夹岸的奇石和丛树,卧波的长桥和游湖的男女,这瘦西湖是一卷静谧的山水画,又是一卷流动变化画卷的粉本,它可以是水墨的,典雅而高洁,也可以是金碧的,富丽而堂皇。

过五亭桥,至莲性寺,寺外有白塔一座,其形制,得似北京北海之白塔,这种藏式塔,在江南是很难见到的,突然化现在瘦西湖边,是那么的醒目,与五亭桥相映衬,更见其朴拙的风姿和韵致了。

于莲性寺诸殿参礼毕,过二十四桥,登春熙阁,凭栏远眺,暇想联翩,诗人佳句,涌上心头:"二十四桥明月夜,玉人何处教吹箫?""二十四桥仍在,波心荡,冷月无声。"……千古名句,犹如长空月色,虽有圆缺,终不磨灭。

昔游瘦西湖,曾于春熙阁下租船往谒大明寺,今值湖道整修,船不得行,遂出园门,打的向平山堂而来。

车抵蜀岗中峰山麓,舍车徒步,但见沿山脚与磴道两旁,多有售香烛、假古董、各式玩意儿的摊点,叫卖声声,颇感烦人。抵大明寺山门外,有"栖灵遗址"四字石碑,破目而来,趋前摩挲,苔痕斑驳中透出几许苍古的神韵来。入山寺,于诸殿礼佛毕,直奔新建之鉴真纪念堂,这是一处仿唐建筑,气度恢宏,风格朴拙,它是在周恩来总理的直接关怀下凝聚了梁思成先生心血而兴建的一座能传诸久远的建筑艺术品。步入静寂的纪念堂,瞻仰鉴真大和尚的塑像,那端庄肃穆的神态中,流露出平静和安详,令人崇敬而亲近,让人窥见他那平等心、平常心和菩萨心，我不禁想起了《心经》中的名句来："心无罣碍故，无有恐怖，远离颠倒梦想，究竟涅槃。"我似乎读懂了鉴真圣像的妙谛，正是一副"心无罣碍"的绝好写照。当我再去赏读纪念堂那几铺东渡历程的大幅壁画时，想那老和尚鉴真在惊涛骇浪中，仍然是心静如水，无有恐怖，这是一种何等的定力？何等的修为？怎么能不让人肃然起敬呢！

出纪念堂，东去至栖灵塔下，绕塔而行，仰望这73米的庞然大物，在蓝天白云映衬下，是云动呢，还是塔动？恍恍忽忽，心入迷离。际此，新华正仰卧在地，为我等拍影留念。竟然将全塔收入镜头，其辛苦和技艺也是令人感佩的。正说话间，忽听有笑语自空中落下，仔细打量，才发现有游人登上了飞灵塔。刘禹锡诗云："步步相携不觉难，九层云外倚阑干。忽然笑语半天上，无限游人举眼看。"我等便是这"无限游人"中的三五了。当年刘禹锡与白居易同登寺塔，诗酒唱和的情趣，也让1100多年后的今人分享着，我不禁举头再向寺塔的高层仰望，幸祈会承接更多的"笑语"呢。

由大明寺西去，入平山堂，遍读楹联、匾额，无不佳妙，皆起画龙点睛之作用。是时也，天朗气清，南望江南诸山，皆来堂下，如豆如簇，当为金焦北固，此其平山堂之由来。遥想永叔当年，任扬州太守，政务之暇，诗酒雅会，平山堂上。谈笑间，立成文章千古。今我来游，见堂前杨柳，依依依旧。壁上题咏，何年碧纱笼就？

平山堂后，依次有谷林堂、欧阳祠。"六一宗风"，代有所传，时至今日，"风流宛在"。出平山堂，游西园，读御碑。访"天下第五泉"，其泉荒败，无客茗饮，徒具空名耳。寻石涛墓，不可得，若有所失。时已过午，便离开这万松洒翠一涧留云的"淮东第一观"，打的返回市

作画与游踪

区,于"个园"外之"嘉客多"就午餐。

餐毕,游"个园"。但见满园堆绿,翠竹千竿,竹荫深处,琴音迢递,粉墙高起,竹影如画。更见假山迭出,各具形色,高下昂藏,尽现丘壑。山前竹后,亭阁缀之,流泉池沼,游鱼可数,小憩有顷,步出园门。

打的到古运河东岸的普哈丁墓园参观,这里似乎游人很少,当我们踏上"天方矩矱"的园门时,一位管理人员急匆匆走了上来,导引我们步入各个景点,且为我们详细地介绍了墓园主人普哈丁的历史。这位阿拉伯伊斯兰教传教师,于宋度宗时来到扬州,在扬州传教十年,还创建了"仙鹤寺"。后来到山东传教,在返扬州途中,病逝船上,广陵郡守遵其请求,安葬于此。其后,历代伊斯兰教人士辞世,多葬是处,形成今日之规模。我们搜读着石棺上的年号文字,听着那些被掩埋了久远的故事,眼前又幻化出宋元时期阿拉伯人在维扬活动的倩影来。

时方下午4点,顺路游天宁寺。寺始创建于东晋,是扬州最为古老的佛教名刹。今之寺院,已辟为扬州博物馆,有大雄宝殿、华严阁、万佛阁,皆甚高大空阔,殿内利用声光电等现代手段和图片展览,介绍扬州之沿革与佛教故事,大大有别于他处寺院之状况。寺门外不远,便是清康乾南巡时的"御码头",这里曾留下了四次接驾康熙皇帝的曹寅的身影。曹寅不独传下他的文孙曹雪芹及其巨著《红楼梦》,也为后来诗坛上刊刻了一部《全唐诗》,并开启了《佩文韵府》的刻印工作,其功绩,不能不令后继的文人学士所感佩和赞叹。

下午5点半返回紫荆饭店。7点,再到"百姓人家"吃农家饭。饭后先逛"时代商场",然后经一书店,购李斗之《扬州画舫录》与陈从周之《说园》以归。

夜来倚枕读书，不知时过几何，竟入梦乡矣。

四月十七日

早餐毕，徒步往淮海路上访"扬州八怪纪念馆"（原"西方寺"）。入门，一大殿，内塑八怪等画家，或坐或立，或聚或散，或对谈，或独吟，或提笔挥毫，或伏案沉思，各具形态，呼之欲出。此雕塑，当出自传神写照之高手，八怪幸甚；传诸未来，观者幸甚。殿后又一进院落，西有琼花一株，尚不大，其花正盛，清香淡逸，素色冷艳，而花姿绰约多奇。韩琦有《忆江南》词，颇能曲尽其妙，谨录其后，当可共赏："维扬好，灵宇有琼花。千点珍珠擎素蕊，一环明月破香葩。芳艳信难加。如雪貌，绰约最堪夸。疑是八仙乘皓月，羽衣摇曳上云车。来会列仙家。"琼花东，有银杏一株，苍古茂密，已逾750年之历史，为宋物。殿之东，有水一泓，为"鹅池"，池后衬以修竹，竹影荡漾，池水尽绿，亦复可爱。池之东，有泡桐一株，花放满树，灿若红云紫雪，颇可观览。殿之西，为方丈院，今辟为"金农纪念堂"。冬心晚年居是处，前室为念佛堂，堂之后，有一小天井，苔痕满地，翠竹葱茏，浓荫覆地，甚是幽寂。后堂分三室，中可会客，东作卧房，西为画室。惜因前檐深广，屋内光线颇感暗淡，冬心先生居此僧舍，不知可感清苦！

出扬州八怪纪念馆，往"仙鹤寺"而来。寺小甚，正普哈丁所创建者。一所清真寺，却为汉地建筑风格，实以伊教之功能，可谓匠心独运。今之寺院，多有明代遗构，甚可珍也。

返紫荆园，方上午10点。建龙日前在湾头镇加工玉器，订于上午去取货，遂于11点同往一游。这湾头之所在，正是古之茱萸湾，地处扬州东北乡，运河侧畔，是东行通海，北上淮泗的要冲，隋炀帝于此建行宫，日本高僧圆仁来扬州，也曾于此登岸，今胜迹虽渺，而茱萸湾已成了扬州的工业园区，车水马龙，商贾云集，樯橹竞渡，一派繁荣景象。镇上尤以加工玉器为甚，商店比列，珠玉盈柜，晶莹剔透，无不可人。效英、新华选购玉佩多种，讨价还价，满意而归。

离湾头镇，返扬州，携行李，取道瓜州，轮渡过江，向镇江而来。陆游"楼船夜雪瓜州渡，铁马秋风大散关"的诗句又复涌现脑海。

抵镇江，入住金山附近之"一泉宾馆"116号。这"一泉"，便是"中泠泉"，所谓的"天下第一泉"，有王仁堪五字题其壁。文天祥诗《饮中泠泉》，为人所乐诵："扬之江山第一泉，南金来此铸文渊。男儿斩却楼兰首，闲品茶经拜羽仙。"而后，随着江水北移，此"一泉"，便登陆南来，取水转为便捷，而光顾者少，反而失却了当年之声誉。今一泉公园内有重建之"芙蓉楼"。登斯楼也，便会让人想起王昌龄《芙蓉楼送辛渐》的名篇："寒雨连江夜入吴，平明送客楚山孤。洛阳亲友如相问，一片冰心在玉壶。"

中午就近处一家小餐馆，吃"锅盖面"，颇具地方特色，佐以几品鲜活小菜，亦感兴味无穷。

下午打的往游焦山。至象山，待船而渡，抵焦山脚下，忆及1975年10月独游焦山定慧寺，正西风萧瑟，山寺冷清，游人寥寥，其印象也颇凄凉。而今正值烟花三月，春光骀荡，游人如织，熙熙攘攘，往来不绝。所见之定慧寺，规模展拓，殿堂高起，古佛金装，一派辉煌，此正茗山法师之功德。继入焦山碑林参究，洋洋洒洒三百余方，逐一观赏，直看得眼花瞭乱，腰酸腿痛。其中"大字之祖"、"书中冠冕"

的《瘗鹤铭》，灿然嵌于亭中壁上，残石5块，93字，摩挲品读，体味那"古拙奇峭，雄伟飞逸"的特色，观之再三，不忍离去，新华、建龙为我频频拍照，记录了此次访碑的虔诚。

出碑林，东转，沿磴道上焦山，至"汲江楼"下，有新建"板桥画屋"，过庭而已。屋前有茶座，落座休息，泡一壶句容茅山茶，四人共饮，观大江之东去，谈我等之南来，江山如画，畅游爽心，不觉一暖壶开水告罄，汗水落去，脚力倍增，起而复行。未几，已至焦山绝顶。顶有新建万佛塔，绕塔一圈而下山，经"别峰庵"，取道西路，走走停停，渐至峰脚，摩崖石刻，接踵而来，唯因时代久远，风剥雨蚀，字多模糊不清。忽见高处有"巨公厓"铁线篆三字，完好无缺，遂手足并用，爬上去作一观摩，有洪亮吉之题记一则，其文清新可诵，其字亦复畅然可爱，嘱新华为之翻拍，归以临习，永志墨缘。唐之《金刚经》偈句，宋之米芾题记，皆为错过，唯陆游"踏雪观瘗鹤铭"题记，豁然在目："置酒上方，烽火未息，风樯战舰在烟霭间，慨然尽醉。"寥寥数语，人物尽现楮墨，心绪传诸毫端。时已薄暮，复登渡轮循原路以归。

晚餐后，新华、龙龙送我与效英回"一泉宾馆"，复徒步外出，购得水果多多，有梨、苹果、香蕉，与小西红柿诸种。

四月十八日

7点半于"一泉宾馆"就早餐后，便往游北固山，其地虽有甘露寺、多景楼、祭江亭、鲁肃墓等胜迹，皆附会三国故事，以招揽游人。除去一宋时铁塔（明代加铸两层），似无一文物可观赏。然高不到60米的北固山，高下起伏，亦多丘壑，加之杂花丛树，亭台楼阁，倒是

作画与游踪

镇江市民晨练的一个好处所。我方来，见有跳舞者、登山者、打拳者，更有一人唱京剧，学《甘露寺》中马连良饰乔玄之唱段，虽发音难谐，时有跑调，然自娱自乐，亦无不可。

过"多景楼"，憩"北固亭"，观米芾"天下江山第一楼"之额字，赏"客心洗流水，荡胸生层云"之集联，瞰长江浩荡而东去，思古今人物之悠悠。放翁《水调歌头·多景楼》，稼轩《永遇乐·京口北固亭怀古》、《南乡子·登京口北固亭有怀》等雄词丽句一时涌出。此行也，触景生情，勾起如许少年时所诵篇章，重温旧学，感触良多，江山依旧，辛陆难觅。

金山因"白娘子水漫金山寺"、"梁红玉击鼓抗金兵"等故事，皆家喻户晓。而今山寺，香火甚旺，进香礼佛者，填溢山门，直破门限，香烟缭绕，法灯常明，钟磬木鱼之声杂糅，经声语声难辨。身在清静之地，如入肆井闹市，颇不适应，匆匆穿悬崖，访法海洞，登极顶，于凌云亭中，领略"江天一览"之胜概。此金山寺，亦旧地重游，似无兴趣可言，仅为陪诸同游而已矣。

下金山，时方上午10点半，遂返一泉宾馆收拾行囊，到汽车站，乘11点10分开往南京客车。

下午1点20分抵南京汽车总站，于站前吃"大娘水饺"，权当午餐，然后转地铁往中华门汽车站，换乘往马鞍山大巴客车，行40分钟，至马鞍山，入住"贵龙大酒店"607号，时方下午3点许，在酒店休息，6点外出，于街头散步，时有天风吹拂，颇感凉快。随意走进一家小餐馆，点素菜几品，见有本地特产散装酒，特为之品尝，甚感醇厚。酒后，吃米饭少许而归。

四月十九日

7点半早餐后，打的往采石镇，过"锁溪桥"，即抵"采石矶"门前，仰视额字，为郭沫若所题。

入园，南向而转西去，一路修竹迎风，林莽拥翠，忽一豁口，曲径徐开，碎石铺道。方一小折，见一雅致小楼，亭亭玉立于丛树之间。正"延园"者。入楼，有季汉章先生藏砚展，仔细品读，颇发兴味。先生藏砚之富，砚品之精，令我大开眼界，一长见识。离"延园"未几，至小山脚下，古木之阴，得见"江上草堂"，正林散之先生纪念馆。是馆规制宏大，屋顶以茅草覆盖，与山石木树相映衬，正古画中景致。登堂入室，拜观林先生墨迹，四壁风雨，满眼龙蛇。忆昔游南京"求雨山"，曾以半日时间研读林老大作，未能尽兴，今见"江上草堂"藏品，比之"求雨山"，似不相上下，亦令我徘徊良久。只是林老生前，与之缘悭一面，在宁数访钱松嵒先生，竟不知林老居钱老楼下，到钱老辞世后，读林老所撰挽联，才知道二老同居一楼的状况。在"江上草堂"外，有林散之先生墓园，墓碑为启功先生所题，趋前一拜。

沿园中大道西去，过"李白纪念馆"，"太白楼"正在重新维修，施工之期，不曾开放。早年曾应"太白纪念馆"之邀，为兴建碑廊，提供拙书李白诗一纸，不知刊列何处，请施工人员行一方便，说明我等远道而来，愿能入"纪念馆"各处走走。承蒙应允，得登太白楼，然其他诸处，皆因施工，道路阻隔，行遂作罢。

复西行，经"大脚印"，登"燃犀亭"，至"联璧台"，大江已横脚下，思绪竟致纷纭。下视悬崖峭壁之底，盘涡毂转，声如雷霆。而南望"天门"，所惜时值天阴雾障，当涂之东梁山—博望山，与和县之西梁山，邈难一见，只有太白名篇《望天门山》助我神思。

作画与游踪

> 天门中断楚江开，碧水东流至此回。
> 两岸青山相对出，孤帆一片日边来。

经"蛾眉亭"直下"三元洞"，已至江边矣，江水临窗可掬，江景甚是可人，遂坐窗下，泡清茶一杯，茶烟氤氲，大江北去，鸥燕横江，片帆下注。"江心洲"，如浮萍出水；"金牛柱"，似神针定海。当"是时，若有思而无所思，以受万物之备，惭愧，惭愧！"，与东坡之感，何其相似乃尔？

自山脚沿磴道而上山，经"李太白衣冠塚"，至绝顶，登新建之"三台阁"，遍读阁中题咏，复凭栏四顾，时有小雨飘来，雾霭濛濛，江天混同，山河胜概，不复可见。雨中下山，苔湿路滑，小心翼翼，笑谈全无，唯脚声得得，传诸林木间，眼前细路沿云，绿云堆絮，影影绰绰，别饶清趣。经"怀谢亭"，略作小憩，有忆李白《夜泊牛渚怀古》诗：

> 牛渚西江夜，青天无片云。
> 登舟望秋月，空忆谢将军。
> 余亦能高咏，斯人不可闻。
> 明朝挂帆席，枫叶落纷纷。

于此也为李白怀才不遇而感慨系之。复前行，过"广济寺"、"赤乌井"、"翠螺轩"，循原道出大门。至唐贤街，小雨转大，雨脚如注，急匆匆，躲进一家小餐馆，遂进午餐，效英和龙龙各吃"麻辣烫"，我和新华吃水饺。煮水饺，竟成"片儿汤"，也无须与店家理论，聊作充饥而已。尚好，午餐过后，雨脚也停，时值下午1点，遂打车往当涂县一游。古县新城，连一丁点的旧迹也难觅了。有"大悲寺"，为新建，虽尚未完工，而已有佛事活动。在县城转几条街道，似无有可观者，遂返往马鞍山住地而来，一路水光山色，垅亩烟树，倒有几分韵致，几缕情趣，几许眷恋。到贵龙宾馆，时方下午3点半。

四月二十日

中学时，读《醉翁亭记》，迄今50多年过去了，仍能背诵如流。数过滁州，未游琅琊山，每有遗憾。今值皖东，特来造访欧阳先生，有道是："翁去千载醉乡在，客来四海共陶然。"7点早餐后，打点行装，径往旅游汽车站，8点乘由芜湖经道马鞍山开往滁州之大巴，9点许过南京，后驶出高速路，走乡间便道。路况极差，以致车出故障，不得不在路边等待，而后改乘另一辆过路车，于上午10点20分抵滁州旧城之东门。是日天阴，时有小雨，这滁州东门外，颇为冷清，久待，方来一辆面的，上车往四牌楼的地方。司机欺客，绕道而行，穿小巷，过边城，道路脏乱，坑坎不平。本来只几站的路程，竟用了20分钟的时间，实在是生财有道呢。

入住"速8酒店"，店不大，颇清静整洁，是一家连锁店，只是这"速8"二字有点费解，也怪自己孤陋寡闻了。龙龙因一路颠簸，加之车内空气混浊，以致头晕恶心，只好卧床休息。稍事洗漱，我独自外出街头，见附近一家"新华书店"，招牌豁然高标，遂往购书，到店下，书店已改为服装店，于此似见皖人对文化事业的冷漠。在马鞍山时，寻购一册新的内容较为丰富的旅游读物竟不可得，只购得薄薄的一小册《采石矶揽胜》，还是十年前即1989年的印刷品。我不胜叹息这曾经是李德裕、韦应物、王禹偁、欧阳修、辛弃疾等文人学士为官的地方,他们留下了那么多不朽的诗文佳作,而今书店竟改作服装店,能不让人哀叹。

12点就近就午餐于"随意饭店"。饭后,打的往游琅琊山。山正滁州西南,行恰六七里,便抵琅琊山门。购票入山,每人95元。游山访胜,拟先远后近,再打的沿琅琊古道,深入腹地,直逼山麓。忽见山峰陡起,磴道垂天,古木夹径,鸟鹊声喧,正"望之蔚然深秀者,琅琊也"。其境幽极静极。我等同行,拾阶而上,路渐转折,已至山脊矣,却因雨后路滑,"南天门"之胜景,只能割爱了。在林表木末,引兴长啸,放浪形骸之外,其乐也无穷。忽闻钟声大作,空谷传响,幽韵绵长,遂沿山间曲径,循声而来。至一山坞,丛林茂密,山寺隆起,正琅琊寺也。游山寺,先访无梁殿,为明代遗构,余皆新建,有大雄宝殿、天王殿、藏经楼、玉佛殿等,皆高敞庄严,见一老僧,穿堂而过,步履矫健,岂非"山之僧,智仙也"!不敢唐突动问,奇想而已。山寺有"雪鸿洞"、"濯缨泉",尚别致可玩,徜徉良久。而巨型摩崖石刻,似无精采者,聊一浏览,随即离去。

出山寺,循'琅琊古道',缓步而行,经'峰回路转'刻石,入'欧阳修纪念馆',读文图之介绍,观版本之陈列,欧阳公之生平传略,为人、为政、为文诸端,更令人景仰而亲近。

于琅琊山,最后游"醉翁亭",亭不大,以小巧玲珑视之,当可仿佛。檐角"翼然"信然不虚。然不闻"水声潺潺",更非"泻出于两峰之间者",于此益知文章不可死究,源于生活,而高于生活。小坐亭上,面对题联:"饮既不多,缘何能醉?年犹未逮,奚自称翁?"先生对曰:"我年四十犹强力,自号醉翁聊戏客。"当年欧阳修被谪滁州太守时,年方38岁。

"醉翁亭"后，有"二贤堂"，内塑王禹偁和欧阳修两太守，王之《黄冈竹楼记》、《待漏院记》等都是我爱读的文章，欧阳之《醉翁亭记》、《丰乐亭记》，更是我耳熟能详的名篇。置身二贤堂上，名句佳词，直涌胸臆间。

"醉翁亭"西侧，有"宝宋斋"，内置二碑，每碑前后皆镌刻文字，正"欧文苏字"《醉翁亭记》，为楷书，字大若拳，虽残泐不堪，然端庄敦厚之韵致，勃勃然流露于碑石之上。余之隐堂，有庋藏东坡行草《醉翁亭记》二册，一为拓本，一为印本，前者为上世纪60年代得之于太原，后者为长安画家康师尧先生所题赠。今于琅琊山中，得观苏书楷体书碑，亦颇受教益。又西去，为"古梅亭"，有篆书"梅瑞堂"刻石三字，亭前为梅园，内有老梅一株，高可两丈余，枝干苍古，穿插披离，虽非花期，赏这老干虬枝，亦甚可爱，传为欧阳太守所植，能不宝诸。

出醉翁亭园门，过小桥，河谷之畔，有小泉一泓，正"让泉也"。观之，水自底出，汩汩涌起，新华以手掬饮，曰甘甜清冽，龙龙将所带玉佩，浸入水中，以沾灵气。

复行琅琊古道之上，夹径水杉，直逼霄汉，枫树如盖，斜阳为穿，浓绿满眼，唯"深秀"二字，能揭此中奥妙。

离琅琊山打的上车，欲访"丰乐亭"之所在，询之司机，难以回答，寻之不得，徒唤奈何。至于韦应物笔下"独怜幽草涧边生，上有黄鹂深树鸣。春潮带雨晚来急，野渡无人舟自横"的《滁州西涧》，那司机，则更是闻所未闻了。忽然想到，曩游四川万县，寻黄庭坚所书《西山碑》，无人以对，今之"丰乐亭"犹在市区，连当地司机导引，竟也寻而不得。若我忻州，有客欲访"野史亭"，欲寻"元墓"，当有司机亦不知其所在。此种状况，当一深思。发展旅游事业，提高文化素质，是全民面对而不可忽视的问题，出租车司机岂可例外。

下午6点，返回"速8酒店"。晚餐后，往"海阔天空"洗澡、泡脚，虽索价甚为昂贵，却解游旅之困乏。滁州之行，匆匆而过，仅窥豹之一斑，其所见，远非想象中之品位。"醉翁"之安在，"其乐"也与谁？

四月二十一日

早餐后，往滁州汽车站，乘8点20分开往南京班车，行驶乡间小路，泥泞满道，颠颠簸簸两小时，抵南京下关汽车站。再打的入住"文昌巷"之"如家便捷酒店"，亦为连锁店。

12点半进午餐，于"绿柳居"清真饭店吃冷面、锅贴等。餐毕，效英等逛玉器珠宝店，我独往南京古籍书店，购《东坡题跋》等三册而归。

龙龙又感头晕不适，遂到附近之"八一医院"急诊中心就诊，测得血压偏高，或因劳累所致，吃药休息，遂得缓解。

晚逛夫子庙、秦淮河、江南贡院等景点，灯光如昼，游人摩肩，商品云集，小吃杂陈，走走看看，在灯光人影中，磕磕碰碰，竟用去了一个多小时。最后登一楼，点小菜数品，水饺几两，耳畔丝竹清歌，此起彼伏；窗外秦淮河上，画船往来，花灯高照，灯影桨声，好个乌衣巷口，一派热闹景象。

四月二十二日

上午游中山陵、灵谷寺，皆旧地重游，因前有叙，此行，便不复再赘，仅陪诸同游，过明建无梁殿，于新建之玄奘纪念堂，巡礼观瞻。

效英精神可嘉，独自一人登灵谷塔至极顶，其游兴之浓，亦可见一斑。待伊下塔，偕经"八功德水"，往观"谭延闿墓园"。早年只知这位南京国民政府主席、行政院长，擅长书法，精于颜体楷行，而不知死后有如此哀荣，墓园甚大，且将肃顺墓地之华表、石狮等移置墓前，亦极一时之盛。而今只作游人之谈资而已。

中午12点半，乘2路旅游车返回"总统府"站，于"湘菜馆"用午餐。下午休息至5点，外出欲逛"十竹斋"，见已关门，遂再往"古籍书店"，又购书二种。

下午6点半外出，拟吃晚饭，寻数家，未能有可口者，我只顺口说："若能喝一碗小米稀饭，那该多好！"

"不愁，你们回家等着。"新华说。

"我们试试看，我也实在想吃老家饭。"龙龙帮着腔，硬是要一试，也让我和效英回酒店休息。

过了半个小时，新华、龙龙真的捧回了一铝锅稀饭，并买了馒头小菜，实在喝得开心。问其操办过程，答以先到超市购得小米一袋，然后商诸一家小餐馆主人，借用炉火、用品，付以些许补助，并请加炒和调拌几道小菜，于路边购得热馒头以归。过程就是这么简单。说来简单，其实不简单，跑腿、费口舌。新华和龙龙的敢想和辛苦，着实是令人感动和佩服。

四月二十三日

早餐后，参礼鸡鸣寺。上大学时，读徐悲鸿先生油画集，见有《鸡鸣寺道中》一幅，印象颇深，则知南京有鸡鸣寺之名胜。1975年初到南京，便寻访之。至北山门外，见大门高锁。询诸当地人，知山

作画与游踪

寺已被南京无线电元件厂占用，早在2年前，因工厂电线失火，寺院主要建筑皆化为灰烬。乘兴而来，扫兴而去，在那"大革文化之命"的年代，毁去一座寺院，又有什么值得叹息呢，然而，我当时的心中，却是感到无限的悲凉，只能怏怏而去，默不作声。今在南京，听说鸡鸣寺已复其旧制，古寺新辉了，特来谒拜。拾阶而上，至新山门石坊，"古鸡鸣寺"四字额，跃然奔来眼底，乃虞愚先生笔迹。早在24年前，在北京邂逅虞老，曾请先生到我的客房为我即席挥毫，作对联两副。今观题额古劲洒脱，先生那作字不时雀跃的特点，蓦然又现眼前。山寺依山而建，诸殿堂，错落有致，其新建之"药师佛塔"伟然挺立，直入苍穹，长空万里，白云飞动，对之良久，恍若入诸观音慈航之舟，遨游南海之上。忽听檐下风铃，泠然作响，直落半空，令人心清气静。诸殿堂逐一参礼后，来到东北之"豁蒙楼"，有数尼众，前来接待，仪态清雅端庄，谈吐温文尔雅。是处今为"百味斋"，陈设清素俭朴，有清茶素食，以款游客之需。我临窗而坐，北瞰玄武湖，烟波如罩，湖光迷离；东北可见"台城"，韦庄之《金陵图咏》，便脱口而出："江雨霏霏江草齐，六朝如梦鸟空啼。无情最是台城柳，依旧烟笼十里堤。"东望小九华，玄奘寺之塔影，挺然涌出林海碧波间。

正小坐"豁蒙楼"上，赏读朴老为鸡鸣寺题句："饮茶处，旧日豁蒙楼。供眼江山开远虑，骋怀云物荡闲愁。志业未能休。"新华忽接曹文安电话，说狮子山有售印章石，物美价廉，遂打的，往狮峰西来。方入山门，效英头晕不适，便不拟登山，休息片刻，西去静安寺。寺内游人三五，清静无哗，步入"郑和纪念堂"，一睹航海展示图。复入西北小院，有"南京条约"签署之场景陈列，重温中国近代史，发人深省，给人警示，以古为鉴，永记国耻。

中午1点，返回住地，仍就午餐于"湘菜馆"。下午休息，与效英外出，购得衣服3件。晚饭如昨，仍是稀饭馒头，另加炒山药丝一盘，大受效英青睐，虽此家常菜，也见新华烹调手艺之精良。

四月二十四日

上午打的往傅厚岗6号，访"傅抱石故居"，至其处，大门紧闭，推敲再三，内中无人应对，似不曾对外开放。隔壁（或为4号），便是"徐悲鸿纪念馆"，那该是当年徐先生和蒋女士所居的"危巢"了。一如傅家，其门亦锁，只能拍摄门外景观，以志雪鸿。所幸，司机熟悉"傅抱石纪念馆"之所在，便引领到西汉口路132号而来。方入大门，见一高岗，隆然而起，上有云杉、榆槐之属，浓荫蔽天，碎影匝地，苍翠之中，有二层小楼一幢，更有爬山虎布满屋壁和山石，新绿靓丽，苍翠中更觉醒目。傅先生最后几年，居住此处。步入室中，先为先生当年之会客室，陈设甚为俭朴，墙上悬挂家人合影镜框，临窗有沙发三只，一大二小，亦极普通。上楼，有"南石斋"三字题额，为郭沫若手迹。室内有铜像，壁上挂傅氏所作《画云台山记》手卷，上有郭沫若、沈尹默、胡小石等人题跋，审视良久，多有启示。于纪念馆中，观摩画作，便忆起1965年9月，我适在永乐宫参加壁画修复工作，某日潘絜兹先生忽接华君武来信，言傅抱石先生于9月26日突然病逝，年仅62岁。华将赴宁参加其追悼会。噩耗传来，令潘先生不能接受，便放下手中画笔，用低沉的声音为我们讲述傅先生的为人和为艺。1978年我过南京，适值"文革"结束后，南京第一次举办《傅抱石先生遗作展览》，在宁4日，我竟在展览馆中观赏3日，对其作品逐一分析观摩。归晋后，背临数幅，颇得师友好评。今徘徊于"傅抱石纪念馆"院中，脚踏绿苔，瞻仰雕像，而思入往事。将离纪念馆，购得《其命惟新——傅抱石百年诞辰纪念文集》等两种以归。顺路到新街口，陪效英于"金鹰国际购物中心"买衣服。

下午在酒店倚枕读书，效英独自外出购物。

四月二十五日

上午8点离"如家酒店"，打的到南京禄口机场，时方9点，待机3小时，中午12点10分登机离宁，在飞机上用午餐。飞行1小时40分，到太原武宿机场，有龙龙朋友来接站。回忻后，洗澡，泡脚。晚餐后，回家休息，时已8点。

2009年4月16日在扬州鉴真纪念堂留影

广东九日记

（2009年5月11日—5月19日）

五月十一日

我和效英将往深圳，上午打点行装。

下午2点30分，黄建龙驾车与潘新华送我等往太原。路遇小雨，车行缓慢，又值东山公路施工，遂绕道太原北、西，而南，再转东，方至武宿机场，已是4点钟光景了。新华、龙龙返忻；我与效英于下午5点25分乘深航南行。晚8点抵深圳宝安机场。有工作人员裘松京者接机。先我到机场者有姚天沐夫妇，自北京而来。4人登车，入住宝安区"金碧源酒店"。稍作洗漱休息，然后往"邻云阁"，见到已交往两年而未曾谋面的陈振彪先生。入茶室，在座者已有安徽朱松发夫妇，宁夏马建军等画家。一一认识后，便步往一餐馆进餐。饭后，再回茶室小坐，已是晚上11点，匆匆回酒店休息，奈何热甚，虽有空调，又不敢常开，开一阵，关一阵，再开一阵，如是往复，一夜折腾，岂能睡好。

五月十二日

一日无事，上午吃茶聊天。

作画与游踪

下午在酒店看望姚天沐先生。我与姚先生认识，有将近半个世纪的历史了。早在上世纪的1960年，我在范亭中学毕业后，到山西美协画报室工作（未几，到山西艺术学院美术系上学），就是由姚天沐与我联系的，后来姚先生做到了山西美术家协会主席的位置。退休了，常住北京。几年不见，而今邂逅深圳，相见甚欢。姚老虽已80高龄，而身体壮实如当年，且谈锋甚健，声如洪钟，整个下午，为我叙述他的生平经历，趣事逸闻。姚先生，福建莆田人，他从小学画，就学，打篮球，肺部受伤，不得已离开培训队伍。1951年参加高考，考入东北鲁迅美术学院（时在黑龙江，后迁辽宁），当时闽中未通铁路，交通十分不畅，几经辛苦，辗转到黑龙江。四年大学，未能回家探亲。在校入团、入党，毕业后，将留校工作，终因其姐姐赴台湾，而受影响。最后分配到山西工作。先在太原二师任教一年，后调回山西省美术工作室，反右"鸣放"中，正值下乡，躲过一劫。谈程曼、王兰夫妇，药恒、王奂、李玉滋、王莹等在反右中种种，颇翔实生动。又谈及他下乡收集素材，画速写，时常有少年儿童围观，待他走开时，便会听到传来齐声的呼喊："老姚老姚站一站，给我画个老汉汉！"也曾参加三门峡工地和在"大炼钢铁"中背矿石的劳作；到黄河老牛湾采访，因迷路而巧遇村支书的故事。叙述无不有声有色，引人入胜。

晚与老同学亢佐田通电话。

五月十三日

上午9点出酒店，已感酷热难耐。10点，出席第五届深圳国际文化博览会第二会场开幕式。时有《深圳特区报》记者刘永新见访，刘为山西原平老乡。

下午参加"邻云阁"书画笔会。集体作画2幅，一为八尺宣纸横幅，由姚天沐写石，陈涤画仕女，马建军作紫藤，张少石补牡丹，后再由陈涤收拾，又添墨竹数竿，最后我题"紫雪红云，幽谷佳人"八字于其上。另一幅六尺宣纸横幅，由朱松发主笔作山水，大笔淋漓，气象森然，我以"千峰铁铸，万木峥嵘"补白，甚合朱先生心意，观者亦皆拍手称快。

晚，某房地产公司罗总招饮，11点方归酒店休息。

五月十四日

上午效英偕姚天沐夫人逛深圳市场；我为"邻云阁"主人所藏三本书画册页题写签条。展对册页中作品，精品有之，甚少，一二而已；粗制滥造者比比皆是。虽小名头，认真画来，亦复可观；虽大名头，搪塞应付，亦复可恶。今之市场中所流传者册页多多，大抵如是，不独"邻云阁"所见者。

下午召开题为"形式语言与人文精神"的讨论会。虽各抒己见，随意座谈，然不乏真知灼见者，颇发人深思，有所教益也。

五月十五日

上午参观深圳第十五届国际文化博览会，11点方到达展览中心，人山人海，连个停车位都找不到，不得不跑得很远，把车停放，然后徒步入馆巡游各地展览，各省均有综合厅，各自展出自己的文化拳头特色产品，诸如新疆的玉器，给我留下了深刻的印象。所见山西厅，颇狭窄，有忻州之木雕、砚台等，似未能引人注目。而不少展台，为招徕观众，组织各种民间艺术演出和杂耍，倒颇受人欢迎，往往围得

作画与游踪

水泄不通，只是太吵闹了。而第二馆，为各省画院和名家作品的展览，此处倒很清静，甚至有点清冷，参观者，寥寥无几，其作品也有不少大名头者，然精品力作，少之又少。

中午，于馆内餐饮部，用便餐。

下午，往游"仙湖植物园"，其地位于深圳东部山峦之中，植被甚好，绿荫浓郁，湖光山色，鸟语花香，诚为大都市中一处佳好的休闲去处。

在仙湖，有"弘法寺"，规模宏大，拾阶而上，气喘吁吁。见大殿侧有画院招牌，遂入室问讯，主人甚是热情，招呼各位入座吃茶，并以本寺长老本焕大和尚血书《大方广佛华严经普贤行愿品》印品惠赠我等每人一册。询之法师近况，言法师已是103岁的老人了，尚住院中。拟往参访，遂作电话联系。老和尚知大家远道而来，同意见面，只是在感冒中，请勿拍照。遵嘱，便往东方丈院，入室，见老和尚坐客堂侧室内的沙发上。客至，在侍僧的搀扶下，略一起身，合掌致意，并示意各位来客落座，并取出名片，给我们每人一张。随后聊作叙谈，问大家从哪里来，何处去，知我自五台山来，法师打量着我，略有沉思，当是忆起他早年在台山习修的岁月。我们都是俗人，说了一些祝愿的话，唯河北张少石为居士，双膝下跪，给老和尚磕一头，送上随手携带的象牙念珠，请法师为之加持。

我们不愿太多打搅法师，退出侧室，在客堂就座，侍僧送上饮料。侧室传出法师的声音：

"快去取念珠和护身佛像！送给各位！"师言如是三次。给我印象颇为深刻。

出山寺，游植物园之兰圃、热带园、硅化木园，奇花异树，多有不识者，逐一观赏，亦开眼界。时已下午 6 点余，值周五，又是下班时间，道路拥堵，车行缓慢，回到"邻云阁"，已是 8 点。晚餐毕，回酒店，又是 10 点有余了。

五月十六日

今日将离深圳，往江门去。

早餐后，将拙作《隐堂琐记》一本奉赠朱松发先生，朱以其《当代经典·朱松发》卷一册与光盘一张回赠。

上午 10 点，亢佐田偕其大儿子阿毛来接我和效英。阿毛，十数年前以优异之成绩毕业于清华大学建筑系，遂回山西省政府就业，偶值广东出差，有意到南方工作，见有公务员招考启示，遂参加考试，一举被录用，便成了广东省江门市的一位职员并任其领导职务。他驾车来接，奈何正犯着痔疾，加之体重 200 来斤，行走、开车很是不方便，我真为他的痛苦而难受，抱怨佐田说："真不应该让一个带病的人来开车。"阿毛只是笑笑说："不妨事，不妨事！"

12 点到中山县翠亨村，就午餐。餐毕，阿毛在车上休息，我们瞻仰了孙中山故居、参观了孙中山纪念馆，购买了《香山文存》《香山诗词》等五册书籍。随后，发车往新会而来，至崖门，参观古炮台遗址，残堞尚在，铁炮横陈，有田汉、秦咢生等诗碑仰卧着，以方便游人观赏。田汉诗曰：

> 云低岭暗水苍茫，此是崖山古战场。
> 帆影依稀张鹁鸰，涛声仿佛斗豺狼。
> 艰难未就中兴业，慷慨犹增百代光。

作画与游踪

> 二十万人齐殉国,银湖今日有余香。

秦咢生诗曰:

> 凛凛英雄树,巍巍古炮台。
> 朝辉城雉肃,春激浪花开。
> 要塞无烽警,崖门不可摧。
> 江山磅礴气,吟望几低徊。

前一首,把我们带到了南宋末年,丞相陆秀夫背负7岁少帝赵昺投海殉国的故事之中,那交战的激烈,那背负少年跃入大海的悲壮,那越七日"尸浮海上者十余万人"的凄惨,无不令人惊心动魄,感慨万端,又不禁想起了文天祥《过零丁洋》中"人生自古谁无死,留取丹心照汗青"的名句来。

而后一首,既道出了诗人眼中景象,也抒发了心中情怀。正是我们伫立古炮台的遗址上,面对南海之门户,江水浩荡,思绪纷纭,当看到那渔人撒网捕鱼的悠然而闲适的景况时,激荡的心潮才慢慢平静了下来。崖门啊崖门,装点着江山,凝铸了故事,在天地间,让人们观瞻和评说。

在诗碑前,我又想秦咢生先生。秦老生前为广东省书法家协会主席,1985年,在北京参加中国书协第二次全国代表大会,得识老人,秦老曾亲撰七绝一首,并书以见赠,令我铭感无喻。1990年1月,我在深圳举办个人书画展,经道广州,秦老已在病中,尚安排欧广勇先生在某酒店设宴为我祝贺。而今,老人故去多年,面对所撰诗碑,便又想起他那规整而有韵致的爨体书法以及老人为我题咏时的倩影。

前行,有一村,背靠青山,山不高,叫"凤山",遍山林木葱翠,正"凤凰双展翅者"。山顶绿树间涌出一高塔,叫"凌云塔",卓然碧空白云间,煞是瑰丽。山下房舍楼居栉比,亦复充满新气象。此村叫"茶坑",正是梁启超先生故里。先生故居,在新建纪念馆西侧,入一小门,见有青砖黑瓦二层小楼,耸立天井之北,室内光线暗淡、陈设简素。天井颇窄小,小楼之南,又有几处连环小院,前院设私塾,额书"怡堂书屋"四字。先生孩提时,曾在此接受启蒙教育,6岁便读完了"四书"和"五经"。10岁,赴广州应童子试,舟中吟诗,语惊四座,被誉为"神童"。故居外为广场,花木扶疏,灿然可喜。有梁启超雕像一尊,额头宽广,充溢智慧,双目炯炯,欲穿时空。广场东北角,新建二层白色小楼一座,玲珑剔透,倒映楼前一池碧水中,光影迷离。步入楼中,参观梁先生生平介绍,著作陈列,书法艺术,无不令人驻足赞叹。梁家一门,人才济济,竟有3位院士,此前我只知道著名建筑学家梁思成先生,余皆不甚了了。

离梁宅,驱车寻访"小鸟天堂"。早在1973年,我在广州参加第34届广交会筹备期间,就知道新会有一处"小鸟天堂",据说小岛一个,被一棵古榕覆盖,老树盘根错节,枝杈交互,真是一树成林,榕荫百亩,各种鸟雀,栖息其间,尤以鹭鸟为众,千只万只,难以说清。来时如白云,盘空而降,甚是壮观;黎明和唱,如听笙簧共鸣,百鸟朝凤。今方来,所见小岛孤高,绿水环绕,榕荫浓郁,游人熙攘,唯不见小鸟踪迹。"小鸟天堂"徒具空名而已。正是"小鸟不知何处去,此地空留天堂名"了。既来之,亦复购票登船,环岛漫游,入得榕荫深处,只听得笑语穿林,人声嘈杂,我却了无游兴,人来了,鸟去了,小鸟的天堂,变成人的"天堂",这"天堂",也许会行将消失,榕树老去,河网干涸。1933年,巴金先生来此游览,留下了迷人的《鸟的天堂》,今天那景象也只能在美文中重温了。我突然想到,要保护它们——小鸟,便是远离它们。小鸟的天堂,人类不该去侵占。

过新会县城,至圭峰山下,于劳动大学楼前,瞻仰周恩来总理铜像。至江门市,已是华灯朗照,夜色十分了。入住"丽宫国际酒店"817号。此处为4星级酒店,标间每晚460元,为我外出自掏腰包最为奢侈的一次了。

晚餐,由阿毛为我等接风,其夫人刘典也携儿子到酒店作陪。刘典的父亲刘治平,是我的校友,刘典的外公靳极苍先生和外婆杨秀珍先生,早在40年前,我们就相熟稔,杨先生是齐白石老人的入室弟子。杨老曾为我画得一幅蜻蜓,一幅红梅,尚存箧笥之中。今在江门见其外甥女,爽朗大方热情,又是佐田的儿媳,我自然是十分高兴的。阿毛和刘典的小公子已四五岁了,十分机敏可爱,难怪佐田来江门,已是半年有余了,怕是离不开小孙子。

五月十七日

早餐后,首先寻陈白沙故里参观游览。这位白沙先生陈献章,我在中学时,因为看到了他的一幅梅花画作的印刷品,就记住了他的名字。后来,自己爱上了书法,便知道了他晚年以茅草制"茅龙笔",写出了一种飞腾恣肆的行草来,今人欧广勇兄以茅龙笔作隶书,能得朴拙茂密的韵致,亦复可爱。天津书家顾志新,先前赠我"茅龙"数枝,偶一试写,未能应手,遂不复用。今日,来到"白沙里",入目而来的是一座新建的牌坊,上书"陈白沙纪念馆"。中轴线上有"圣旨"、"贞节"匾的古建坊，是旌表白沙先生母亲的。陈白沙是遗腹子，他出生前一个月，27岁的父亲染病辞世；24岁的母亲，孀居独守，含辛茹苦，侍奉家婆，抚育儿子。儿子终成一代大儒，其母林氏72岁时，得到了皇帝的恩赐，建造了这座贞节牌坊，以及牌坊后面的"贞节堂"。

在"白沙祠"中，有"圣代真儒"的匾额。白沙先生，为正统间举人，曾应诏，授翰林院检讨而归，隐居乡里，侍奉母亲，教授弟子，讲学不辍，后屡荐不起，格物致知，静坐"澄心"，开后人所谓的"江门学派"，且从祀孔庙，获此殊荣，在有明一代，于广东籍者，仅此一人而已。

在纪念馆中，多有陈白沙手书刻石，一一品读，耐人寻味。白沙里尚有"陈长毛武馆"、"民俗陈列馆"，聊作浏览。后以100元，购新制"茅龙笔"一枝，用作留念。

离白沙里，仍由阿毛驾车，往开平而来，目睹已被列入世界文化遗产的开平碉楼与村落。

先到"自力村"，这村名，是建国初为之命名的，取"自力更生"之意，自具时代特色。到村口下车，见平畴碧野中，水网遍布，阡陌交横，小道上，行人往来，水牛游弋，池塘中，荷叶田田，鹅鸭浮荡。村外树荫下，有售物者，仅草帽、藤编、蒲扇之属，黄皮蜜饯，姜片陈皮之味，杂什摆放条桌之上，桌后坐一老者，或站一妇女，也不吆喝，见有问价者，热情答话，淳朴之风，昭然可见。在风景如画，安宁静谧田园中，有碉楼十数座，巍然屹立于天地间，在蓝天白云映衬下，甚是引人注目。这些建筑物，楼高壁厚，铁门钢窗，颇感壮实，而其风格，则是一楼一式，各具面目，其共性，则是皆呈西洋风格，又多少流露一些中国建筑的特色。所谓碉楼，便是此种建筑物，集居

作画与游踪

2009 年 5 月 17 日在开平碉楼

住与防卫于一体，楼顶有瞭望台，墙体上安枪眼，有如碉堡之功能。我们一行，登上一座名为"铭石楼"的建筑，下面几层为居室、生活间，第五层供"神主"，即祖宗牌位，第六层则是瞭望台，顶建六角凉亭，罗马柱上承托起绿色琉璃瓦顶，有如中国帽子西洋装，有点不伦不类。而居室中陈设，颇为繁复，有西洋彩色玻璃屏风，镏金床，"金山箱"，红木椅，留声机，大扬琴，德国古钟，法国纯银茶具，日本首饰盒等等，虽然竭尽奢华，可谓琳琅满目，而感品位不高，缺少文化，给人以"土财主"之印象。其实这些建碉楼的"金山伯"，都是在清末民初，当"猪仔"，被贩卖海外，或迫于生计，漂泊西洋，颠沛流离，作苦工劳工，不少人客死他乡，尸骨抛弃；而也有一些人，通过心血打拼，有所发达，积累了钱财，尔后，衣锦还乡，建筑居庐，荣宗耀祖，享誉乡里。岂知树大招风，这些发了财的"金山伯"，便引来了一批批匪盗，他们打家劫舍，掠财掳物，杀人绑架，索款撕票。一时间，那些"海归"的富翁，便慌了手脚。这"碉楼"便应运而生，"更楼"、"众楼"，独家的"碉楼"，一座座拔地而起。据说这开平市，自清末以来，先后就建起了3000多座，今天尚存1800多座，这实在是南粤的一项奇观和特产了。

离自力村，往"立园"而来，这可算一座西洋园林了，它占地近12000平方米，有大花园，小花园，别墅区三个部分，还挖了一条2里长的小运河，直通潭江。兴建别墅，用去10年的时间，所有钢筋、水泥等建筑材料，皆来自西洋，而室内装饰、生活用品，无不是高档的舶来品，美式浴缸，欧式壁炉，手摇水泵，铜煲熨斗，西式餐具等等，举不胜举，一言以蔽之，这"立园"中的生活，几乎是西化的。细察之，也不全然是这样，瞧这三层的"泮立楼"，却有一个中国式的

作画与游踪

绿瓦覆盖的大屋顶，尽管屋顶上还附加了一些不够大方的小零碎。"立园"的牌坊总体上看去，也是中国式的，有匾额，有对联，读这52字的长联，似能看出此中景趣，遂录于下："立身在山水之间，此地后耸罗汉，前绕潭溪，四望蔚奇观，倦堪容膝；园景离尘氛以外，尔时春挹翠亭，雅栽宝树，一方留纪念，殊洽娱情。"

在"立园"，时近中午，天热甚，佐田与效英兴致尚高，登上"泮立楼"。我感疲累，小坐浓荫之下，运河侧畔，观碧水扬波，赏游鱼往来。

中午，就餐于开平"潭江半岛酒店"，其地颇为豪华，为5星级。这潭江半岛上，有高楼两座，一为银行，一为酒店。建楼中，出过一起惊世贪污案，案发，2人外逃潜伏，1人跳楼自尽，贪污赃款达4亿9千万美元之多，也颇惊心触目。一个案例，竟让我忘了仔细品尝丰盛的午餐，实在是有违阿毛安排来此就餐的美意了。

下午游岭南古镇"赤坎"。但见潭江由西向东，穿镇而过，江北一排广州骑楼，长可300余米，立柱檐饰，却充满欧式风韵。人行骑楼之下，影落潭江之中，江水迷离，风情万种。又有小舟三五，往来轻捷，如行画中。这小镇上，以关姓和司徒姓者为两大家族，皆为"闯蕃"大户。关家居潭江之上游，称"上埠"，司徒家居潭江之下游，称"下埠"，两大家族，各居其地，可谓泾渭分明，决不混杂。而在建筑上，事业上，却在暗里竞争，正因如此，赤坎古镇在两姓的竞争中得到了发展。我踏进了"关族图书馆"的4层楼建筑内，看到第一层为阅览室，案头堆积着各种图书，还有自办的家族刊物《光裕月报》，这实在是不会让人想到的。书桌前，坐着男男女女、大大小小的读书人，这也是一个让人振奋的场面。二楼是藏书室，馆内曾藏有《万有文库》、《四库全书》、《廿四史》等万余册，这在今天一些新建大学的图书馆，也是不能与之相比的。四层是钟楼，上面安置了德意志进口的大钟，至今按时报点，声回四野。而下埠的"司徒氏图书馆"，亦复可观，那里的钟楼上，安放的是从美国波士顿进口的大钟，区区的赤坎小镇，竟有两只报时钟，而偌大广州城的海关，也仅有一只。于此一斑，你便不可小视这"赤坎"古镇了。

"关族图书馆"西侧，有拍摄《三家巷》的"影视城"，或洋楼高起，广厅彩照；或深宅庭院，高窗雕花，或回廊曲槛，如入迷宫。直看得眼花缭乱，不辨东西。于此中，想起了我读高中时的语文老师欧阳代娜先生，她便是《三家巷》作者欧阳山的女儿。老师为我批改的日记和作文，尚有保存者。站在"影视城"中，祝福远在北京的代娜老师健康长寿。

离赤坎镇，又到"马降龙村"来，在叫"庆临里"的地方，又看了几处碉楼，我已疲劳，不再登楼；而这里的环境却是格外的幽美，西倚潭江，围以绿树修竹，一个小村子，呈长方形，十分规整，几排房屋，南北无通道，东西有小巷几条，建筑皆一色一形，若模具中打压出来一样。到村中东西小巷中走走，多房门紧锁，似无人住，偶有一二开门者，室内暗黑，门前坐一老者，也不言语。里东有池塘，里西有林木，有母鸡领小鸡在竹林花下咯咯觅食者，无人打扰，悠然自得。我们穿过林间小道，坐一株硕大杨桃树下的篱落间休息，仰望蓝天，亦复惬意。

忽有阵云袭来，将降大雨，匆匆登车，而阿毛，不循原路而返，偏要到"锦江里"，寻一处誉为开平第一碉楼的"瑞石楼"，奈何三番五次，不入其径，楼尖已经在望了，就是不能进去。大雨袭来，遂作回程，阿毛因未能领我一睹"瑞石楼"的丰姿，留下一缕遗憾，其实，我对碉楼，早已尽兴了。

在路上遇两起车祸，亦让人惊悸不已，雨中行车，能不小心？

返回江门，已是下午8点，于某西餐馆，就晚餐，又是阿毛盛情款待。

五月十八日

上午陪效英购物，先后逛"益华超市"和"益华百货商场"。我对逛商场，素感烦躁，今方来，见商场一层有咖啡屋，便泡在那里，喝咖啡，吃冰激凌。商场内设有餐馆，中午时分，效英购物尽兴，进餐而归。

中午接阿毛电话，知他痔疾发作，需明日手术。又发短讯三则，安排了我们明日赴机场事宜，亢佐田原拟与我一同返并，机票早已购得，因儿子住院，他便暂时留了下来。

下午刘典偕同司机宋师傅到丽宫酒店来，引领我们到白云机场设在江门的候机汽车站，购得明日往广州车票（飞机票，阿毛早几日已为我们购得）。

晚七点，就近在本酒店三楼用餐，餐厅颇为讲究，豪华而不失典雅，我们临窗而坐，点饼食二种，小菜数品，稀粥每人一碗，饭菜可口舒适，而价格也不菲，一小碗大米粥，索价18元，也许这便是酒店档次的标志吧。

五月十九日

晨4点半起床、洗漱、收拾东西，5点半，离"丽宫"，有宋师傅送往江门候机汽车站。6点发车，行车1小时40分，抵广州白云机场，换票候机。于9点50分,登机起飞。至12点半,飞抵太原武宿机场,有新华、建龙到并接站。返忻后,于"天外天"吃农家饭,吃得十分惬意,比之广东的生猛海鲜,要可口得多,食欲好坏,又岂在价位的高低。

此行,整整9天时间,有幸拜见本焕老和尚,为第一快意事。次则有中山、新会、江门、开平之旅,且有同窗学友亢佐田作伴游览,其乐更为融与。唯小侄阿毛带痔疾而驾车,以致肛瘘住院,令我歉疚不安,特为志之。

台湾八日记

（2010 年 5 月 20 日—5 月 27 日）

性喜游览，足迹几遍全国，唯宝岛台湾，未尝往也，1995 年夏天，偶接台湾美术家协会主席易苏民先生请柬，相邀赴台参加海峡两岸书画交流活动，奈何手续繁复，几经周折，终未能成行，常引以为憾也。欣逢两岸"三通"，机缘成熟，遂随旅游团有台湾八日之行，尽管来去匆匆，然旧梦得圆，亦为之欣慰。

五月二十日

上午与内人石效英偕潘新华夫妇、黄建龙等一早赶往太原武宿机场，会合旅游团队。上午 9 点乘东航飞机直飞台湾。其间行程 2345 公里，用去 3 小时零 5 分。于中午 12 点 13 分抵达花莲机场。因乘太原至花莲直航第一飞，机场举行了隆重的欢迎仪式，停机坪上铺着长长的红地毯，有身着民族服装的欢迎队伍，迎接步下舷梯的山西游客。在机场外的一角，旷地上搭起了简易的舞台，舞台的对面安放几列折叠椅，上方撑起遮阳伞，我等游客落座其下，待台下鼓乐停止演奏，花莲县县长傅崐萁先生等领导一行七八人走上舞台，致简短热情的欢迎词，然后在台下的广场上，表演了当地的原生民族舞蹈，草裙赤臂、长发甩头。舞姿粗犷而激烈，精力弥满而飞扬。正午之骄阳加之舞者之火爆，令我等游客鼓掌不断，汗流浃背，亦深感同胞之热情，气氛之融与。

欢迎仪式结束后，步入餐厅，饭菜颇丰盛，多海鲜，大米尤为精到。

餐后，乘大巴车往台东，车行200多公里，一路南行，右倚高山，左临大海，起伏高下，颠簸难耐，效英晕车尤为严重，虽经"石梯坪"、"北回归线标"、"水往高处流"等诸多景点，初时效英尚能走走看看，面对大海波涛，奇礁怪石，聊作浏览，到后来在车上，呕吐不止，到景点，则坐石畔草滩上，但见面色苍白，抱膝低头，其状苦不堪言，令我手足无措，所幸一路有导游金胜和新华夫妇尽力护持，使我减却些许紧张。勉强到台东。进一餐厅，主人以草药泡水，饮之无效，新华端来稀饭素菜，点滴不进，令人焦急，又无可奈何。匆匆入住高野大饭店1143号，倒床而卧，衣不解，鞋也不让脱，话也不许问，我闷坐其旁，待静卧时许，头晕恶心稍有缓解，才起坐勉强喝水几口，方脱鞋宽衣而睡。此行也，遭罪不说，担心更甚，待内人传出入睡声息，我始心安。

五月二十一日

7点起床，效英休息一晚，身体恢复较好，洗漱后入餐厅，同行者皆来问讯，关心之情状，真让人感动。

8点乘车离台东，先沿东海岸继续南行，后西去入屏东县山中，其山层层叠叠，其树浓浓密密，一条沿云绕山路，满眼苍翠醉人色，时闻鸟声，偶见流泉，效英在此种景色声闻中，心中紧张得以放松，

作画与游踪

晕车现象亦为之缓解。车转上山顶，随之复下，经"草铺"、"狮子"等地域而"恒春"，而"垦丁"，路入平坦，眼界乍开，楼观草坪，则大别于山中之景致也。复前行，远见海中一礁石，亭然若帆状，近前正标字曰"一帆风顺"，妙肖天成，知造物之神奇。

车停"鹅銮鼻"的地方，此处为台湾之最南端，漫步海滨栈桥之上，遥望南天，海天空阔，茫无际涯，时有海风吹拂，浅浪拍岸，银花溅起，衣袂飘举，而鸥鸟近人，似与人戏，效英与秀英说笑传声，新华、建龙频频按动相机快门。身心之劳顿，似为海风尽扫矣。

徜徉良久，穿海边热带雨林，到"东亚之光灯塔"下，摄影留念。登高远眺，南海与太平洋往来之水道——"鹅銮鼻"，给我留下了深深的印象。

时值中午，外面骄阳似火，入"垦丁"之"乔晶海鲜馆"，空调相伴，凉风宜人，品美食，歇腰脚，得片刻之小憩。

与妻子石效英在阿里山

饭后，游"猫鼻头"，山石嵯峨，花树满眼，唯游人如织，不得清静，觅小径而升岩，下眺"猫鼻头"，亦海边之一巧石，地处台湾海峡与巴士海峡之交汇处，当不独因风景之异耳。

离"猫鼻头"，复乘车经屏东而高雄。台湾导游与旅人一路问答互动，间或爆出笑料，减却长途坐车之疲劳。导游疲累了，便放几段邓丽君的歌曲，有人跟着浅吟低唱，不知不觉中竟也陶醉在乐曲中，谈笑无长路，傍晚时分，车抵高雄。先往西子湾风景区看"西湾夕照"，红霞在天，落照映水，艨艟斗舰，扼其中流，水天明灭，光影散乱，好一派港湾之景致。后沿磴道攀升，至"打狗英国领事馆"所在处，似无多少可观者，"打狗"是前清原住民对高雄的称呼，"打狗"谐音"竹子"，高雄当为"产竹子的地方"。

华灯朗照，夜色十分，乘车沿"爱河"而观光，高楼林立，河影灿烂，花圃酒肆，清幽与繁华互现。步入"邓丽君纪念文物馆"听其音乐，观其收藏，悦耳而怡目。

晚餐于"美浓客家菜馆"，虽名为客家风味菜，似无其特色，饱腹而已。

出餐厅，逛"六和夜市"，一条长约300米的小吃街，热闹非常，游人摩肩接踵，灯火灿若白昼，我们在一家摊位前，每人买一筒"木瓜牛乳"喝，竟在这家摊位招牌上方有马英九和陈水扁等名人之签名，难怪这家生意如此兴隆。出于好奇心，又在另一家摊位前坐下来，品尝一种叫"棺材板"的小吃，五人（我、效英、新华、秀英和建龙）先买一份，切割品尝，如可口，则每人一份。不料此小吃，难合我等口味，每人尝一小口，皆不欲下咽，相视一笑，匆匆离座，赶紧买莲雾等水果，以冲口中之不适。至于"担子面"、"蚵籽面"仅一观而已，也不愿为之品尝了。晚入住"河堤旅店",小巧,干净,推窗下望,"爱河"即在近边,河影迷离,有似梦幻,时已晚上10点半,匆匆洗漱后,便上床休息。

五月二十二日

早6点起床,7点早餐,8点离"河堤酒店",乘车由高雄走高速入嘉义县,到中埔乡,路旁有吴凤公园,导游介绍吴凤其人其事,未几至阿里山山脚,进一家茶社,小坐品茶,把盏叙话。是处有"大禹岭茶"最为名贵,浅斟慢品,香留舌本,回味无穷。将别茶社,买茶叶几筒,打包托运,亦甚便捷。

出茶社,改乘8人座小车上山,山道弯弯,盘旋而进,时见山体滑坡重修之新痕,又多急弯,车速乍缓乍疾,不禁令人俯仰倒侧,头晕目眩,以致内人又复晕车严重。至山顶,入"阿里山阁大饭店",休息有顷,就午餐,效英仍不欲进食,勉强吃了几口,便放下了筷子,什么台湾料理,阿里山山珍,自然无心也无力品味了。

步入山林,古桧参天,碧草铺地,山花如繁星,鸟声似笙簧,清风拂面,幽香满鼻,人在其中,长啸放歌,谈笑不羁,效英之精神亦为之一振,渐多言笑,对周围之景象亦复留心,对千年古神木,摩挲再三,不忍离去,遂与之摄影留念。过"姐妹潭",见碧潭如玉,临流照影,湖光山色,幻化无穷,对之良久,眉宇生绿,是地幽极静极,诚修身养性,消夏避暑之处所。又多古木老桩,皆日人占领台湾10年中伐木所致。后老根生条,天长日久,复成大树,有一桩三四株合抱者,别具姿态;有奇根外露,肖猪肖象者,巨石旁起,高可丈余,有一女士登其上,振臂高呼,作就义状,令所见者哄然大笑,空林传响,声转久绝。

山间有小火车道，蜿蜒入林深处，乘小火车登山游览，当复另有滋味。

山顶有道观一区，颇宏大，为新建，虽金碧辉煌，而嫌繁缛，未可人意也；有"慈云禅寺"则小巧清寂，当为静修处。

人在氧吧中，精神焕发，效英亦复精神，此大自然恩赐之良方，诚可宝诸，建龙在路边购得煮花生，效英亦为之咀嚼，似有胃口，也让人为之欣慰。

在阿里山诸景点浏览尽兴后，循原路下山，至茶社换车处，又用去1小时，与上山用时等同，然感觉行车更为快速，更为颠簸，五六百个急弯，让同车人个个面无血色，眼晕心呕，有人建议司机将车开慢点，没跑几里，却又再加速，似乎开快车，已为习惯，游人无可奈何。

从茶社处，坐原乘之大巴，入高速往台中市而来。一路看蒋家父子电视资料片，颇多解密处，有些人看听专注，而不少人则已入梦乡矣，鼾声起处，笑声随之。抵台中市，于"新天地餐馆"进晚餐后，入住"金典会馆商务酒店"。在晚餐时，效英见荤腥油腻，又不曾进食，到酒店，静养心神后，我为之泡方便面一包，勉强吃半碗。未几，新华、龙龙送水果来，时在晚上9点半。

五月二十三日

晚上睡眠不佳，早晨2点半醒来，再不曾入睡，辗转反侧，耐得5点半，起床洗漱，7点就餐，8点离"金典酒店"，别台中、南行经彰化、入南投，一路小雨，车窗玻璃上，雨点化出，如流星坠空，似

作画与游踪

蛇行草地,稍纵即逝;窗外高树槟榔,丛竹芭蕉,桂园村舍,稻田平畴,远近山,高低树,浓淡云,浮岚乍起,小溪飞溅,车行景变,眼前展现出一幅山水长卷来,温润而清新,一派田园景象,无边山水真容,辅之车内邓丽君乐曲,暂忘旅途之劳顿。至鱼池乡,入日月潭,雨中游湖,多饶韵趣,远山如螺,古塔如豆,白云无心,岭上相逐,雨点多情常吻面颊,凉丝丝,亦复可人。近水扣舷,浪花飞溅,涟漪微动,碧波成纹,忽见沙鸥拍水,搅乱湖天云影。潭中景致,瞬息为变,放目四顾,各有妙处,赏读间船已靠岸。

舍舟登山,山路数折,石道平缓,红男绿女,燕语莺声,老幼相偕,乐也无穷,熙熙攘攘,直至玄光寺,游人入寺,焚香跪拜,颇见虔诚。寺外有石,刊"日月潭"三字,游人多争立石旁,以潭为背景,摄影留念,得为佳绝处。

停立山寺前,俯瞰日月潭,则又一境界,湖天辽阔,涵混大千,碧树围堤,心岛涌出,游船往来,风景如画。赏对间,小雨又来,匆匆撑伞而下山,复登船而返,乘车至埔里游"文武庙",庙为新建,虽则雄宏壮阔,然似无多可留念处,聊作浏览,在庙中购一份"台湾全图",以备暇时在此图中标识台游之踪迹。

中午于"埔里四季料理饭店"进餐,菜肴丰盛,且多山中土产,新笋白嫩,尤为可爱,却标之曰"美人腿",其名鄙俗,影响下箸。然有红酒佐餐,绿蔬盈盘,谈笑相伴,不觉下精米一小碗,尝埔里米粉一小碗,为此行食欲最甚者。餐厅内,酒香飘溢,餐厅外大雨如注。餐毕,雨势稍减,打伞游台湾地中标志,匆匆一驻足,聊慰百回头。于其地,龙龙购得新鲜槟榔,分赠众人品尝,吾素知其威力,不敢放入口中,与效英把玩而已。有同车老史、老宗等一曾品试,反应强烈,

228

尤以五台73岁某公，细嚼之，一时心跳加剧，难以忍耐，惊呼曰"我怕是不行了"，众人赶来问讯，让其闭目静神，时过半点，症状缓解，龙龙似也慌了手脚，悔不该买此槟榔分赠大家。我嚼橄榄，是在湘西凤凰，无多印象，嚼槟榔，此生当不会尝试的。

离埔里，往游中台寺，时大雨又作，虽打伞，衣裤尽湿。从寺门牌坊疾趋大殿，只见四天王兼作石柱用，拔地擎天，威猛可怖。建筑设计者，构思可谓奇巧，然给人印象却有点不伦不类的感觉。唯后殿有几尊佛、菩萨、高僧之雕塑，简洁大方，格调高雅，慈祥中流露出悲智，瞻仰中，令人生发欢喜之心，亲近三宝。

山中之雨，来去无常，寺院逗留一小时，雨停天霁，万树为洗，新绿鉴人，花叶含露，珠光耀眼，真可谓一花一世界，一叶一菩提。

出中台寺，时已下午3点半，复乘车而行，两山夹峙，一路通幽，秀岭奇峰眼前过，白云绿树尾追来。行车时许，过"笃路桥"入中横公路，一大招牌上书"东西横贯公路，谷关风景特定区"，豁然入目。"谷关"到了，入住"龙谷饭店"520房间，推窗而望，山峦高下，苍翠填谷，流泉飞来，清风拂面，山中小驻，好不快哉。

下午6点晚餐，游人皆因一天奔波，疲累之极，虽饭菜丰盛，然下筷者少，唯水果吃尽。

关谷中，沿溪开设多家温泉浴室，称某某"温汤"，此日人在台之遗绪，亦如餐馆风味标识有某某"料理"等称谓。所居客房，有引进之温泉热水，小泡半时许，值晚9点，便上床休息。

五月二十四日

也许因为昨晚9点上床，今晨早早醒来，黎明5点，便起床洗漱，

作画与游踪

见效英尚在睡中，便小心出门。见"龙谷饭店"雄踞两山夹谷之间，通过楼前一片小广场，便是山脚下的一条十来米宽的道路，顺山势蜿蜒西去。道两侧，分列着数十家商店，有专卖山货者，有卖茶叶者，虽无顾客往来，商店却早早打开了店门，且见店面整洁，陈列井然。我随意步入一家山货店，正在读报的店主人见客至，立即起身招呼，与之交谈，彬彬然而不乏热情。而另一处水果店面前，店主在接收新送到之桃子，桃实硕大而金黄，一筐筐搬下运货车，过秤后码放在店铺下，有几位游客已等候那里，看来是为这鲜鲜佳果所吸引了。继之东去，尚有露天咖啡吧、小吃街等店铺比列。

"龙谷饭店"背倚"大甲溪"，昨晚因有大雨，但见"龙谷吊桥"下，山洪涨起，色泽混浊，巨浪激石，盘涡毂转，声震崖谷。仰之群峰，云笼雾罩，曼妙动人，诚一天然画本。至停车场，见我们所乘大巴司机陈师傅，他正擦洗汽车，与之叙谈，他说："少年时，常见张学良先生，只是当时不认识，后来见影像照片，才知道他是一位大人物。我们两家所居一条街，很近。"话语间，有几分亲切，并引以为骄傲。

7点早餐，8点出发，峰回路转，车返"东势"（昨日所经之路），在"丰原"的地方上高速，经台东，而新竹，而桃源，到台北市，过淡水河，园山大饭店的高大身影便破目而来了。

午餐后，先往士林官邸，林木蓊郁，繁花如织，幽径深处，一楼拥起，正蒋介石宋美龄别墅，其外观无多特别之处，质朴自然，与环境相融。我因叨念台北"故宫"，此虽名人故居，却无心逗留，径驱车往外双溪而来。碧瓦高墙的宏大建筑，似乎未能引起我的注意，便急匆匆步入展厅，奈何参观者甚众，精品文物前，总是一堆堆围着人。我本怕拥挤，遇到人多的时候，便会退了出来，找一块宽绰的地方，会感到自在。然而来到梦寐以求的殿堂，面对一件件心仪的国宝，便也顾不得自己的自在了，力争挤前去寻觅那熟悉而不曾谋面的国宝。

人们在"翠玉白菜"、"东坡肉"展柜前往往不肯离去，我则一观而已，那白菜与草虫，与想象中的形象差远了，没有所说的"栩栩如生"的感觉，而"东坡肉"，亦小甚，似乎一口便可以吞下去。而在"毛公鼎"和"散氏盘"面前，观众却不算多，我得以仔细打量，认真观摩，每想以手小心去摩挲，又觉得如此国之重宝，岂可用指爪去触摸，刚伸手又自觉地缩了回来，其实那重器是陈列在透亮的玻璃罩柜里，是无法去碰一碰的。盘浅鼎深，盘中的铭文，是可以尽情欣赏的，而鼎内的文字，则不能一一看到，有待于日后赏对拓片了。于书法，苏黄二札、杨维桢书卷，文征明书赤壁赋等都给我留下了深刻的印象。于瓷器，汝窑水仙盆，莲瓣碗等青瓷，还有哥窑瓷、黑瓷、乾隆五彩天球瓶等亦让我眼前一亮，驻足良久。玉猪龙、唐俑仕女、二女打马球唐三彩、19层的牙雕套球、牙雕食盒、核雕小件，无不精彩绝伦，令人赞叹。在一个个展室穿梭，有限的时间，无数的国宝，实在是难以应接，带着遗憾，不得不按时步出博物院。当我乘车离开外双溪时，脑海里不时闪现着那些文物的身影。

在一家珊瑚珍宝店，女士们疯狂地购物，我则因了在台北"故宫博物院"的奔波，精力似乎耗尽了，竟自坐在商店一角打瞌睡。

晚上在一家叫"丸林鲁肉馆"进餐，饭菜颇可口，也许是跑饿了，便多吃一点。接着过台北一条小吃街，排档林列，灯光如昼，气味混浊，令人不爽，而在一家名为"豪大大鸡排"店前，新台币50元一张的鸡排，竟排起了长长的队伍，生意的兴旺，可见其一斑了。台北小吃夜市，亦当是一种景致吧，我却无多兴趣，遛到一侧颇为冷清的书摊前，购得《张学良口述历史》和《章太炎传》。回到住地麒麟商务公馆 327 号时已是晚上 9 点 45 分。

五月二十五日

6 点起床，7 点半早餐，8 点半外出，逛商店购物，10 点半往阳明山公园小憩，漫步曲径，观花赏木，吃茶叙话，绿荫乘凉，得一时之快也。

12 点于碧海山庄就午餐，餐毕复登车浏览市政诸建筑后到"自由广场"，场周有中正纪念堂和富丽的音乐厅、肃穆的戏剧院以及高大而简朴的石牌坊。于此适逢在中正纪念堂第二展厅展出的《由激扬归宁静——近代文学作家书迹展》。我有幸看到了徐志摩、朱自清、胡适、陆小曼、夏丏尊、梁启超、梁实秋、林语堂、丰子恺、台静农、王国维、马衡、溥儒、吴宓、梅兰芳、荀慧生等八十多位作家艺术家的百余件作品，或中堂、或对联、或简札，风格迥异，文采照人，在作品展简介中知道"从他们的书信往返的墨迹，或是馈赠友人之书画手稿，文人的性格都将跃然纸上，亦可多面地了解其思维与理念。前人穿越时空留下的一字一句，编织成一页历史，足以供后世晚辈增长智慧，这就是文字书写的力量"。我慢慢地欣赏这些墨迹，时间过去了几十年，墨香犹在，让人亲近。其中有些书件，早就看见过印刷品，而今看到了真迹，自然会仔细地观摩，所憾此展没有图录出版，给人的记忆只会挂一漏万了。

下午所余的时间，又是购物，效英买手链、围巾、"兰蔻"化妆品，我则到"维格饼家"选购了台湾的"凤梨酥"、"鸳鸯绿豆糕"、"黑条酥"等杂色糕点，然后往松智大路，登地标建筑 101 大楼，以观台北日落之景象。未几，夜色降临，华灯竞放、车水马龙，一条通衢大道，竟变成了流光溢彩的河流，我按动了照相机快门，留下了夜色中的台北一瞬。

晚餐后，返回住地。

五月二十六日

5点半起床，8点早餐，餐毕，乘车由台北而苏澳。因改乘火车时间所限，于上午11点20分便提前进午餐，然后到宜兰新站，于12点34分登上小火车，往花莲而来。车出山谷，东望太平洋，浩然无际，西仰高山，峰峦插天，车外，海风击浪，窗前，碧树摇青。而车厢小巧简朴，绿绒靠背，白纱衬巾，清新典雅，一个车厢内，疏疏落落坐着不多的旅客，有人小声叙话，有人低头读书，也有人闭目养神，我则不时观察车外变化的景色，不知不觉中，便到了花莲和平乡新社站，看看表，才下午1点48分。下车出站，便去往游台湾享有盛名的"太鲁阁大峡谷"。未到台湾之前，便听到过"太鲁阁"的大名，原以为是风景区一个标志性的建筑物，为"楼观"之属，若"岳阳楼"、"滕王阁"者，抵台后，方知这"太鲁阁"乃是当地原住民的语言，意为"伟大的山脉"。

入"太鲁阁"谷口，奇峰陡起，连冈夹涧，真有"山从人面起，云傍马头生"的感觉，仰之弥高，峭壁欲坠，连山夹峙，中天如线，下视溪谷，乱石奔流，声气之壮，溢谷填壑。其石皆花岗之岩，为水（云雾溪）切割，奇伟之状，肖狮肖象，如虎卧兽蹲，似鱼跃龙飞，或洪流注壶口，或乱珠射天门。对之目眩，闻之心悸。入"燕子口"，过"九曲洞"，断崖千尺，岩洞幽邃，人行其间，不敢浪叫，唯恐惊落坠石。双峰飞流，细雨喷薄，绿树挂云，杂花呈鲜，山中之景致，奇险之余，幽深附之。步行"慈母桥"上，小憩"望云亭"中，面对这中横公路的险绝，导游介绍着当年大陆到台老兵，风餐露宿，历尽艰辛，以斧凿镐筑，竟在这悬崖峭壁上挖出一条公路来，不禁令人嘘唏而凄然，"老兵啊，您可健在？"在中横公路上，蓦然泛起了一阵乡愁。

由"慈母桥"，返至"长春祠"下，云雾溪流雕琢着岩岩巨石，留下了发人深省的长沟石堑和精美抽象的艺术品，大自然的神奇与魅力，人力是无可比拟的。"长春祠"下，相对静穆，细流高挂，飞瀑如帘，古祠黄瓦，出于林表木末，游人三五结伴探胜，小路沿云，飞鸟相逐，其境界之清幽，则大异于峡谷之豪壮。

"太鲁阁"玩之尽兴，乘车往一家"台宝博物馆"参观购物，大理石雕，巧夺天工，猫儿眼、七彩玉、玫瑰红、白玉、黄玉……琳琅满目，美不胜收，唯其价格不菲，似少有求购者；即有所买者，仅止于小件纪念品。

下午7点半就晚餐，餐毕乘车入住花莲"鲤鱼潭度假酒店"327号房间，时值晚8点半。

五月二十七日

晚3点10分起夜，3点15分有地震，震级不高，却有感觉，鸡鸣狗吠，突搅清夜，其中一只鸡，连续啼叫，不肯止歇，虽嗓音沙哑，却颇有力，当是一只雄健的老公鸡。听着鸡声，遂不得再入睡，至5点，天已大明。

6点起床洗漱，见窗外初阳朗照，花影摇曳，遂与效英步出客屋，徜徉于花木间，后新华、建龙等相继出来，叙谈昨夜地震感受，又在花木间留影纪念。

  7点半早餐，8点半乘车造访"慈济静思堂"。由义工黄金子女士导游介绍，参观了讲经堂、展厅、长廊等处，于书屋购得有关印顺法师和住持证严法师的书籍资料。慈济的善举在四川汶川大地震时，便以上亿元的捐款声闻天下，听了义工的讲解，对证严法师兴教办学、济困扶贫、治病救人、仁慈大爱、普度众生的菩萨行愿肃然起敬。置身"静思堂"中，反躬诸己，行己有耻，确确实实受到一次净化心灵的教育。

  离慈济静思堂经往机场，托运行李，后入关待机，下午1点许登机飞离花莲，就午餐，4点飞抵太原武宿机场，6点半回忻，往"建苑"就晚餐，久违了的家乡饭，大快朵颐。

  短短八天台湾之行，了结平生漫游全国各省、市、自治区、港、澳、台之夙愿，至于世界各地，若有机缘，身体许可，再跑一些国家，则吾愿足矣。

俄罗斯之旅
（2011年8月24日—9月6日）

八月二十四日

晚23点28分，乘K602次快车，与内人石效英赴京。

八月二十五日

早8点10分抵达北京站，打的入住空港快捷大酒店。

12点进午餐，见已有报到者十数人，其中有几位是2009年西欧旅行之同仁，相见叙谈，颇为融与。

晚11点到北京机场，办理有关登机手续。偌大之候机楼，尚感旅客之稠密，觅座休息而不易，真可谓一座难求。

八月二十六日

午夜12点10分检票登机，近1点方起飞。所乘之机为俄罗斯飞机，机组人员以俄语讲话，自然一句也听不懂。大学时学俄语，数十年过去了，所学之单词几乎连一个也不记得了。

在机上昏睡中，竟送来两次饭，有米饭、面条、面包、小吃、饮料之属，只是在迷梦中用餐，不欲下箸，其实在这次航班上，"箸"是没有的，仅有刀、叉、小匙而已。

早晨8点许，飞抵莫斯科上空，机下漆黑中，有灯光闪烁，星星点点，行行串串，明明灭灭，似有情致。到飞机降落，出关、办签证、取行李，竟用去1个多小时，待走出机场，已是北京时间上午10点整，北京与莫斯科时差4小时，其时为莫斯科早上6点，雨后机场，凉意十足，人们纷纷增加衣服，遂上车离机场。是时，天微明，眼前黑越越是成片成片的林木，唯道旁之白桦，高干挺拔而醒目。偶有田园别墅，屋角闪现，灯光亮起，薄雾轻纱中，颇显层次。天渐亮，车行莫斯科州土地上，更见森林迭出，芳草铺陈，花团锦簇，风光喜人。

车行20分钟，于道旁某中餐馆就早餐。餐毕，乘车到麻雀山，今称之为列宁山，山上有莫斯科大学，主体建筑，高耸云天，石阶陡起，雕塑比列，学子出入，气度不凡。漫步观景台，但见莫斯科河曲折回环，由西北而东南，半个莫斯科的建筑在绿色丛林的掩映中，高低起伏，多姿多态。

9点许到久负盛名的红场参观。车停"前市杜马大楼"前，下车徒步到练马广场，途见一大酒店，颇古老而宏大，2005年开始重修，到现在尚未完工，不唯工程浩大，速度之缓慢，恐此中纠葛也不会少。又见"国家历史博物馆"红楼，也颇庄重，楼前有一座朱可夫元帅纪念铜像，乘坐骑，持缰勒马，双目炯炯，神采焕然。入"复活门"，便是"红场"，"红场"赫赫大名，然其地不算大，克里姆林宫宫墙外，"列宁纪念墓"庄严肃穆。而广场一侧，"圣瓦西里教堂"之九座洋葱头型顶组成的建筑群，五彩斑斓，鲜艳夺目，不过远远看上去，有点像小儿玩具之感觉，华丽有余，而无典雅之可言。而教堂旁，有民族英雄米宁及波扎尔斯基纪念碑，上置雕像，一人坐而左手按盾牌，一人立，右手握剑，左手高扬，二人对谈，神情专注，雕像衬以蓝天白云，英武之气，令人振奋。

红场一侧，宫墙对面为一座三层大商场，则素净典雅，上午10点方开市。我无心购物，却急匆匆跑上三楼，以解内急。

出红场，步入亚历山大公园。武器库后墙外，有一座"无名烈士墓"，墓前有长明火，火焰从五角星口冉冉飞升，墓侧卫士肃立，游人有敬献鲜花者，有拍照者，有敬礼者，无名烈士当不寂寞，亦可慰藉。而公园中，芳草鲜花，佳树好鸟，游人有结伴漫游者，有独坐长椅上读书者，有小孩与鸟雀相戏者，无不悠然自得，乐趣无穷。今之游人悠游之乐之余，当不会也不该忘记那些长眠于地下的无名英雄吧。

11点半离红场，乘车到某中餐馆就午餐。

2011年8月29日在圣比彼得堡涅瓦大街

下午参观"国家特列季雅科夫画廊",为自费项目,我和效英花1000元(人民币)购得门票,有人说,此费装入导游之腰包,却也管不了许多,能看到俄罗斯一千多年文化发展艺术经典之作,也算值得的。在这个艺术殿堂中,我看到了列宾《伏尔加河上的纤夫》的小稿,看到了《伊凡杀子》和《意外归来》的变体画之初稿,还有希什金的《松林里的清晨》、布留洛夫的《女骑士》、苏里科夫的《女伯爵莫罗佐娃》,还有列维坦的风景画等等,这些名作,我在读大学时,看过印刷品,便留下了深刻的印象;今天面对原作,我自然逐幅地观摩,人物刻画,细腻传神,动物描写,生动活泼,而其风景画,幽美自然,弥漫着一股清新之气息,赏对间,也觉神清气爽,有如置身森林草地间,乐而忘返。

徜徉画廊两个小时,步出户外,我站在特列季雅科夫雕像前,打量这位工商企业家,他独具慧眼,倾资收藏艺术品,把自己所经营的画廊打造成当时莫斯科最为著名的艺术展览中心,而在其临终前将毕生的收藏品捐赠给莫斯科市,这是何等的功德呢,面对雕像,能不肃然起敬?

离画廊,驱车入住酒店,沿路塞车严重,也无可奈何,好在我的脑海中还是那些名画中的形象,让我思索,让我回味,竟忘却了堵车的心烦。顺路带回盒饭,也便免去外出的劳顿了。

晚上9点,推窗而望,落日熔金,西天半红,未几,绿树变成了黑色的屏障,时见华灯璀璨,小车流彩;而近处窗下之林木,在晚风中瑟瑟摇摆,间或落下三五片黄叶来,亦见莫斯科秋意之缠绵。

作画与游踪

八月二十七日

6点醒来,推窗而望,晴空无片云,又是一个好天气,幸甚。阳光渐次照到路西的楼房上,半阴半暗,切割分明,南来北往的车辆,渐次增多,发出瑟瑟的磨擦声,偶尔一两声喇叭声,给莫斯科宁静的早晨带来少许的骚动。

洗漱后,到一楼打一杯开水,吃药。9点离酒店,乘车到某中餐馆进早点。餐毕,到新圣女公墓地参观。这里有新圣女修道院,历史上,在此清修的女修士多为皇室家族的女贵族,诸如索菲亚公主等,所以此修道院素来与皇室有着十分密切的关系。从外表看,新圣女修道院,规模宏大,建筑堂皇而不失典雅,而修道院之墓地,则在绿荫包裹之中,是一处"世界文化遗产"之所在,这里埋葬着数不清的文化名人,如果戈里、契诃夫、马雅可夫斯基等等,漫步墓道上,寻觅着他们的丰碑,回想着他们的著作,在墓碑前拍摄着影像。此间也看到了众多的政治人物的墓碑和他们的画像,如赫鲁晓夫、叶利钦等,我只是匆匆一过,而在这所墓地上,我发现了一个中国人的墓碑身影,他便是王明,我站下来,请导游给予解读,那只是一段十分简略的小传,我还是认真地听着,并默默地哀悼,不管怎么说,他虽然在中国革命进程中犯过很多错误,给中国革命事业带来极大损失,而我们也不能忘记他为革命事业的操劳和贡献。

按预约,于下午1点排队检票入克里姆林宫参观游览。入"库塔菲亚塔楼"下层之侧门后,有长长的缓坡,坡之尽头,入"特罗伊塔楼"之通道,路之右侧便是气势宏大、雄伟壮观的"克里姆林宫大宫殿"建筑,以白、黄为主色调,堂皇中有几分素朴,富丽而不失庄重,为俄罗斯的心脏,是全俄的最高权力中心所在地。对此宫殿只能作外观的浏览,是不可以入内参观的。路之另一侧,是"武器库",也是一处庞大的建筑物。前行,路边有"炮王"、"钟王",也是游人驻足流连的地方,前者为400多年前重器,虽然锈迹可见,却不掩其铸造的精工和气度的宏伟。而后者"沙皇钟",也有一百多年历史了,虽有破损,而人们还是不停地用手抚摸那钟体上的花纹。

顺路前行,是伊凡大帝钟楼、圣母安息大教堂、圣母报喜大教堂、大天使教堂等,此起彼伏的洋葱头式鎏金顶,在蓝天映衬下,金光闪烁,耀人眼目,仰望之,眼花缭乱,不知哪个金顶是哪处建筑物上的构件。

首先进入白色石造的圣母安息大教堂,便为璀璨的华灯和精美的壁画所叹服,从墙壁、圆柱到穹顶,几乎布满了壁画,除窗户外,可以说了无阙处,真让人有点难于应接。这里曾经是经历国家各种重大庆典活动的场所,诸如大主教的受职典礼,历届沙皇的加冕及重大法令的颁布。各处还陈列着珍贵的文物和稀世的艺术品,我看到一座伊凡雷帝的镶银宝座,工艺之精美,雕饰之繁缛,也可以见沙皇的审美与设计师的匠心独运了。

至于除金顶外,墙体更为洁白的圣母报喜大教堂,则是皇家接受洗礼、皇室举办婚庆及沙皇进行宗教礼拜的地方。内部陈设更见其堂皇富丽,多层式的圣像墙壁上,描绘了东正教众圣者之尊容,虽各具姿态,而神情肃穆也耐人品读。

而大天使教堂,则是一座安葬莫斯科大公和历届沙皇陵寝的皇家祠堂,这里仍然有精美的壁画,然而最为引人注意的则是陈列教堂内的棺椁,在精致的图案围绕中,雕刻有整肃的文字,当是对大公和沙皇的简介。面对着这些曾经不可一世的人物们，而今天竟作了让人们参观的对象，往日的淫威自然荡然无存了，正"后之视今，亦由今之视昔"，当今之大公们，作何考量？而吾等庶民百姓，则安然自在，无须思虑了。

在克里姆林宫内逗留一小时，然后往一家名为"黄河中餐馆"的地方就午餐。餐毕，往全俄展览中心游览。此处原为苏共时期16个加盟共和国的经济成就展览中心，也是莫斯科最大型的商品展示中心。其地有各具特色的建筑外，有名为《石花》和《人民友谊》的壮阔喷泉，有身着民族服装的金色雕塑，有草地、有花坛，有早在苏联影片中看到的刊头画面——《工人与集体农庄女庄员》的雕塑，它高高矗立在展览馆拱形大门的上方，看到那熟悉的身影，感到有几分亲切。所憾者，在展览馆将照相机的程序弄乱了，快门竟然按不动，错过了不少的精彩镜头。

晚餐在"长江中餐馆"，由于时间的紧促，急匆匆进餐，又匆匆赶到列宁格勒火车站，方上车，行李尚未整理好，火车便启动了，时在晚8点20分。4人间的软卧车厢，设备十分的破旧，用品也极简单，小桌上为每人摆了一份小点心，谁也没有打开看一眼。同车厢除我和效英外，尚有安徽的马先生和武汉大学的郭女士。郭女士颇有特点，很天真，年初她曾往利比亚访问，卡扎菲接待过，谈到卡扎菲的处境，她为之担忧，表现出一种同情而又无奈的样子，不时叹息着。

八月二十八日

8月28日4点醒来，5点车抵圣彼得堡。下车，天尚未亮，唯夜灯还显示着光芒，静谧中，只有匆匆走出车站的旅客。接站导游姓母，一见面，先对大家表示欢迎和问候，然后自我介绍，说"我叫母鹏"，诸位叫我鹏导好了，请不要叫"老母"或"母导"。一言既出，便将大家逗乐了，晨风中，弥漫着笑声。

乘车到一家叫"瑞龙"的中餐馆用餐，餐后就地休息，奈何我不慎把眼镜架弄断了，给以后几天的观光浏览，带来诸多不便。

8点，乘车先到伊萨克广场。夜间有小雨，广场上低洼处，尚有积水明灭，一阵凉风，带来些许的寒意，太阳露脸了，首先照到伊萨克教堂的宝顶上，光彩夺目，辉照四方。据说，它是俄罗斯帝国的主教堂，在同类型圆顶教堂中，它有101.5米的高度，在世界上，仅次于罗马的圣彼得教堂、伦敦的圣保罗教堂和佛罗伦萨的圣母玛丽亚教堂。大圆顶下，又拱卫着4个小圆顶，同样在阳光下，放射着光华，堂皇气派，屹立在彼得堡的朝阳朗照中。

广场的中央有尼古拉一世皇帝的纪念像，雄踞于底座的马背上，青铜的锈迹，古色斑斓，底座的周边排坐着几位女人的雕塑，据说是以尼古拉一世的妻子和女儿为原型塑造的。广场的另一端是"玛丽亚宫"，是尼古拉一世送给大女儿玛丽亚结婚的礼品。

空阔的广场上，仅我们十数位早到的游客，海风夹带着涅瓦河的水汽，朝阳播撒着和煦的温暖，漫步在桥头，看拍岸的浪花，听咿呀的鸥叫，舒解着长途奔波的疲劳，精神为之一爽。

从伊萨克广场，转过一片丛林和草地，便到了"十二月党人广场"。破目而来的是一座英姿洒脱彼得大帝雕像，骏马前蹄腾起，双耳挺立，马口长嘶，有万里奔驰之势。而骑士一手紧勒缰绳，一手扬起，神态自若，坚贞刚毅之气度溢于眉宇间，难怪普希金面对这尊雕塑写下了《青铜骑士》的不朽诗篇。

离开十二月党人广场，乘车往瓦西里岛滨河街游览，从河滨的艺术学院大楼前，走下台阶，一座狮身人面像高置在几层红砂岩上。它可是公元前8世纪的文物呢，据说是埃及王国鼎盛时期的法老阿缅霍捷普三世的头像，运来作镇河之用的，今天已成为游客不可或缺的造访和留影的地方。

到瓦西里岛的岬角，见中心是一所围柱式的教堂——"俄罗斯的帕尔忒农神庙"，土红屋顶洁白围柱，是一座沉稳而壮观的建筑物，广场之左右，高耸着两根红色的"海神柱"，上饰战船船头，柱脚上有形象迥异的雕塑；柱顶有灯塔，曾经起着导航和照明的用途。想见那灯火朗照，战船云集的港湾，是何等壮观的景象呢。而今只见深蓝的涅瓦河，纭纭漾漾，间或一两只游轮驶过，船后留下一条长长的浪花，而低飞的鸥燕掠过河面，似乎在与浪花亲近呢。从岬角上望过去，彼得保罗教堂的尖顶赫然云天，而港湾另一侧则依稀可见一列绿色的建筑物，那便是"冬宫"的所在了。

离瓦西里岬角，驱车径往郊区的彼得宫，人们也有称之为夏宫花园的。彼得宫地处波罗的海芬兰湾之南的土地上，占地1000多公顷，建有30座楼阁，最为豪华的有大宫殿、马尔利宫和蒙普列济尔宫以及雄伟的大教堂，大宫殿北侧有三个梯形的瀑布，无数的喷泉，在喷泉映衬下有数不清的雕塑，各呈姿态，金光夺目，而喷泉水汽中，处处化现出五彩缤纷的霓虹，游人驻足，欣赏着、评论着、拍照着，我则打量这些游人，不同肤色、不同装束、不同风采，在这瑰丽的园林建筑群中组成一道道风景线。

步下台阶，穿过森林草地，来到芬兰湾的长堤上，任海风吹拂，听浅浪诉语，观鸥鸟掠水，与自然亲近，怡然悒然，几忘自我。手拍栏杆，与效英指点，向西北，那里便是北欧，走水路，西去不远，直抵芬兰首都赫尔辛基；南去，可达爱沙尼亚、拉脱维亚和立陶宛。

海堤上游观尽兴，复步林间小道上，树荫匝地，星星点点，芳草如茵，繁花缀之。行进间，忽有小松鼠近前相戏，赐以食物，更见欢跳奔腾，人行它追逐，人站它拱立，拖着长尾巴，竖起小耳朵，摇头晃脑，东张西望，这机灵可爱的小精灵，给我留下了美好的印象。

在林间，见一女士，手推小车，携带工具，修剪树枝，清理落叶，其神情之专注，似不知有游人之往来，我为之感动，随手按动相机快门，将这位劳作者的形象收入镜头。

于皇家园林中逗留2小时，返回市区，复入"瑞龙"进午餐，然后入住酒店，时在下午2时许，略作洗漱，倒头而卧，待醒来，已是下午5点整。

晚餐于"中华饭店"，离住所不远，饭后散步而归，顺路看看街边小景，也满有情味的。

八月二十九日

7点起床，9点15分于酒店楼下用早餐。10点外出，驱车观摩圣彼得堡市容，经涅瓦大街，楼不高，皆三四层，色调素雅和谐，路面宽广整洁，间以河流分割，桥梁相接，车水马龙，四通八达。而街边桥头，时见精美之雕塑。涅瓦河中，水天云影，游艇帆船，动静相生，相得而益彰。给人之印象，彼得堡比莫斯科整体感强，只是丛树林木相对少一些。

车停林荫道侧，徒步往"彼得保罗要塞"而来。小小的兔儿岛，四面环水，一桥相连，远远望去，桥如长虹卧波，颇富韵致。步上圣约翰木桥，但见桥下绿水微澜，乳鸭相偕，而水边草地上，一人仰面而睡，似乎在尽情地享受着日光浴。桥之尽头，红墙围绕，入圣约翰大门，眼前又一片小天地，草坪绿树前，高高的彼得大门洞开，拱门之上方，高挂着铅制的双头鹰国徽，那当是帝国的遗物了。入洞门未几，路左有彼得大帝铜像，端坐椅子上，游人上前与之合影留念，也有几个天真活泼的孩子，竟坐"皇帝"的怀抱中玩耍，这也是要塞中一个景致吧。复前行，便是彼得保罗教堂，教堂钟楼有高耸的镀金尖顶，总高为122.5米，当时是全俄罗斯最高的建筑了，导游说，彼得堡当时建筑是不准超越此要塞教堂钟楼高度的。

在六角形的要塞中游走，看看教堂，看看特鲁别茨科堡垒监狱，据说这里曾关押很多政治要犯，作家陀思妥耶夫斯基、车尔尼雪夫斯基、高尔基等都在这里经历了牢狱之灾的体验。小小的要塞，可看的景点和可说的故事太多了，我步上码头，面对碧绿的涅瓦河和冬宫的倩影，才收回零乱的思绪。循原路步出要塞，只见彼得大帝，仍端坐阳光下，任孩子们嬉戏，任游人们摩挲，他不高兴，却也无震怒。

在中学时就多次看过《攻占冬宫》的黑白电影，那"阿芙乐尔巡洋舰"炮轰冬宫的场面，令人振奋，而今停立在涅瓦河畔，面对永久停泊的"阿芙乐尔"大舰艇，便想起了列宁站在人群中的高台上，振臂演说，伟大的十月革命胜利了，第一个苏维埃政府——人民委员会成立了。似乎"乌拉"之声，又在耳际回荡。

中午，在"天都食府"进餐，一样的清淡，根本品尝不到四川麻辣味，亦徒挂招牌而已。

下午往涅瓦大街的"喀山教堂"参观，圣殿上方有高高的圆顶，圣殿两侧是宏伟的柱廊，粗壮的廊柱简洁明快，有如双翼，同圣殿围成个半圆形，与殿前草地、喷泉相映衬，在细雨中，更见庄重和典雅。在圣殿中正举行婚礼，宾客们站立四周，身着盛装的大主教在圣徒的陪同下为新婚夫妇祈祷和祝福，同行者不停地按动相机快门，灯光闪亮处，便会遭到管理人员阻拦，似乎大主教是不愿让人们拍照的。有幸一睹俄罗斯婚礼的风俗和仪规，也算一开眼界了。

下午4点到展览馆，参加首届中俄友好艺术展，展览无多精品，观众也不多，只是酒会还算丰盛，剪彩如仪，想来大家都是借此展览名义，得以旅游而已。组织者赚钱，参与者游览。

下午6点，晚餐于"亚细亚饭店"。

八月三十日

早7点起床，听窗外小雨瑟瑟，滴水有声。9点外出早餐，然后雨中驱车到涅瓦河畔，车停冬宫博物馆临河入口处。这是一处拥有丰富文化遗产的艺术殿堂，包括冬宫小、老、新艾尔米塔斯组合建筑群，即国立艾尔米塔斯博物馆。

入馆仅有两小时的参观时间，便不能在各个展厅从容漫步，急匆匆跟着导游在迷宫中穿梭，眼睛实在是应接不暇，富丽壮阔的大厅、长廊，精美绝伦的名画雕塑，美轮美奂的工艺珍宝，都在眼前溜走了，而冬宫博物馆给我留下的印象却是十分丰富的。

首先步上入口处的是楼梯，洁白素雅的建筑，栩栩如生的雕塑，饰以精工细琢的金丝图案，典雅而不失高贵。而豪华的彼得厅、乔治厅、大小客厅以及众多的艺术展厅，无不让人看得头晕目眩。而孔雀石大厅，给我的印象最深，碧绿透亮的孔雀石柱，饰以金色的柱头和柱脚，孔雀石壁炉、孔雀石花瓶、孔雀石盘，散发着珠光宝气；在闪放光华的金色大门，宝石红的窗帘、坐垫以及布满图案的穹顶，相互辉映下，真见皇家的奢华和气派。而以蓝色为主调的拉菲尔敞廊，设计的细密，绘制的精工，也令人赞叹，步行其间，为之一爽。通过军事走廊，布满墙壁的是俄罗斯军事家们的英伟画像，一双双炯炯有神的眼光似乎在注视着一位位过往的参观者，竖起两耳似乎在聆听对他们丰功伟绩的评说，就中库图佐夫元帅的肖像画，不独尺幅大，且挂在显著的位置，画家对这位胸前挂满勋章的人物刻画，则更加细腻传神，从他的皮大衣内，似乎还散发着周身的热气。在艺术展厅，我看到了夏尔丹的《午餐前的祈祷》，福拉哥纳尔《偷吻》，更看到了达·芬奇的《圣母与花》和《圣母和圣子》两幅小幅油画，圣母之慈祥，圣子之无邪，虽为宗教画，却充溢着人情味，流露着有如庶民日常生活的情趣，令人亲近，而圣母表情之细腻深沉，又发人遐想。尽管时间紧张，我还是在这两张意大利文艺复兴时期的名作前奢侈地逗留着。步入米开朗基罗厅，精致典雅、小巧玲珑，白净的大理石墙面，秀逸的装饰浮雕，镶面的图形地板，墙下周边陈列着一座座名家的雕塑，而米开朗基罗的《缩着身子的男孩》，独置中央，一尊紧缩身躯，低头屈腿，双臂下垂，双手搭在右脚的脚背上，让人不能仔细看到面目的冰冷大理石雕，却充满活力，强健的体魄，得不到伸展，赏读间，给人以压抑和不安，雕塑家深邃的思想实在是发人深省的。

而一幅《威尼斯迎接法国大使》的风俗画，在画家卡纳列托的笔下，建筑起伏，船只泊岸，人物云集，一个迎宾典礼场面，跃然眼前。尤其是画中景物，随观者所在画前左、中、右位置之不同，画中建筑所占画面空间也随之左右推移，令我感到新奇，故而在此画前往复观摩。此外，荷兰画家伦勃朗的《浪子回头》、《丹奈尔》等名作，都是我早已熟悉的作品，今有幸一睹原作，自然会用心去打量一番。

在花园厅中我看到了"孔雀钟"，这也是一个不同凡响报时钟，机械开启，孔雀开屏，雄鸡啼叫，松鼠、猫头鹰应声合奏，美妙之音乐，顿时回响于花园厅中。

两个小时匆匆溜走了，走出冬宫大门，在涅瓦河边的小书摊上购书，同行者淮南的马先生和常州某女士，竟遭了小偷的"关照"，马先生丢失了五千元现金和银行卡，某女士丢失了些许美元和银行卡，好在现金数目都不大，立即与国内通电话，将银行卡挂失，也算稍安了。

午餐后，雨停风起，首先驱车斯莫尔尼修道院，一座修美的浅蓝色建筑物，挺起高高的五顶，洋葱头式的金尖上闪烁着光芒。四边是规整的住宅楼，四角有四个家庭式的小教堂，整个修道院座落在树丛中，前面有花坛和草坪，环境幽美，游人也稀少，加之间落的雨星和拂面的微风，更显是处的幽寂了。

离修道院，车停涅瓦大街之文化广场，在普希金像前徘徊良久，然而又起风雨，匆匆拍一留念像，便与内人在涅瓦街逛商店，取出钱，售货员见是一百元面值的人民币笑着说："毛泽东！不要。"效英方悟自己粗心，竟把人民币当卢布使用了。一时间，相对而笑。我则想配个眼镜架，找了几家商店，终未能如愿。

下午5点晚餐，餐毕回酒店休息。

八月三十一日

早8点起床，9点半就早餐。又值小雨，且因几天之劳顿，上午便在家休息。

下午再到涅瓦大街，沿河到复活教堂观光，1818年3月1日，亚

作画与游踪

历山大二世在这里遭受到炸弹袭击而身亡,悲剧发生后,在这里建起了这座复活教堂,也称之为"喋血教堂"。游人似乎不曾在意亚历山大二世的遭遇,只是指点着五彩斑斓的教堂圆顶,它有如在莫斯科看到的圣瓦西里教堂,是东正教传统的建筑模式吧,教堂的光影倒映河流中,斑斑点点,明明灭灭,好一幅印象派的点彩画。离教堂过小桥,就近一家叫"津格尔"的大楼,楼下是一座图书城,我漫步其间,竟没有一本中文书,空手而出,唯有慨叹当年学俄语不上心。站在大楼外小河对岸,打量大楼圆顶上的雕塑,楼下各具形色的行人,急驰而过的汽车,这五光十色的涅瓦大街,确是彼得堡的骄傲了。

走累了,坐在奥斯特罗夫斯基广场的长椅上,效英抛洒着食物,引逗着一群群鸽子围拢身边,有的落在肩膀上、头顶上、手心里,她玩得很开心,催促着让我打开照相机,留下了一张张喜人的影像。

在广场的街心花园,有一座叶卡捷琳娜纪念碑,围绕在女皇脚下的高座上,雕刻的是她的挚友和同时代的名人。我在雕像下浏览着,多少有点锈色的艺术品传递出它的历史信息。

广场后面便是浅黄色的亚历山大剧院,从1832年建成后,在舞台上演绎着俄罗斯的历史和故事。剧院的左右是商城,建筑物上装饰的雕塑也是一件件精美的艺术品,为打造和装点彼得堡的市容,艺术家的心血是随处可见的。

四处闲逛,见街头有画像的、拉琴的,只收些许的小费。繁华的彼得堡当有人恐怕还没有解决了温饱的需求。

晚餐后在涅瓦河畔,欣赏流光溢彩的景色,在华灯朗照下,多姿多态的桥梁、各具风采的雕塑、铁制雕花的栏杆,皆楚楚有致,而远方的建筑物,则隐隐约约闪现着秀美轮廓。夜风拍打着堤岸,河影散乱了，有如迷离的梦幻。

时将午夜，直奔莫斯科火车站。

九月一日

午夜1点10分，乘圣彼得堡开往莫斯科的列车而东去。躺在虽然破旧的软卧车厢内，因疲劳，便也很快入睡了。

早7点醒来，稍作洗漱，泡方便面，以为早点。其时窗外漫天大雾，一片混沌，继而小雨，转而薄雾，沼泽地隐约显现，复见湖泊浩荡，水平如镜，也无声息；又见白桦林、红松林成片掠过，天渐亮，杂树纷呈，落叶缤纷，金黄者耀眼，橘红者醒目，而胭脂色深沉而厚重，将俄罗斯的山河装点成一片高秋景象。间或在丛树间拥出三五间小木屋，有梯形，有人字形，其色彩亦甚鲜亮，远远望去，酷然儿童案头之玩具，薄雾飘来，有如轻纱，小木屋慢慢沉入睡梦中，有几许缱绻的韵致，顿现出水墨画的况味来。

上午10点，车抵莫斯科站，有人提议去瞻仰列宁遗体，遂乘车复驰红场，等候列宁墓前，排队通过墓道，进入墓室，唯地下光线暗淡，只见卫士在各处肃立，游人无一说话，慢慢摸索着靠近了一代伟人的遗体，静默几分钟，一睹遗容，而后离开了墓室。瞬息间，有所思而无思，脑海中只冒出5个字："这便是列宁！"

午餐后，在酒店几乎睡去一下午，到下午5点，导游招呼外出，于纪念二战胜利广场一游，空阔的广场上，前有凯旋门，后有纪念塔，奈何风起天寒，草草浏览后，便紧裹外套跑上车。在莫斯科的市区兜一圈，车停外交部楼前，人们便纷纷步入商店，我和效英将身上的卢布清理一番，买洋酒、巧克力、小点心、杂七杂八的小玩意儿。

晚餐后，回酒店，已是晚上10点许。

九月二日

5点半起床，洗漱，7点离酒店往机场，路上经一家小吃店，以热咖啡、麦当劳为早餐。

到机场，办理了有关通关手续，10点50分登机，11点10分起飞，乘俄罗斯航班飞回北京。到空港，看看钟表，为莫斯科时间6点30分，而北京时间已是晚上10点半了，待取出行李，打的进城，又花去了两个小时。此去俄罗斯，耗时耗力，何苦来哉？

九月三日

待入住广渠门外大街"如家"酒店，已是午夜两点许。上午10点起床，洗漱，早餐，12点外出，到双井桥售票处购得6日返忻车票。然后陪效英就近逛商店，下午2点在老店"松鹤楼"进午餐。下午3点回"如家"休息。

晚餐在酒店餐厅，点小菜数种，每人炸酱面一碗，不料此处碗大量多，吃一半剩一半，实在是有点浪费了，日后进餐，当引以为戒的。

九月四日

上午10点打的往王府井，先逛书市，再配眼镜。已是中午时分了，遂于东风市场楼上吃饺子。午后，逛王府井百货大楼，走累了，坐在行人道上小凉亭中喝冷饮，下午5点许欲回酒店，谁知打的十分困难，无可奈何，只好等。晚餐于"豆花庄"。

九月五日

7点起床，洗漱，早点。9点外出，打的又十分困难，等车1小时，热甚。待拦得一车，欲往法源寺礼佛，司机又不知寺之所在，遂电话询问，方知寺在牛街附近，便择路往宣武区方向而来，路上又复塞车，深感北京城区之交通也甚不便。

法源寺到了，寺前有广场，绿树草坪中有一僧人塑像可见，前标"唐悯忠寺旧址"六字。入山门，有院落6进，古木参天，绿荫覆天。有国槐，尤为粗大，标为一级古木；有桧柏、有油松、有白皮松、有海棠、有紫薇，皆为百年以上之古树，老干新枝，生意盎然；有盆栽荷花，莲叶田田，亦复可人。而殿前屋角，更多的则是玉簪，翠叶披离，油光可鉴，若逢花期，定然素洁高雅，幽香绕寺。建筑在中轴线上，有天王殿、大雄宝殿、悯忠阁、毗卢殿、观音殿、卧佛殿。效英到各殿礼佛，我则倾心于悯忠阁的造像和碑刻，有唐、辽、金等文物，慢慢品读，仔细观摩。

寺之西，有中国佛学院，与寺相连，或许原来就是寺院的一部分，而今为绍隆佛种，培养僧才，有多少高僧大德在其中传道授业弘扬佛法哩。步出法源寺，很想到南小栓一号谒访赵朴老的故居，奈何几经打听，无人知晓，机缘未到，拜访之事，还待来日吧。

到琉璃厂，逛荣宝斋、中国书店。中午在大栅栏吃老北京炸酱面，此面食为我之所好也。

下午效英购物，东西无法提携，遂又买行李箱一只，打包装箱，稍为便捷。

下午4点回到酒店，不复外出。

九月六日

上午 10 点外出，与效英再逛两个市场，中午 1 点于"松龄楼"就午餐，此日值农历八月初九，是我的生日，效英在琉璃厂为我买了北京老式玩具"兔儿爷"，双耳高挺，身跨猛虎，背插令旗，造型饱满，设色浓艳，憨态可掬，令人发噱，这古老的北京小玩意儿，着实让人喜爱。

下午两点半回酒店休息。

晚餐于酒店餐厅。晚 8 点半上北京站，10 点 20 分乘 601 次快车离京而返晋。

九月七日

早 6 点 36 分车抵忻州。行李多多，提携困难，幸有同车旅客相助，深为感谢。

访朝散记

等飞机的无奈

我和妻子参加省人事厅组织的山西省专家赴朝度假考察团，在晋祠干疗院已留宿一日。6月13日清晨，5点起床，盥洗完毕，6点同代表团所有成员搭车离晋祠，7点抵太原机场，8点半，检票登机，是一架小飞机，仅可容纳50余人，倒也方便轻捷。谁曾料到，大家落座有顷，只听到发动机"突突"几声，飞机却不能起飞。先后"突突"几次，乘务员通知大家："各位旅客：请大家暂时离机，到候机大厅休息，20分钟后飞机即可排除故障。"同行者只好遵命，鱼贯而离机舱。

20分钟过去了，听到的却是另一种讯息：

"到沈阳的飞机尚未排除故障，请同志们到餐厅就早餐。"此后接连不断地又听播音员的声音：

"飞机9点起飞。""飞机10点起飞。""飞机12点起飞。"

……时间一再推后，坐在宽敞明洁的候机大厅，同行们开始时还能耐得住性子，四处走走逛逛，买桶饮料，买本杂志，以为消遣。待到12点，机场有关人员又召集大家去就午餐，到下午2点，仍不见起飞讯息，不少人困顿袭来，歪斜在座位里打盹，有的人喝得冷饮多了，频频地往洗手间去，有的人则口出怨言：

"如此状况，山西何能腾飞！"

代表团领队有点急了，他知道这次出国虽然是度假旅游，然而日程安排确是不能随便更改的，便和机场的领导接洽，建议：如果原来飞机的故障不能排除，请临时更换飞机。洽谈总算有了结果，机场领导采纳了领队的意见，到下午4点，我们方得改乘波音飞机飞往沈阳。

飞行半小时，飞机降落天津机场，乘务员告诉大家："天津港休息半小时，请按时登机。"谁知一坐又是两小时，询其原因，答曰："小飞机改成了大飞机，由低飞改成了高飞，事先也没有和管辖地段航线的某机关联系，便拒飞。"飞机只好滞留天津机场。出师不利，尽遇麻烦，真是晦气。

通过再三交涉，于傍晚6点半方准放行，晚8点抵沈阳机场，其时已是夜色苍茫，华灯初上了。

辽东夜行记

访朝日期既定，原拟乘坐由沈阳到丹东的两趟火车均早已误点，无奈，只得包租一辆长途汽车，彻夜行驶了。

车离沈阳，在公路上行驶一小时，到本溪市，高楼大厦，灯红酒绿，正映射出一个旧都市的新面貌，只是道路坑坎不平，时有土堆堆积，或是在拓宽改道，兴工动土，就不得而知了。车停在一家"阿里郎狗肉馆"门前，三十多人的团队，分坐四张小桌子，饭菜虽不甚可口，然总共才花去 200 元，委实是很便宜的。

晚 11 时离本溪，车在高山峻岭中盘旋，且多险路，大家在颠波中，由于过度疲劳，尽入梦乡了，唯领队张国荣同志，为解司机困顿，与司机说着话儿，以提其神。小张用心之细，令我深为感佩。

是夜正值六月中旬，明月当空，朗照林莽，水气氤氲，树影模糊，时见帆布帐棚，立于路旁，棚边蜂箱累累，树冠槐花似雪，此时正是放蜂季节，此地当为槐花蜜的产区了。明月下，忽见有"南天门"的路标，其地正在山巅，道路险甚，路旁怪石攒聚，黑魆魆的，若鬼蜮探人。询之司机，知此地为"摩天岭"。朦胧之中，下视山谷，冉冉云起，不一而绝。云开处，山村隐现，正当熟睡中，了无声息，唯淡淡灯光，与星宿相若，所不同者，一需仰观，一需俯视。其地近海，水气颇丰，故满山植被，葱翠茂密。车向东南而去，凌晨破晓，天渐放亮，看看手表，才拂晓3点半。

车过凤城，天大明，于5点许车平安抵达丹东市，下榻枫叶宾馆，门前有枫树数棵，若秋天到此，定是红叶如燃，别有韵致的。

丹东一日

当我和妻子住进丹枫宾馆419号的时候，已是6月14日早晨5点半的时辰了。由于夜行辽东，疲累之极，一入宾馆，草草洗漱，便倒头而卧了，待到8时许，有工作人员叫吃早点，方从睡乡醒来，进得食堂，似无食欲，只吃一碗稀饭，再回客房休息。

午饭后，利用半天的时间，我们先后参观了抗美援朝纪念馆，游览了开发区，还放舟鸭绿江，饱览了两岸风光。

丹东市，仅市区就有26万人口，到处车水马龙，煞是热闹，特别是开发区，楼馆林立、商店栉比，有白墙碧瓦的中国古建形制，有红瓦高甍的欧建格局，沿江公园，绿树成荫，彩旗招展，游人熙攘，颇见繁华。江中放舟，船外绿水白浪，头顶丽日清风，同行者或摄影留念，或引吭高歌，欢笑声、鼓掌声，此起彼伏，唯江水靠近丹东岸边污染严重，水质浑浊，不时泛起难闻的白沫，询之导游，言上游有一家造纸厂，常年排放废水，流入江中，以致江中一种名贵鱼种也面临绝迹。好在当地领导已将此事放在议事日程。

在江边徜徉，那"鸭绿江大桥"（今"中朝友谊大桥"）尤令我关注。早在50年前，我上小学的时候，就学会了"雄纠纠，气昂昂，跨过鸭绿江；保和平，卫祖国，就是保家乡……"的歌曲；后来，又在电影中看到过中国人民志愿军跨过鸭绿江大桥的雄姿，也给我留下了深刻的印象。今伫立江畔，凝视这两座饱经沧桑和战争洗礼的大桥，童年的记忆和现实景观交织在一起，使我对这大桥产生了一种亲近和眷恋的情愫。

这两座相距仅百米许的大铁桥，均为日本人所修，下游一桥建于1910年，到1950年先后被侵朝美军轰炸，现在中方部分已经复修，而朝方部分尚在残缺中，这"断桥"在夕阳残照中，瑟瑟缩缩，令人想起了那炮火纷飞的年代以及侵略者留下的罪证。上游一桥，为1937年所建，尚是今天的实用桥，是连接中朝铁路干线的枢纽。

江畔，风甚大，彩旗猎猎，碧波涌起，似有凉意，遂返寓歇息。

朝鲜山川即景

15日上午9点25分，乘火车离丹东市，过中朝友谊大桥，到新义州，于列车上做过境检查，首先将时间表提前1小时，值上午9点半，改为10点半。新义州，是朝鲜西北郊的边境重镇。与丹东市隔江相望，为平安北道首府。从车窗望去，该市虽有一些高层建筑，但多数显得陈旧，车站行人，衣着亦较为简朴，唯胸前佩戴的那金日成像章,一闪一闪的,透出几分生气。妇女颇瘦小,手抱小儿,背负粮食包裹,佝偻着身子,匆匆行进,而男子很少看见有身负重物者,只手提小件,一般都走在女人前面。站台上停一列小火车,仅几节车厢,我观察到,每节车厢有6个小窗户,窗玻璃是用玻璃条竖着拼凑的,自然那列车给人的印象是破旧和凋零,料想这里的物资是十分的匮乏。

在新义州车站,其实也没有多少手续,然而竟停留到中午12时20分才开车。过新义州,进入旷野,沿途有山、丘陵、灌木丛、森林,浓荫滴翠、绿色满眼,房屋多如中国形制,作硬山、歇山、悬山式形状,建于半山、山脚、丘陵高地,平地尽作水田,平畴无际,稻秧悬针,水天一碧,灌渠纵横,时有喷灌,雨雾蒙蒙。牛羊游弋,鸟鹊和鸣。土路上,几辆铁轮车,高高的双轮,长长的辕条,架着一头黄牛。缓缓的行进着,看上去,却似我国汉代画像石上的形象。

车过清川江大桥。我想起了日前在丹东市抗美援朝纪念馆展览时的情况,那幅清川江大激战的巨幅油画,画面上的人物有真人大小,那惊天动地的激烈战斗场面,随着看台的转动,画面不停地变幻着场景,加上声、光、电的配合,有身临其境的感觉,而眼前却是一派和平宁静的景观。这是两种何等迥然不同的世界呢!

田间劳作者,或数十人一处,或十数人一处,他们还是集体劳动制度,有如我们当年的生产队。山地薅谷者,手握小锄,爬着、跪着;水田插秧者,躬着90度的身子,一排排一队队,有如舞台上的舞蹈。路边忽见一片松树林,千姿百态,颇有画意。田间有挖菜者,水边有摸鱼者,也有五六个小孩赤身玩水,几个猛子下去,溅起满河的浪花,惊起一滩的鸥鹭。

车近平壤,方得见油路,然而路上却很少能看到车辆,看到的最多的是金日成的画像，每个车站，至少一幅，标语口号亦随处可见，均以工整字体写在路边特建的形如影壁的墙面上，足见朝鲜的政治教育是抓得很紧的。

下午4点，抵平壤，下榻西山宾馆。宾馆距大同江和普通江不远，远远望去，还能清晰的看到架在江面上的桥梁。这宾馆，小山环抱，甚是幽静，楼高30层，建筑亦颇壮美，傍临国家体育中心，体育设施，一应俱全，运动场周围，缀之丛树，草坪、花坛、坐椅，漫步其间，令人赏心悦目。

晚饭后，我和妻子漫步楼前，那一排高大的月季，花光灼灼，每一株，花头少说也有上千只，实在让人叫绝，兼之晚风徐来，花香馥郁，时闻蝉躁蛙鼓，心境更为澄澈。

到三八线去

到平壤后的第二天，我们首先去板门店，早8点乘坐旅游客车用2小时半的时间，行程160公里，抵达开城。这里从公元10世纪开始已经是高丽王朝的都城，因其城周以松岳、蜈蚣山环绕，则有"松都"的别称。这都城，发展到现在才有24万人口，还是朝鲜的直辖市呢。市内行人甚少，且以步当车，连一辆自行车也不曾看到。

在开城北郊，有一座高丽博物馆，历史上曾作过高丽大学，现存有大门讲堂、书库、礼器室，后大殿今作为文博物的陈列室，院内多古银杏树，其大者，数人方可合抱，树龄当有千余年的历史了。西厢古建，结构精巧而别致，据说电影片《春香传》就拍摄于此。我和妻子入房内小座吃茶，并摄影留念。西去小坡上有古塔二座，小巧玲珑；古碑一通，以汉文书写，曰大鹫山某寺碑志。

由开城南去，行车 10 分钟，便到板门店，这里在历史上最早不过是一处南北往来行人的小店，后来发展成为驿站，而今天却存在有世界著名的朝鲜停战谈判会场和停战协议签字的旧址。两处房子皆是用一些木材兴建的宽大的平室，现在里面既保持着谈判和签字时陈设，也增添了一些图板、沙盘模型和实物资料，一位朝鲜军官以激动的情绪为参观者讲解着当年战争以及谈判、签字的细节，他说："这是朝中人民军队英勇奋战的结果，是用生命和鲜血才换来的谈判和签字！"大家报以热烈的掌声。

由板门店南去便是三八线，这是一条水泥线，为朝鲜和韩国的分界，水泥线两侧，各有一条黄色线，二黄线之间为禁区，双方人员皆不得入内，三八线上建一座平房，南北人员皆可入内参观，据说是一处会谈的地方。南北双方又各建有瞭望楼，朝鲜为白色楼，韩国为蓝色楼和黑色楼，分别插着各自的国旗。我们登上北楼，但见双方兵士，各在黄线外，荷枪而立，一派严肃气氛。那蓝色瞭望楼上的几个美国兵，还不时向我们探视。此地离汉城仅 40 公里，若两地统一，仅一小时的时间便可到汉城一游，然而三八线南北各 2 公里内，为无武器区，有农民可以在各自的土地上劳作，然而他们不可以往来，也不可能往来，因为中间不独架设了铁丝网，两方又在禁区的界线上，垒起了高高的石墙。我在石墙下不禁想到：一个处在开放时代的国家，竟如此的人为隔绝，这堵墙是谁垒起的，又是为哪些人垒起的，难道就没有被拆除的一天吗？

在稻田中，有数十只白鹭，悠然而立，一动不动，如标本似的，洁白的羽毛，映衬在碧绿的田野中，犹如东山魁夷笔下的境界，宁静到凝固的感觉。也许是受了一点小的惊吓。瞬息间，那白鹭们跃然起

作画与游踪

飞，冲向蓝天，向南向北飞去，随心所欲，不受那高垒的羁绊，田中的农民们们抬头望着这些自由飞翔的鸟雀们，拄着农具躬着腰，又好象米勒笔下的人物。

中午在开城的一家餐馆进过午餐，然后循原路返回平壤。在半道上，停了一次车，让大家下车方便，顺便在一处商店购买纪念品，有像章、邮票之类。我买了几包香烟，价钱是很便宜的，只是烟丝很不佳，至今还放在抽屉里，朋友们都说，这烟不好吸，作纪念可也。

在平壤的日子里

从板门店返回平壤的当日，就参观了万景台区的少年宫。这是一所很有名的学校，金日成同志生前，多次来这里视察。这里有手风琴班、刺绣班、书法班、医疗班、舞蹈班、体操班……我们步入各班的教室，看到孩子们认真练习和表演。到书法班时，八九岁的孩子们立即用汉字写出了"中朝友谊"等字样，且能方严规整，用笔精到，功夫还不浅呢。随后，大家又在少年宫领导的陪同下，于大礼堂观看了少年演出队的精彩文艺节目。早就知道朝鲜族是一个能歌善舞的民族，谁曾想到，他们从孩子时代起，就受到了良好的训练，打下了坚实的基础，出类拔萃的歌唱家和舞蹈家当会从这些少年中脱颖而出。

当我们走出少年宫的时候，热情好客的孩子们还依依地送别大家，有人拿出随身携带的钢笔、糖果、矿泉水送给孩子们，他们都接受了，并报以亲切的微笑。

6月17日，这是时间安排的更为紧张的一天，跑了很多的路程，看了很多的景点。首先去参观金日成抗美时期的办公室和议事厅，其设施皆在地下，正如我们"深挖洞"时期所建的地下长城，迂回曲折，坚固可靠，这在战争年代，定会起到不可估量的作用。

到朝中友谊塔（抗美援朝纪念馆），向在战争中捐躯的中国人民志愿军烈士献上了鲜花，并默哀致敬。这塔不算高，仅30米，也不见得怎么宏大，然而塔里的壁画，让我们看到了中朝军民抗击美军侵略的不同场面，当我翻阅了那些摆放在塔中央桌子上的几本厚厚的志愿军烈士名单的册子时，不独肃然起敬，而且心情更加沉重起来，在那场战争中，竟牺牲了那么多的中国人，他们的躯体至今还躺在异国他乡的土地上，他们的名字，人们大多淡忘了，而他们在历史上的功绩却永远不会磨灭的。

随后，大家前去瞻仰了金日成铜像。这铜像处万寿台高地，像高30米，用30吨黄铜铸造而成。阳光下熠熠生辉，不时见到一队队青少年到这里来献花，以寄托他们对领袖的追怀。不远处是千里马铜像，跃然蓝天，给人们昂然奋进的感觉。主体思想塔（即金日成思想塔），建于大同江畔，高170米，塔之主体，以巨石砌积而成，高150米；火炬20米，殷红殷红的，似乎在告诉人们它在不停地燃烧着，永远不会熄灭。

离主体思想塔，过大同江铁桥，不远便是五一体育馆。其建筑宛如一顶巨大的蓝色降落伞悬落在大同江的一个小岛上，内设座席20万，有80个出口，在这里可以举办各种体育赛事活动，比赛结束，只需6分钟，全场观众即可退场完毕。这确是一座设计健美、设施现代化的场馆，要不称之为世界之最，和巴西的体育馆可以比美。只是我不知它建馆以后，举办过多少次世界性的赛事，若普通的运动会，在这偌大的场馆召开，稀稀拉拉的能坐上多少观众。

时已过午，在早已订好的青牛饭馆就午餐。午餐毕，也不休息，

作画与游踪

我们去到一处很为宽绰的院落，那里陈列着 11 组群雕，皆出自朝鲜著名雕塑家之手，内容是反映朝鲜军民在抗击美军侵略战争时期的英雄故事，一个个人物被刻画的生动活泼，这里当是爱国主义的教育基地，也是一所精美的艺术品陈列馆。金日成同志生前为这个纪念馆题写了馆名。随后，到朝鲜抗日烈士陵园去巡礼。整个陵园，占去了一个小山头，一排排烈士墓、烈士碑、烈士雕像，从下而上，井然有序的比列着，青松翠柏，遍植周围，其境清幽肃穆。我有点走累了，坐在台阶上歇脚，有几位青年人，走到了最高处，把手中所采集的野花一一地献出去。

到下午 5 点，大家很疲累，导游将大家带进了平壤杂技馆，观看了一场精彩而又十分惊险的杂技表演。平壤杂技团，蜚声海内外，经常在世界各地演出，今天在平壤得以观看，真是大饱眼福，两个小时下来，一天奔波的倦怠也消释了几分。

晚饭后，乘车浏览平壤夜景，路灯多不开，楼房的影子黑魆魆的。号称平壤摩天大楼的 105 层柳京饭店，也只有少许的窗户亮着灯光，好象深沉的夜空开启了几片天窗，想来这饭店也不曾住满过客人，唯见几处金日成画像，灯光通明，如同白昼。后至凯旋门而返。

6 月 18 日，这是我们到朝鲜之旅的最后一日了。早饭后，细雨霏微，大家参观了万景台金日成故居。车在市区拐了几个弯，来到首相故居。其地树木参天，枝叶繁茂，绿树下，两排茅屋前后相对，前排低，后排高，皆以素木为檩柱，屋顶复以厚厚的稻草，因其年久缘故，稻草已变成了焦茶色，在雨雾中，更显其庄重和古朴。后排正屋，是金日成少年时期和祖父、祖母生活起居的地方。衣箱、床铺等生活用品如旧时陈设，墙上挂有照片等什物。南屋不安门窗，为仓储间，有农具、草编、水缸之类，罗列其间，各得其所。屋前有水井，院周设篱笆，林木葱翠，花草扶疏，一派自然闲适的农家况味。

雨停了，天空中射出一束阳光，照在高树上、屋檐上，并逐渐移到了挂在墙壁上那早已褪了色的老照片上，少年金日成那双机灵的眼睛，似乎要告诉游人们些什么呢。

离开金日成故居，参观了平壤地铁。这是一处颇为令人赞叹的宏伟建筑，它深入地下100米，上下设有电梯，地铁总长达70里，共有17个站台，不管乘客坐几站，只需花一角钱车票。在平壤，乘坐有轨电车、无轨电车、公共汽车，同样不管你走多远路程，均为一角钱，我想这是世界上最便宜的车票了，恐怕国家为这些交通设施的存在，每年都要背上沉重的包袱的。

出地铁，到一家有45层建筑的高丽宾馆去购物，它是朝鲜的一所超星级宾馆，装潢自然是够豪华的。只是货物奇缺和价钱的昂贵是出乎意外的。走进第一层的商店，除了一些亮丽的朝鲜民族服装外，似乎没有什么东西可买。一只朝鲜人传统习惯使用的（今天很少有人使用了）家常小铜碗，竟标到400元人民币。我只好捡了一只青瓷小盖碗，花24元，收入行囊，以作纪念。到二楼的书店看看，书也很少，大概没有我自己文隐书屋的藏书多，看到有《朝鲜观光案内》、《平壤概况》两本中文书，我想买下来翻一翻，得到的答复是："不卖！想买，只有邮票。"看来，这些书也只是摆样子的，我便退了出来。

平壤是一个美丽的城市，十分的干净，没污染，在这里似乎也没有看到过工厂的烟囱，也几乎没有商店（我们只进过一家只供外宾入内的友谊商店），也没有摊贩（包括水果和蔬菜的），街头车辆也很少，人们以步当车，行色匆匆，妇女们负重而行，或背或顶，是够辛苦的。

不过大家都能安贫乐道，人人谦恭有礼，社会秩序良好，这让那些以交通警察为职业的妇女们大为省心。市民粮食和副食是定量供应的，有如我们60年代初期的样子，不过他们的住房却是很宽绰的，一般人家的住宅面积可达110—180平方米，这确是令人羡慕的。只是饿着肚子住空房，恐怕也不会有什么好滋味。

是日上午11时50分，我们离开平壤，乘火车北上，经新义州至丹东市，再转沈阳乘飞机返回山西，结束了朝鲜的旅行。

附录：

导游的启示

在平壤，导游的名字叫京进，他的姓氏，我却不曾记得，这是一位近30岁朝鲜青年男子，待客热情礼貌，而且很幽默，能说一口标准的汉语普通话，间忽夹上一两句北京的歇后语，说得很得体，令大家笑得很开心。后来问起他是如何学得如此流利的汉语，他说他曾在北京大学留学五年，毕业归国后，没有找到合适的职业，便做起导游工作来，而且做得很认真。他对朝鲜的历史、地理和各地的人物掌故非常熟悉，难怪他讲解起来，如数家珍、左右逢源、妙语连珠。这位导游，令我十分地敬重，一个留学生，做了一位导游，他不觉得屈才，却把本职工作做得很投入，很出色，这种敬业精神，正是大家所应学习的。回想我在国内的旅游，所见过的一些导游小姐，油嘴滑舌，虽然也能逗大家笑乐，却感到档次低，甚至还有些庸俗呢，唯在云南丽江时，一位叫山云的纳西族姑娘，她服务热情周到，讲解得兴味无穷，原来她也是一位大学生。所以，我以为要发展旅游事业，招聘导游，其文化学历和敬业精神是要认真考察的。

费城遐想

在华盛顿就午餐后，便驱车去费城。车在整洁宽绰的高速公路上疾驰着，丛林、村落、工厂等不时的映入眼帘。那林木的高大和稠密，保持着原始的生态，丛树间又挤满了灌木和野草，似乎只有野生动物才能钻入其中，人们是很难插足的。稀疏的村落中很少有行人，偶见一些汽车和直升飞机停放在屋侧，奶牛在草地上游弋着，才散发出一些农庄的气息。至于工厂，虽有高耸的烟囱，却不见冒烟。看惯了云烟翻卷的工厂景象，这里倒给人以缺乏生气甚至停产的感觉。然而真正出现了冒烟的工厂，那才是要被关闭的。那公路的路面上，莫说是果皮、饮料罐没有，就是飘落的树叶也很少见到，我询问久居美国的于小姐，何以能保持如此净洁的路面，答曰有两方面的原因，一是因了公民的文化素质，长久的养成了保护环境卫生的良好习惯；二是美国有严厉的处罚制度。据说在市内马路上随意扔一只香蕉皮罚款400美元，而在高速公路上扔一只则罚2000美元，如果被处罚没有钱又没有工作，便给他找个临时工，并强制其劳动，待劳动所得付清了罚款后，方得自由。难怪我们乘坐的汽车上也放着一只大大的垃圾袋。

谈笑无长路，大约走了近两个小时的路程，便进入了费城的市区，它是宾夕法尼亚最大的城市，曾作过美国的首都，是历史文化名城，不过它也仅有300多年的历史，除了高大林立的楼房，横架在特拉华河和斯库尔基尔河上的铁桥，长长的通道，似乎没有给我留下什么历史沧桑和文化积淀的感触，这自然是进入市区的初步印象。

当车穿越几条林荫大道戛然而止后，我们已到了费城的独立广场，那高大的独立宫的尖顶子直插苍穹，游客们自觉的排成长队儿静静地移动着，慢慢地走进了这个历史大厦。当我肃立于独立大厅时，看到的是十三张排列整齐的大桌子，绿丝绒台布上，井然有序地陈列着书籍、纸张、文具盒和蜡烛台，我认真地赏读着这一切，一时间，当年那些历史人物们顿现脑海，指挥独立战争的华盛顿，起草《独立宣言》的杰弗逊，兼作科学家和文学家的富兰克林……他们在第一次和第二次大陆会议上激烈地辩论着，终于在1776年7月4日通过了举世闻名的《独立宣言》，宣布了英国殖民主义将在北美破产，建立"自由独立的合众国"以及后来在这里召开的制宪会议，华盛顿主持并通过了宪法。那十三州的代表们，群情激昂，热烈欢呼的场面，一幕幕地幻化到我的眼前来。

大厦的门前、后院以及一座基督教的礼拜堂外，领袖们的铜像静穆地矗立着，似乎仍在关注着200多年前他们缔造的国家的变化。那原在独立厅内的自由钟，已移置厅前的草坪上，外建玻璃房保护着，我随着游人进入钟房，那冰冷的大铜钟，悬挂在当屋的钟架上，没有些许的声息，只有钟面上那"宣布自由遍施于全部国土，全民均得共享"的铭文，醒目的供人们品读。我忽发奇想，如何才能重重地击撞这惊世的尤物，让它发出震天的巨响，使那铭文不再是仅供人们观瞻的词条。

走出钟房,我被那飘荡着的北美十三州的五彩缤纷的旌旗吸引着,首先想起了富兰克林,他写的《富兰克林自传》曾是我喜欢的读物。他第一个在费城建起了公共图书馆,他发明了避雷针,后来成为世界注目的政治家、思想家、外交家,又在科学和文学上有惊人的建树,怎能不令人肃然起敬呢。而华盛顿却是一个没有学历,出身于种植园主家庭的子弟,只因他有远大的抱负,勤勤恳恳地劳作,把自己的命运和殖民地人民紧紧地联系在一起,在反英的独立战争中逐渐成为领袖,直至连任两届总统并尊为美国的国父。我想起了他连任总统后的就职演说词,短短的,仅有一句话,那便是:"在我执掌政府期间,若企图和故意触犯法律,除承受宪法惩罚外,还接受现在这个庄严仪式中所有见证人的严厉谴责。"他把自己置身于法律和群众的监督之下,又是何等的让人敬服。这位总统第二任届满后,便坚决拒绝再次连任,树立了美国历史上摒弃总统终身制、和平转移权力的典范。于此,我不禁想起了邓小平同志。那些屁股一沾宝座,就不愿或害怕离开的人物,亦当以史为镜,以人为镜吧。

  我坐在草坪上,面对宁静的楼房,观察那林阴道上的景致,白色的四轮马车迈着缓慢的节率前进着,有时在路旁停下来,等待那打招呼要坐车旅游的人们。已是深秋的季节,偶有黄叶飘落着,又值下午四点半的光景,阳光淡淡的,小风吹过,我感到一丝的寒意,也为宁静的费城平添了几许苍凉,古都似乎有点衰老了。

  上车的时间到了,我无缘一听享誉世界的费城管弦乐,也没有时间去参谒那富兰克林的墓地,便匆匆地往纽约去,于费城之行留下了几缕的遗憾。

欧行记略

（2009年6月29日—7月16日）

六月二十九日

晚10点半，由杨文成、潘新华、黄建龙送站，我与内子石效英乘由太原至北京经道忻州快车（6号车厢软卧），于11点6分离忻往京。

六月三十日

早8点10分抵达北京站，打的往空港快捷酒店，住1225号房间，条件差甚。在酒店见到欧行组织者朱先生，谈行程安排，交出访费，余无他事，遂倚枕读所携《袁中郎随笔》。

七月一日

7点早餐，10点离酒店往机场，下午1点登机，本应1点半起飞，奈何有数位旅客未能按时到达，以致延误起飞时间。待延误者登机，又是没有了跑道（没按时起飞，临时安排所致），以致起飞时间延迟1小时，即下午2点半方得离京。此行，乘海南航空公司飞机，行约10个小时，在机舱吃两顿便餐，有各种饮料，随时送上。乘机未久，精神尚佳，默想行经路线，猜度云层之下，是黄河，是西安，是兰州，是乌鲁木齐,飞出葱岭,足迹不曾经历,飞行路线便是地图中的知识了。乘坐久了,腿脚麻木,颇感困顿,便懵然入睡了。

到柏林,已是北京时间晚12点半了,时差6小时,值柏林时间6点半。飞机到柏林降落时,在机舱小窗中瞭望,蓝天白云在阳光中,甚是亮丽,山脉浓绿,草地芳鲜,河网交织,绿树夹岸,而一排排洁白的风力电塔在浓翠铺陈的背景中,不倦旋转,这景致,让我从昏睡中清醒,柏林郊外的自然景观是令人欣慰的。

飞机降落柏林泰格尔机场。欧人生活节奏缓慢,办事效率低下,一个出关手续,便用去了很多时间。更有麻烦者,同行者75岁的雕塑家李行健先生的两件雕塑作品被德国海关所扣留(以为是文物)。朱领队、倪导游与李先生四处奔走,多方交涉。我等小坐广场石磴上,以待李先生提取作品。石磴旁,常有鸽子往来觅食,与之招呼,似不惧人,沙燕高翔于天,乌鸦则散落在泰格尔航空楼头,广场上则是熙熙攘攘的行人和快速来往的车辆。

在机场用去两个半小时,与海关再三洽谈,李先生之雕塑作品尚作扣留,无奈,我等一行19人,只好乘车往东柏林,入往一家酒店。酒店虽不宽绰,尚干净可人。泡一桶方便面,我和效英分食之,聊作洗漱,随之歇息。

七月二日

此时此地,昼长夜短,晚9点天未黑,早4点天大亮。因时差关系,尚需适应,这一夜,我仅睡了4小时,12点半起夜一次,2点半再起一次,此后便未能入睡。早4点半便起床。见效英尚在睡眠中,想是昨日一天行程,当也疲累之极。我轻轻去冲澡,效英也从梦中醒来。窗外虽然是一条大道,其时行人、车辆尚少,室内倒也安静,一窗的阳光通过净洁的纱帘,均匀地洒落在屋壁上,静谧而柔和。

6点就早餐。8点外出游览。车几经拐折,西入菩提树下大街,这是一条宽绰而笔直的林荫大道,路北是历史悠久的洪堡大学,高大的建筑在车窗中倏忽而过,才听到导游的介绍,那校园便失去了踪影。前行绕过勃兰登堡门,进入"六月十七日大街",这是一条更加宽绰而明媚的东西主干道,道路之南北,建筑少而低矮,到处是草地和绿树,车在行进中,见一圆柱高耸,高可七八十米,柱顶塑有金色胜利女神像,巍巍然,甚是醒目,名曰"凯旋柱",当是历史上俾斯麦出任普鲁士首相以后,先后对丹麦、奥地利以及在后来普法战争中取得胜利后的纪念物,通过"六月十七日大街"的西边尽头,车向西北而来,未几,到达夏洛藤堡宫,在柏林,这也算一处大大有名的游览区,然而游人却寥寥无几,我等在这儿也只是逗留一会儿,看看颇为高大的建筑,品读建筑前一组精美的雕塑,人物动态之生动,骨骼肌肉质感之细腻,面部表情刻画之传神,无不令欣赏者发出啧啧赞叹之声。

从夏洛藤堡宫循原路返回勃兰登堡门,大家在这座柏林地标建筑物前纷纷摄影留念,我则面对门顶部胜利女神像的四马二轮战车,那长驱直入不可一世的姿态,以及战车上方高耸的铁十字架和展翅腾空的飞鹰,不禁浮想联翩。曾几何时,当希特勒凶残的铁骑灰飞烟灭后,给国家和人民带来的便是支解和分裂,一个城市中,树起了一堵高高的柏林墙,一树便是三十年,分隔了城市,也分隔了血缘,分隔了情感。权利、物欲的横流,冲击着和平与宁静,统治者的野心和残暴,给人民带来的自然是灾难。我在一段尚且保留的柏林墙下停留,考量这曾经分离骨肉情分的建筑,这人为的障碍,当是人们永以为鉴的。

在柏林街头漫步，所见楼层窗户皆无防盗护栏，阳台也不封闭，置小盆花木，甚有情致。商店皆不大，顾客也不多，无吵闹之感觉。小饭店门外设雅座，供人餐饮，上置遮阳伞，一杯啤酒，几块面包，少男靓女，小声谈笑，怡然自适。

从苏联红军公园（有高大的纪念碑和雕像），徒步到亚历山大广场，这是一处十分宜人的处所，坐在绿树凉阴下，面对红砖建筑的市政厅大楼，别致的教堂，球形的电视塔，观察来来往往的游人，而或闭起眼睛来，作短暂的养神。起身转入马恩广场，在马克思、恩格斯铜像前拍一照片，以为留念。随后来到施普雷河边，那绿色圆顶的柏林大教堂在蓝天白云下，煞是壮观。教堂前广场上是油绿的草地，有三五成群的青年小坐其中，有的聊天，有的读书，有的干脆仰面朝天平展展地躺下来晒太阳，也有年轻的母亲推着幼儿，选着景儿拍照片，这又是何等和平的景致呢，人们不知道二战结束前盟军对柏林的狂轰乱炸，心头不存战争阴影的创伤，该是何等的幸福。世界不需要战争，人类渴望的是永久的和平。

在帝国议会大厦前，我驻足良久，眼前是不绝的游人，心中想到的却是独裁专制的希特勒，大凡有一点历史常识的人，就该知道希特勒的凶残，以及他对人类历史所犯下的罪行。

距帝国议会大厦不远的北侧是柏林的老博物馆，那高大的建筑，一排儿十八根爱奥尼式圆柱，看上去十分的气派，我没有时间进入内部参观，我联想到藏在另一家博物馆的当年德国探险考古家勒柯克在中国，特别是从克孜尔石窟盗取的大量壁画，据说在二战中也被炸毁了半数。几年前我在库车克孜尔石窟的墙壁上，看到那伤痕累累的壁画，心中的激愤难以抑制，而今身在柏林，自然又会想起那盗画者勒

作画与游踪

柯克。

中午12点在"老上海餐馆"进中餐。下午1点20分便乘车离德国东北部的柏林往西南部的法兰克福而来。

7个小时的行程中，除困顿小睡外，所见车外景象，由平原到山地，无处不树，无地不草，砂土、岩石裸露者未曾见也。林木深厚而茂密，层层叠叠，由近及远，由翠绿而深蓝而墨绿，高低起伏，变化分明。嫩绿之草坡上，间有三五红屋顶拥出绿树浓荫下。路旁有未收割之麦田，有成片之玉米，有无涯之向日葵，将河山点缀得五彩缤纷，清新悦目。半路到生活服务区休息时，见所售黄瓜、西红柿，每公斤合人民币49.5元，上厕所收费5元，聊记一笔，以见物品价位之一斑。正欲上车，忽然天降大雨，但时间极短，顷刻而过，待登车，雨已停，雨洗林木，空气清爽，精神健旺。行车一路，所见村落少，更无开发之工厂，一派田园生活景象，佳可人也。

晚9点半，车抵法兰克福，入住某宾馆，匆匆用餐、洗漱、休息。

七月三日

5点起床、洗漱。6点半早餐。9点出发，往游法兰克福大教堂，这是一座十分高大的哥特式建筑，数层土红色的墙体之上，又是几层渐次缩小的高耸尖顶，仰面望去，直刺苍穹。据说这里曾是德国历代皇帝选举产生并且举行加冕大典的地方，难怪它有一个"帝王大教堂"的尊号。由此步行东去不远，便是大大有名的"罗马人之丘"，这里的建筑十分别致，北面是市政厅，从山墙看上去，呈阶梯状的人字形屋顶，有塔式的天窗，有徽章图纹装饰的露台，其二层高高的立窗间饰有精美的雕塑，正中窗户的顶端安有走动的时钟，这布局似乎有点繁琐和细碎，然而仔细观察其每一构件，制作却是十分精致的。广场之东西是一排几座连着的半木结构的楼房，形式富变化，色彩能互补，格调统一，难能可贵。广场之南面，是老尼古拉教堂，宽广的梯形大屋顶，顶上由上而下排列着3、4、5个天窗，想必屋外的光线从这些孔洞中透进，照射在往来于屋内的市议员们的脸上，会展现出种种可观的形象来。而老教堂钟楼的绿色尖顶上面传递出悠扬的钟声来。立于广场中央花坛上的正义女神铜像，左手持长剑，右手提天平，她似乎正在告诫市议员对公民要平等行事，否则便会受到象征法律的长剑的惩罚。我想这精巧的艺术构思，其警示力量当不可小觑的。

　　拐过老教堂右侧的通道，我登上一座古老的大铁桥，美因河在大桥下平静地流淌着，两岸的风光尽收眼底，北岸的摩天大厦，其密集程度，犹如我当年在纽约曼哈顿所见的景象，委实有一些气派。

　　在法兰克福，最让我想造访的是歌德的故居。早在我读大学时期就读过歌德的《少年维特之烦恼》，据说这是作者在25岁时仅用4周时间完成的成名作，至今在我的书架还有一本《少年维特之烦恼》，虽然很久不曾翻阅了，但对书中的人物，维特那蓝色的燕尾服、黄色的背心和时髦的长统靴曾给我留下过深刻的印象，而维特与绿蒂之间的感情纠葛更是让人牵肠挂肚，不能忘怀。后来曾见过一幅李可染先生画的"歌德故居"写生画，也令我久久观摩。因此我向领队提议，商得大家同意，割爱对保罗教堂的参观，特来歌德故居参礼。故居是一座浅棕色的五层楼房，下层正中开着门，门之两侧各有长窗三个，外设护栏，护栏下端外凸，内置盆花，花正怒放，缤纷馥郁。四层为诗人的生活和写作的地方，白色的屋顶，浅绿的墙壁，不甚光滑的地板，明洁的窗户，乳白的纱窗帘，靠墙的一张写字台以及两把靠背木椅，一把置写字台旁，一把随意地放在写字台前，墙上有两张诗人的剪影，影下立着高高的烛台，据说诗人是站在这里完成了《少年维特之烦恼》创作和《浮士德》初稿的。故居外面的山墙上覆盖着绿色的爬山虎，生机旺盛，绿可鉴人。故居之旁是歌德纪念馆，有诗人的生平介绍，图文并茂，还有歌德以及同时代人物的画像，更有供游人选购的诗人的著述，我看到一本中文版法兰克福的旅游手册，购以留念。看看时间，已届中午12点，遂外出于某中餐馆进餐。餐毕，往游老歌剧院，其时，剧院正在重新修葺，未能入内参观。我独自绕剧院一周，用去很多时间，亦见剧院规模之宏大。仰见前厅房顶上有铜铸四驾豹车，匠心独运，气度不凡，特别是豹子英武的姿态，亦令人注目凝视。

德国在二战中，诸多建筑夷为平地，今之所见，皆为战后重建，抚今思昔，也让人慨叹不已。

下午1点半，离德国，往荷兰而来，其间用去6小时（包括两次休息），行程460公里，于7点半达荷兰首都阿姆斯特丹。

阿姆斯特丹，是由渔村变成的大都市。围堤造田，将低于海平面的土地，空出水面，筑基建房，以至于形成而今荷兰繁华的经济中心和文化中心。而它仍是一座水城，市内有运河百余条，呈蛛网状，道路迫窄，行人多以自行车穿梭于街道上。荷兰人，人高马大，骑自行车的技巧看上去是蛮高的，快速地行驶，忽遇过路行人，骑车者会速提一腿拄地，车子戛然而止。导游说，此地社会秩序甚差，远不及德国人文明，到处有小偷，甚而有当面抢包抢首饰者，每一得手，飞快离去。并告诫我等同行，一定小心，应将随身提包挂在胸前，晚上切勿一人外出，以防不测。没想到在当天就晚餐时，被盗的事情发生了，而且发生在多年在欧做导游的倪导自己身上。

初抵阿市，通过几多运河桥梁，将车停放在一处宽绰的停车场，大家来到一家中餐馆楼下，倪导上楼联系用餐，其时餐馆顾客为满，无有座位，有几位女士步入就近的商店物色自己的所需。我和效英有点疲累了，坐在餐厅楼边的室外咖啡座上休息，观察那路边南来北往的行人以及高下起伏的建筑。过了十几分钟，餐厅中走出一拨来自台湾的游客。倪导说，三楼已经腾出了座位，请大家上楼用餐。楼道十分陡窄，行人只能鱼贯而入，我们分坐两桌，朱领队与倪导则对坐门边的小桌旁。倪导将所带提包放在自己的座位上，并让朱领队照看，他下二楼安排饭菜。朱领队忽觉有人从背后按了一下，以为是自己团队人员询问事情，才一回头，倪导的提包便不翼而飞了。这下大家都慌了手脚，因为在倪导的提包里放着所有人的护照，还有将近合20万人民币的欧元，大家焦急万分，饭菜上桌了，人们自然没有心情下箸，四处寻找小偷的踪迹，猜测在房角、厕所以及楼下的地沟，是否有小偷偷窃了钱财，会"好心"留下来的大家的护照。打开监控录像，方知为二窃贼所为，盗包者为一女性青年，她早就坐在餐厅的一角，打量猎物，伺机下手，待她的合伙人按朱领队肩背时，她便迅速行动，用自己的一件外套盖着倪导的提包，携物而去。寻觅不得，便电话报案，回答说此等事情经常发生，怕难以破获。待之许久，也不见一个警察来过现场，后与中国驻荷兰领事馆联系，知朱领队尚带有每人护照的复印件，便决定取消明日在阿姆斯特丹的游程，到海牙重办临时护照（荷兰的行政机关多设在海牙），这样则可免除大家因没有护照而被遣送回国的结局。到此大家方松了一口气。在这家中餐馆我们一直坐到晚上11点半，店主对我们的遭遇，很感同情，不时地说些安慰的话，端茶送水，更是周到。一切商妥，离开中餐馆上车时，倪导突然

作画与游踪

接到另一家叫"南天"中餐馆老板的电话，倪导与老板相识，说在"南天"的厕所里，发现了倪导等人的护照。这一喜讯，有如天降，大家匆匆上车，寻"南天"而来，车跑过灯红酒绿的夜市，谁也无心欣赏那光怪陆离的运河倒影，在阿市中转来转去，终于来到"南天"。待倪导下车取回护照，一一点名核对，一本不少，大家的心才平静了下来。遭此不测，虽然合20万元的人民币丢失了，护照尚在，亦算不幸中的大幸了。待入住酒店，已是子夜12点半。虽然躺在床上，却久久不能入睡。

七月四日

早晨5点醒来，窗外几声斑鸠之声，清新而嘹亮。奈何几日疲劳，加之睡眠不好，以致头晕不止。

7点吃早饭，9点外出游览。所住之宾馆，似乎位于市郊小镇之上，门前水网交横，桅杆林立。行车所见，绿野平畴，望之无际，奶牛悠然觅食，间有野鹜飞起，丛树间，拥出红顶小屋三五间，然无一人出入，境极清幽。此种田园景象，较之陶渊明笔下之桃花源则是别种韵致。偶见风力电塔之三叉轮，犹如硕大之鸡足，在晨风中转动，更有教堂尖顶出诸林表木末，映于白云蓝天之下，也极生动如画，更具西方情调。车过阿市一角，则见运河交错，高楼栉比，行人多骑高车者，往来倏忽，似无秩序。

风车是荷兰的一种象征。10点到一处地方参观，碧野长渠，风车缀之，风轮缓转，了无嘈杂，一派宁静，充溢中古气息。据云，此处风车，已列入世界遗产名录。是处尚有一家木鞋制作坊，步入其中，但闻机声隆隆。木鞋制作半为机械（极简单之器械），半为手工，应我等要求，匠师作示范表演，一只木鞋在熟练的操作下，没用10分钟时间已具雏形。在货架上摆满了大大小小形形色色的木鞋，以供游人选购，效英买一对，以为留念。又进入一家钻石加工厂浏览，见其价格不菲，便很少有人问津。

　　回到市区，往荷兰国立美术馆参观，欣赏到荷兰15至19世纪的绘画精品。奈何在馆时间紧促，加之观赏者拥挤，我只对伦勃朗的《守夜图》、《犹太新娘》，威梅尔的《女佣倒奶图》以及罗伊斯达尔的《风车》等画幅作了仔细观摩，那人物刻画得细腻传神，生活场景描绘得生动得体，自然风光的云影幻化，无不给人以深刻的印象。至于那些造诣高超的雕塑作品和精美的家具，也只能一瞬而过。步出国立美术馆，在颇具艺术特色的大门前摄影一张，亦是到此一游的留念吧。

　　午餐后，就近到堤坝广场游览。据说，这广场是荷兰历史的心脏，早在13世纪，阿姆斯特河边在此筑起了堤坝，后来在广场的西面建起了市政厅，也就是我们今天所看到的皇宫，它是建筑在13659根木桩上的一座古建筑，曾有"世界第八奇迹"之誉，是荷兰女皇接见外宾的地方。广场北面是哥特式建筑的新教堂，比之皇宫建筑，小则小了，却也庄严肃穆，广场东面是国家纪念碑，用以纪念在二战中为国捐躯的烈士们。纪念碑下，游人、浪子、杂耍者不一而足。更有鸽群上下，有售鸽饲料者，与鸽嬉戏，招徕顾客。有欲上前与我搭话者，我心存戒备，以为是偷斧子的，便匆匆离去。

　　荷兰的郁金香享誉世界，奈何时不我待，且远离花卉市场，更非郁金香之花期，此行，未能一睹花容，不无遗憾。在阿市，我本拟造访伦勃朗故居和参观梵高博物馆，只因导游昨日丢失巨款，以至今日精神萎靡，话也不多说，我提此额外要求，徒遭拒绝。

作画与游踪

　　离堤坝广场，横过马路，75岁的李行健教授，不慎摔了一跤，我忙上去搀扶，见颏下流血不止，须上医院包扎，却不知医院在何处，幸有自愿者，骑摩托车带路，引领到医院门口，也不言语，转车而去，此举令我等很为感动。到医院，大家私语，在国外就医，检查、包扎，花销定然可观。事到如此，也无可奈何。李教授经认真检查，精心治疗包扎，医务人员却分文不取，此亦出乎意料之外，此虽小事，也令大家对荷兰产生了新的认识，消解了不少因昨日遭遇窃贼的坏印象。

　　下午3点，离阿姆斯特丹，往比利时而来，中间休息两次，于7点到达布鲁塞尔，在市区叫"福华"的一家中餐馆进晚餐。餐毕入住郊区小镇某酒店。

七月五日

　　早4点醒来，5点半起床洗漱。7点40分就早餐。9点外出游览，漫步布鲁塞尔街头，建筑呈不同风格，颇富变化。街道多以鲜花点缀，道旁常见咖啡座，遮阳伞各具特色，花光伞影，五彩斑斓。人之肤色，有白有黑，不白不黑者，混血儿也。据云本地4个人中，便有一个外国人。摩洛哥之黑人，随处可见，衣着散乱，似乎也不太注意卫生，颇感邋遢。倪导再次叮咛大家，此地警察诸事不管，时有抢劫案件发生，单人万万不可外出。一个欧洲联盟总部，北大西洋公约组织秘书处之所在地，素有"欧洲首都"之誉的布鲁塞尔，竟是如此状况，实在匪夷所思。

　　步入布市大广场，四周的建筑确是恢宏壮丽，令人眼花缭乱，应接不暇。首先是让人引颈仰望，方可看到尖顶的市政大厅的高耸钟塔，它是一座哥特式的经典建筑，下层17座拱门构成长长的走廊，游人可在其下避雨和遮阳。二三层的落地窗侧则装饰着造型别致的雕塑，认真赏读，那都是一件件令人赞叹的艺术品。市政厅的对面是国王之家——皇宫，它没有市政大厅的高大，而典雅过之，色调沉稳而统一，构件精巧而近玲珑。此外，还有十来座精美的颇具巴洛克风格的行会会馆，还有一座饰有白天鹅图案的"天鹅酒店"，马克思、雨果等名人，曾下榻此处，据说"共产党宣言"还是在这里起草的。再过半个月，便是比利时的国庆日，届时这金色大广场将以鲜花摆成图案，成就一幅世界上最为阔大的鲜花大地铺，那又是一种何等壮观的景象呢。早几年，我曾在电视屏幕上一睹为快，今漫步于这在1998年便列世界遗产名录的广场上，欣赏建筑，怀想古人，颇感是一次惬意的行脚。

由广场西去不远，在一条街道拐角处，看到一个小男孩，铜铸的胖乎乎的赤身裸体，站在高台之上，身子后仰，顶着大脑袋，挺起肚皮，左手捉着小鸡撒尿，憨态可掬，令人怜爱，他便是布鲁塞尔的城市象征——"第一公民"小于连。他的故事广为传诵，这里几乎是各国游客到布市旅游不能或缺的去处。

在布市还游览了市北区的高百余米的原子球塔，它是原子时代的象征，于1958年为万国博览而设计建造的。草地之上，林木之中，突然抛出一组钢材连接的圆球来，在太阳下放射着光芒，似乎与环境不和谐，时代发展了，艺术品却变得有点单调和乏味，也许是我自己落伍了，便跟不上艺术发展的脚步。

时到中午，再入"福华"中餐厅就餐，从餐馆的窗户望出去，有一建筑，颇引人注目，6根高高的圆柱支撑着硕大的三角顶，科林斯式的柱头简洁大方，而三角楣饰的浅浮雕却工细绝伦，我放下碗筷，步出餐厅，面对建筑，不停地拍摄其精美的构件，这座建筑便是大名

作画与游踪

鼎鼎的布鲁塞尔股票交易所，是比利时金融界的集会点，也是一所颇具艺术价值的文化遗产，有200多年历史了。

下午1点离布鲁塞尔往法国而来，行车300多公里，中间休息两次，于7点许抵达巴黎，车在环城路上行驶，渐次看到了塞纳河、埃菲尔铁塔、凯旋门等等，向往已久的巴黎到了，然而眼中的景象却非心中的想象，原来巴黎也不过尔尔。

绕过铁塔，在广场之侧的一家中餐馆就晚餐，然后入住市郊某酒店，时已晚上10点，然太阳刚落，天尚亮堂。

七月六日

7点早餐，8点出发。一路堵车严重，到埃菲尔铁塔附近，已是上午10点，行路竟用去了2个小时。所购塞纳河游艇票的下船时间是中午12点，抽此间暇，大家就近步入一家中国免税店，同行者不乏购物狂，出手颇多大方。效英购得法国香水8瓶，什么"夏奈尔5号""沙丽玛"，我对这些名目，闻所未闻，深知自己是门外汉，只是站立一旁作壁上观。项链、女式提包也是效英的所爱，便也认真地选购着。11点提前就中餐，餐毕往码头，排队登游艇。

巴黎，坐落塞纳河两岸。塞纳河由巴黎东南而入，画着弧线，至市中心，又转而向西南而下，流出巴黎市区。我们的游览，只是中心的一段，一个半小时的行程中，不知穿过了多少座桥梁，每座桥梁都展现了不同的风格，布满桥头桥柱上的雕塑皆极精彩动人，阿尔玛桥的士兵雕像，双脚没入水中，一手叉于腰间，气宇轩昂，英气袭人。奈何船行水上，眼前的景物，转瞬即逝，唯有高入云天的埃菲尔铁塔，只要你打量它，它是不会离开你的眼睑的。在游艇上向南望去，一个金色拱顶的建筑，格外突出，导游说，那是荣军院，这里曾安放了拿破仑一世的遗骸，现在这里有三个博物馆，也很值得一看，还有一个重伤医疗中心，聚集着不少医术高明的大夫。向北望去，树荫中闪过去的是矗立在协和广场上的来自埃及卢克索神庙的方尖碑，据说此碑已有3300多年的历史了，碑身上雕满了埃及的象形文字，碑立光天化日之下，也经风剥雨蚀，这珍贵的历史文物，何以长期保存？又见卢浮宫外的长长的宫墙，宫墙下是车水马龙的游人。待游艇驶过西岱岛和圣路易岛的通道时，导游指点着西岱岛上的一座古老的哥特式的建筑，这就是建于13世纪的"巴黎圣母院"，我目不转睛地审视这一座宏伟肃穆的天主教堂，想到的却是雨果和他笔下的《巴黎圣母院》，眼前幻化出美丽的吉卜赛姑娘和她的遭遇，更想到了那位形象可怕而心灵崇高的撞钟人。据说圣母院的南钟楼里悬挂着一口13吨的巨钟，单是钟锤就重1000斤，那是何等的气派呢？在塞纳河上绕了个小圈子，游艇返回了原来登船的地方，我们在碧眼黄发的人群中步上码头。

下午2点30分至5点40分参观卢浮宫。这座举世闻名的艺术殿堂，它拥有从古代到1850年以前的世界上最为丰富的古代埃及、古希腊、古代东方的雕塑和19世纪之前的各种流派美术作品以及各种古珍藏品，然而，仅有的3个小时观摩时间，只能是浮光掠影地看看。在古代埃及展区，神奇法老像，天书一样的古文字，几何图案雕饰古朴而厚重，散发着悠久的历史气息。在古希腊展区，一座座体态生动、肌肤细腻的雕塑，看上去，这些人物似乎还在呼吸着，就中12号展厅的维纳斯和另一层的萨默特雷斯胜利女神尤为精绝，它们代表着古代希腊艺术的最高水平，人物表情的传神和衣物质感的刻画，无不摄人心魄，令人折服而赞叹。而在意大利的米开朗琪罗的大理石像前，我

作画与游踪

2009年7月6日与妻子石效英在巴黎卢浮宫

驻足良久，仔细观摩。在达·芬奇的《蒙娜丽莎》画像前，拥集着数百人，我只能一侧欣赏，看看这卢浮宫的镇馆之宝，然而终因人多，未能接近这位淡淡微笑的"瑶公特"。在卢浮宫究竟有多少个展区，多少个展厅，多少件展品，恐怕任何一位酷爱美术的人士，都没有也不会对每一件展品作认真的赏读，我匆匆一过，除几件作品外，留下的只是模糊的印象，只有日后在画册中择其要者而补课了。

下午6点进晚餐，7点半返回住地，整日奔波，颇感疲累，倒床而卧。

七月七日

此次欧洲之行，还有一个所谓的"第九届中国文化艺术交流展"，上午8点前往展厅，地点在《欧洲时报》社的一座小楼上。展品虽不精彩，却也丰富，除去书画为大宗外，还有雕塑，民间工艺品等等，更有中国武术，可谓五花八门，雅俗兼具。开幕式，人虽不算多，然程式倒也齐全，讲话、剪彩、喝香槟酒、笔会，不一而足，就中真正的艺术品，我以为就是李行健先生那两件曾经被德国海关扣留的东西：一件是以飞人刘翔为题材而创作的《翱翔》，另一件是《冯法祀先生》头像，特别是后一件，它将油画家冯老刻画得神彩奕奕，呼之欲出。对于冯先生，我早年曾有一次的谋面，而对他的作品是多次地拜读过，而今于巴黎能欣赏到一件为冯老而创作的铸铜头像很为庆幸。李先生与我介绍了他此件作品的创作经过，令我深深佩服这位雕塑家精湛的造型能力和表现手法。

此次赴巴黎参展，本也无多兴趣，只是借此机会与效英一同出国旅游观光而已。得以成行，便已知足，展览之效果，自不计也。下午

9点返回酒店，时有小雨，微觉秋凉。出国前，唯恐7月天气，在西欧会高温难耐，没想到这里的早晚尚须添加衣服。

七月八日

7点10分早餐，8点外出。其时天空乌云密布，似有大雨将至。到埃菲尔铁塔下，排队登塔，队伍已成长龙阵势，层层转绕，不见首尾。衣薄风大，风中还裹夹着雨星，打到面颊上，感到格外寒冷。仰望这座坐落在塞纳河畔的钢铁巨构，拔地撑空，气度不凡，成为了世界上众所瞩目的建筑物，据说当年设计师埃菲尔拿出方案时，还遭到了剧烈的抗议。时过境迁，它竟成为巴黎的地标，将永久地屹立在蓝天下，供人游览和品读。排队期间，时有黑人兜卖旅游纪念品者，同行武术家小刘购得丝巾一条，忽有警察出现，卖丝巾者还未及收钱，便匆匆逸去，小刘四处寻觅付款，未得其人。

排队许久，方得坐电梯登塔，于第二层外廊观光，巴黎四围景象尽收眼底，但见高楼栉比，道路纵横，远处苍苍茫茫，望无涯际。是时风更大，高处不胜寒，匆匆拍照片数帧，便返回地面，时已12点半。

午餐后，往戴高乐广场中心看凯旋门，这座由拿破仑下令建造的纪念物，气势壮阔，四门洞开，正门左侧之浮雕更具匠心。门下建一无名烈士墓，用以纪念第一次世界大战中牺牲的烈士，从1923年起，这里燃着长明灯，亦为游人们驻足的地方。从凯旋门东南望去，是一条宽绰瑰丽的大街，两旁绿树夹道，绿树间是飘荡的连缀小红旗，间或有露天的咖啡座，有序地排列在大楼外林荫道的一侧，有人在聊天，有人在喝饮料，闲适自然，惬意宜人。这条大道便是有名的巴黎香榭丽舍大街，它一直延伸到卢浮宫东端的协和广场，当为巴黎的第一大道了。

下午2点离巴黎，往卢森堡而来，经5个半小时，抵达卢森堡，这是坐落在一个红褐色岩石高地上的都市，到处是碧绿的林木和盛开的鲜花。车停宪法广场，广场不大，下临岩谷，东侧有白色纪念碑一座，碑座石阶上，坐着六七位市民，打量我们这些刚下车的东方人。北面是高耸的大教堂，南面便是所谓的卢森堡大峡谷，有佩特罗斯河流淌其中。这峡谷深仅45米，有磴道拐折而下，以至谷底，道之旁置花坛草坪，谷之中别墅教堂比肩而起，兼之绿树埋壑填谷，号为大峡谷，诚如小盆景，静谧安宁，深可人也。又一拱形大桥，横跨峡谷之上，长桥修美，尤可入画，这便是著名的阿道夫大桥。忽有钟声迢递，出自南岸丛树间教堂之中。街头行人甚少，颇有清冷之感觉，穿一小巷，步入兵器广场，这里却很热闹，广场四周，绿荫蔽日，花团锦簇。广场中央置一高台，台之上，有音乐演奏者十数人，台之下满布雅座，读书者，听音乐者，各得其所。

广场西南角有一家挂牌"敦煌"的中餐馆，登上二楼雅座，喝茶吃饭，室外之音响不时传入餐厅，以佐进食，则别有一番趣味。餐后观赏市政厅和大公爵宫之建筑后，便乘车入住市郊一家酒店，时虽晚上9点，而窗外斜阳朗照，丛树摇金，草地如茵，奶牛三五，进食其间，恰似地毯上织出之图案，天成自然，且富变化（因牛之走动），于此法国画家米勒笔下的质朴景致顿然化现于脑海。

七月九日

7点早餐，8点离酒店，行仅7分钟，便出卢森堡国境，国家之小，可见一斑。一路林木葱茏，时过村庄小镇，草地铺陈，稼禾满眼，小麦金黄，玉米拥翠，远山如黛，山林叠架，高坡深谷，无些许岩石和砂土裸露，时有红瓦白墙跃然半坡之上林木之间。行进间，远处高山之巅，有红褐色如岩石雕琢者，厚重而古朴，乃为久历风霜之中世纪古堡。而近边路旁，偶有村舍三五，阳台上杂花悬挂，门前却不见一人出入。或因葡萄园成片涌现，口颊生津，竟觉小香槟酒滋味。行车3小时经法国、德国，而入瑞士境。12点许在某服务点休息，草草吃麦当劳，权当午餐。下午3点20分抵达苏黎世。

瑞士表，享誉世界，一到苏黎世，就有人要逛表店，导游便引领大家到班霍夫大街的一家钟表店，这是苏黎世很有名的钟表专卖店，踏进门厅，便是豪华而不失典雅的设计，宁静而净洁的环境，衣着十分讲究的服务生，热情而有分寸地推介商品，只是一只手表少则几万元（合人民币）多则几十万元，这价格远非我等所能接受，在此，也只能是一次参观而已。谁都没有买东西，而服务生仍是很有礼貌送出大家，这倒令我刮目相看，他们的服务态度自然是一种自身素质的体现了。

苏黎世坐落在利马特河入苏黎世湖岸边，其地湖光山色分外瑰丽，在沿湖大道上漫步，但见双子大教堂比肩撑空，复听音乐会音声悠扬，循声而来，见一偌大院落，数百人坐绿荫之下，中置一高台，上有乐队五六人，歌唱者轮番而上，放喉而歌，手舞足蹈，而听者鸦雀无声，待一歌竟之，则掌声四起。我与效英于此听歌两支而去。

小坐苏黎世湖滨，看桅杆四起，帆船驶过，忽有白天鹅泛水而来，悠然而高贵，又见野鸭争食，来去倏然，而岸边游人，赏雕塑者、观鱼乐者、谈天者、进食者，不一而足，而更多人则行色匆匆，不知是赶船、赶车，还是赶飞机，眼前之景色则全然不屑一顾。我看游人，游人也或看我，这便是苏黎世湖边的一道景色，衬以高山古木，楼观教堂，尤其这溶溶漾漾长达三十九公里的湖泊，山容水态，妙处难与君说。

下午6点，到一家叫"竹园酒家"的中餐馆进晚餐。餐毕，有几位女士又欲前去买手表，待到了一家钟表店，时过七点，业已关门，急急而去，悻悻归来。便登车沿湖滨西路而南去，望湖之东岸，高山起伏间，绿树红楼白屋间状若蜂窝，天色将晚，华灯亮起，的似琼楼玉宇，影落湖中，交相辉映，其景致着实令人陶醉，不愧为阿尔卑斯山北部的一处休闲度假的胜地。入住酒店，时值九点，窗外忽然传来深沉而悠长的钟声，推窗而望，星天中，一座教堂楼钟的尖顶亮着灯光挺然而起，这时间，该是信众们做功课的时间了，又令我想起了米勒《晚祷》中那两个半弓着身子的农民，在暮色苍茫中聆听那远方钟声，那是一种何等虔诚的景况呢。

七月十日

上午8点出发，8点至10点在瑞士境内，一路山光云影，风景如画。10点入奥地利，前行又入德国境，12点经慕尼黑服务站休息，草草就午餐。下午3点20分再入奥地利，仅10分钟便抵萨尔茨堡，4点入米拉贝尔花园，在碧绿的草地上，以红白花朵摆出几何图案，醒目瑰丽，诚然一天然巨毯，数尊雕塑屹立花园之中，人物肌肤温润，眉目传情，活力四溢，允为佳构。为情人而建的米拉贝尔宫静穆地伫立着，倾听导游为大家演绎着这座宫殿的大主教迪特利希不守教规——不要江山要美人的传奇故事。

由米拉贝尔花园向南望去，与河南的大教堂、古城堡正处在一条中轴线上，层层高起，不同风格的建筑相互映衬着，生动和谐，美轮美奂。出花园南门，向东不远处便是"三位一体教堂"，亦极壮美而肃静，教堂下的台阶上坐着一些人休息，他们好像在打量我们这一行黑头发黄皮肤的"老外"。

绕过教堂，前行到萨尔茨河南岸，看这由东南而流向西北的河水，浅浪轻涟，不舍昼夜。见一游船而过，船后留下一串串雪白的浪花。登上长桥，左右望去，沿河风光，奔来眼底，更觉妩媚而秀美；聆听河水，泠泠作响，似乐曲传声，难怪在这钟灵毓秀的萨尔茨河畔孕育出享誉世界的音乐家莫扎特。

步过长桥，行百十米，便是遐迩闻名的"粮食街"，它保留着中世纪的特色，在迫窄的街道上，行人熙攘，古典的铁制镂花招牌高置在老字号商店的门面上，门市的房屋间偶然出现一个小花园，花园间有的搭起了小布棚或支一把遮阳伞，下面便是几张咖啡座，或是一个售卖冷饮食物以及纪念品的摊点，一个幽默的老人或是一个俏丽的妙龄女郎，热情地招徕着顾客，而飞落在屋檐下不知名的小鸟，旁若无人似地忘情鸣叫，这便是粮食街颇具特色的"奥拉过廊"。

粮食街不算长，东去有老市政厅，西去有僧侣山脚下的"布拉修斯教堂"，教堂处在僧侣山的阴影中，其建筑基座石条上满布了油绿的苔藓，与周边的商店相比，形成了强烈反差。而在粮食街漫步，最吸引人的则是"莫扎特故居"，这是一座坐南面北宽五间高为六层的楼房，在楼面上，通体施以黄色的涂料，装以白色的长方形窗户，从楼顶上垂下一条长长的红白两色（顺旗条，两边红色，中间白色）的彩旗来，直落二层窗户的上方，旗在微风中轻盈飘拂。在一层的东面一间开门洞，标为粮食街9号，门牌下，有一小牌，上书"莫扎特故居"，这是二战后重建的纪念物。穿门而上楼，略作游观，有音乐家的卧室、琴房，有泛黄的乐谱，老式的钢琴，盛装的油画像，不时还传出令人陶醉的小夜曲。

在莫扎特故居门前，我特意摄影留念，也算是一次朝圣纪录吧。其时还有一位民间艺人作杂耍表演，有如我国福建的提线木偶，然而操作简单，以便推销他的玩偶———一只大红公鸡。近旁的一家乐器店，陈列着形形色色的乐器，制作十分精美，有如一件件工艺品，两个七八岁的小姑娘，站在橱柜的玻璃窗前，老半天不肯离去。又于广场上，巧遇数十位来自天津的中学生，得知他们曾往维也纳金色音乐厅表演舞蹈，在三位老师的带领下，特来萨尔茨堡谒拜莫扎特的出生地，以接受音乐洗礼。听着充满喜悦而自豪的同学们的叙述，也令我为之高兴。

下午6点于"华都饭店"进餐。餐毕，复往萨尔茨堡脚下游览，待进入大教堂广场，适有大雨袭来，幸有咖啡座布棚下避过。大雨约15分钟，雨过天霁，丽日当空，建筑出浴，分外清新，高高的钟楼，手持十字架的耶稣以及墙壁上饰有大主教的爵徽，都是让人驻足观赏的对象。据说大教堂内尚存有七百年历史的锡制洗礼池，莫扎特出生时曾在此池中洗礼，奈何时间所限，未能入内一观。随后又步到弗朗西斯大教堂和圣彼得修道院，雨后的院落，地面湿漉漉的，没有多少游人，面对充满巴洛克艺术风格的建筑，此起彼伏的钟楼尖顶，令我颇费推敲，不知哪座钟楼属于哪家范畴。我渴望看到从一个洞门中走一队修道士或几位修女来，然而无缘一见，这确是可遇而不可求的机会，一切随缘好了。最后来到莫扎特广场，这里有一尊于1842年落成的莫扎特铜像，他斜对着米歇尔教堂，一手握笔，双目凝视，眉宇间似乎流露出尚在构思钢琴协奏曲的神态。

作画与游踪

在斜阳落照中，仰见那八百年历史的古堡，更具神秘色彩，每一个窗户中，当会有一个动人的故事，我无暇登高探访，留下了不尽的思索。待入住酒店，已是晚上9点钟的时刻了，窗外又隐约传递着教堂中晚祷的钟声。

七月十一日

早晨8点30分，离萨尔茨堡，行300公里路程，于中午12点许抵奥地利首都维也纳。12点20分到"昆仑饭店"就餐。餐后，往市西南角申布伦宫（美泉宫）游览，它便是驰名于世的仿照法国凡尔赛宫而建筑的皇家避暑离宫，故有皇室夏宫之称，现已列入联合国世界遗产名录。这里有富丽堂皇的建筑，有设计精美的花坛，剪裁成墙壁的林木，衬着一组组高大的人物雕塑，而地上则是由碧草和鲜花组成几何图案的大地毯，游人行走其间，便成了"地毯"中活动的装饰物，"地毯"的尽头，便是巨大的喷泉，喷泉中又布满了造型别致的圆雕。喷泉后又有高高的草坡，坡之尽头，一座白色的凯旋门衬以蓝天碧树，幽远而宁静。

在美泉宫花园中徜徉，引我注意的是那些大小树木，被修剪成球形、螺旋形，特别是一排排面向花园广场的树木，竟被剪出一堵平平的树墙来，犹如垂挂的壁毯，绿意茸茸，凉风起处，毯摇影动，行走其下，气息可人。于此，我惊诧西方园艺工人的匠心独运，对环境的美化和装点与东方的理念大相径庭，我们崇尚的是质朴自然，是天人合一；他们追求的是雕琢细密，是干预和改造。

离美泉宫，返回环城大道，道之西有议会大厦，高高的8根大圆柱，充溢着希腊式的建筑风格，大厦前一尊白色的雅典娜女神雕塑和喷泉，构思之巧密，工艺之精湛，亦引人注目。由此北去，不多远，便是市政厅，五座塔楼尖顶，有如火箭一样的直面苍穹。而市政厅的广场上，却布满了仅留一条通道的咖啡座，似乎这里要举行一个音乐会，在艳阳下，人们已经落座等候。由广场隔着马路看过去，便是气势不凡的城堡剧院，据说这里原是皇家的宫廷剧院，以演德语话剧而驰名。

步入大众公园，在一处僻静绿树围绕的处所，看到了端坐着的伊丽莎白皇后的石雕像，它便是思想独立才貌出众的"茜茜公主"，弗朗西斯·约瑟夫皇帝的妻子，奈何这位皇后竟在1898年于日内瓦遭到了刺杀。面对一尊衣着流美而素洁，神态自然而又若有所思的"茜茜"，也同样让人思索她那短暂的一生和凄美动人的故事。

从大众花园来到霍夫堡广场，这里四面是堂皇的建筑，有精美的米歇尔门楼，豪华的博物馆，拥有二百万册以上图书的国家图书馆，还有皇家马厩（现已为博物馆）。广场上还有两尊跃马横空的铜像，马皆后蹄着地，前蹄腾起，马上之人，持旗按剑，叱咤风云，英姿勃勃，所向无敌。以此纪念卡尔大公爵和欧根亲王的壮举。

离英雄广场，顺林荫大道向国家歌剧院而来，穿过拱形长廊，坐在花坛外石栏上歇脚，斯特凡大教堂的尖顶豁然在目，它是维也纳市的地标，据说它的尖顶高有137米，难怪在不同方位，都可以看到它的修姿。教堂的前面便是克恩腾步行街，那里有众多的高级精品店，教堂东去不远便是莫扎特博物馆，据说这位仅活了35岁的天才音乐家，最后几年就是在这里度过的，著名音乐剧《费加罗婚礼》也是在这里完成的。有几位青年朋友前去观光，来去约需半小时。我在剧院前广场上，看行人来去，看杂耍艺人的表演，其中有一辆"飞雅客"

作画与游踪

马车在环城道上驶过,给我留下了深刻的印象,这是一辆四轮马车,双马驾辕,马车夫长满髭须的脸上,露出专注的神态,头戴礼帽,身着白衫,外套一件大红的背心,系着一条花领带,可谓衣冠楚楚,还有点绅士的风度呢。马车远去了,车轮的轧轧之声犹在耳际。

待人之际,我和效英顺着歌剧院北去,走不远,看到一尊雕塑,是歌德的坐像,在夕阳的斜照中,锈迹斑斑的额头上也会放出光华。顺歌剧院南去,有一家名为萨赫的咖啡屋,五层的建筑物上,斜插着多国的国旗,这里有什么国际活动呢,还是把这些旗帜作为装饰物?问题在脑中甫一出现,转瞬即逝。

观礼斯特凡大教堂的人们归来后,大家便集中向"音乐之友协会"而来。一座看上去很普通的建筑,表面并不豪华,白色的窗棂门框,施以沉稳的土红色墙壁,朴素大方,而它的里面,却是享誉世界的金色大厅,在电视中每每欣赏到维也纳爱乐乐团在这里的精彩演出。有几位同行者,很想在这里听一场音乐会,遗憾的是今晚这里没有演出,高额的费用也就省了下来。

在维也纳仅半日的游览,旋转的华尔兹舞自然无暇领略,音乐圣地的优美旋律也失之交臂,所幸今之科技发达,莫扎特、舒伯特、施特劳斯父子的乐曲自然可以在光碟中寻觅了。

下午6点,再到昆仑饭店就餐,餐毕,入住某酒店。

七月十二日

8点离维也纳所住酒店,仅半个钟头,就入匈牙利境。其时司机甚为高兴,手离驾驶盘,作捻指动作,发出嘣嘣的音响,有如新疆舞蹈中的"捻指"。这是因为司机是匈牙利人,他从柏林开始经过十多天的奔波，眼下回到了祖国，即将与亲人见面，其高兴的情绪溢于言表。司机高高的个子，宽宽的脸膛，40来岁的样子，因为语言不通，一路上很少说话，而工作却十分认真和辛苦，每日早出晚归，上车时，他把每个人的箱子整齐地码放在车箱座位下的行李仓，晚上入住酒店前，又一个个把箱子提下来送到我们每人的手中。为了游客的安全，在西欧旅游，司机一日不得超过八小时的工作时间，车速不得超过100迈，行车2小时，便要在服务区休息20分钟，车上装有类似飞机上黑匣子的东西，以供警察检查，查有违规，司机便会受到罚款处理。我们的司机驾车行驶，平稳有度，一切按规则而行，每到一处服务区，他会爬到柜台前，喝杯咖啡或什么饮料，吃点巧克力或面包，以为对体力消耗的补充。数十天的相处中，他学会了导游的一两句中文，停车时他会说："下车喽、走喽。"开车前，他又会招呼大家"走喽、上车喽"，这亲切的声音，会逗得大家一乐。他通过导游翻译告诉我们说："我是马扎尔族，有人说，我们的祖先是匈奴人，因为我们有与东方人很多相似的地方，如写姓名，姓在前，名在后，这与西方人名在前姓在后不同；在语言上，叫父母为阿爸、阿娘。真是匈奴人的后裔吗？我可管不了。"说着一耸肩膀，摊开双手作出幽默的表情，又让大家哄然大笑。不知不觉中，我喜欢上了这位司机，便在车门前合影一张，以为留念。

　　上午11点，车到匈牙利首都布达佩斯。这是一座美丽的城市，蓝色的多瑙河由北而来，穿城而过。河西之布达多丘陵山地，建筑顺地势起伏而升降，高低错落，颇有韵致，河东之佩斯，地处平原，市之容貌则一览无余，尽收眼底，这便是我初入布达佩斯车行在伊丽莎白桥上时的第一印象。

到佩斯，直入安德拉大街，来到市东北角之城市公园入口处，这是英雄广场。其时在广场中有一辆化装彩车表演，车上的人们身着艳装，在音乐伴奏下，唱着歌，做着动作，彩车前围着一些游人观看，待我们下车走过去的时候，表演已经结束，彩车绕过美术馆而消失了。

广场中央，巍然屹立着高高的纪念碑，是用以纪念匈牙利民族定居于此1000年的纪念物，碑座上塑有7位勇士，是首先定居这里的部落首领，骑在马背上，英武豪迈，从装束和衣着打扮上，颇有一些与匈奴人相似的感觉。纪念碑之后面，有两座半弧形的柱廊，廊柱间排列着14尊铜像，是匈牙利历史上国王、大公和政治家。我听着导游对这些历史人物的介绍，忽然听到不远处有弹拨乐器的音响，循声看去，是一位流浪的民间艺人，借以向行人乞讨。

中午12点，到一处叫香港酒家的中餐馆就餐，有一位服务员来自大连，在此店打工一年多，收入尚可，见国内游客光顾，甚是高兴，送上饭菜后，仍站我们旁边，问长问短，待我们要离开酒店时，她送出门外说："你们晚上仍在这里用餐。晚上见！"

下午1点20分往游布达。复过伊丽莎白桥，西南望盖莱特山亭然而起，上面建一尊盖莱特的铜像，用以纪念这位威尼斯的传教士，它曾是国王圣伊斯特万儿子的宫廷教师，也为这个国家出力办事，以至于被杀而献身。

过桥北去，登上城堡山，这里有最著名的马加什大教堂，曾是国王加冕的地方，据说内部装饰壁画，保持着中世纪的风格，奈何其时该教堂正在修缮中，不对游人开放，留下了一缕遗憾，我们只能仰视其尖顶以及拱门上端的古老装饰。转过大教堂，便是渔人堡，首先看到的是匈牙利开国国王圣伊斯特万的骑马铜像，铜像下，除了游人，在路边树荫下,有很多小摊贩,有表演节目的街头艺人,有为游人画像的民间画师。在堡墙前,人们指点着静静的多瑙河,欣赏着河对岸瑰丽的国会大厦,北望,绰约可见玛尔吉特岛,它是漂浮在多瑙河中的一颗绿宝石,近处则有碉堡式的建筑,让人们遐想在这里也曾发生过的激战。而今人们坐在回廊的咖啡座上,悠闲地读报、看书、聊天、喝咖啡,是何等的闲适。我和效英顺渔人堡的山道而下,坡面缓缓的,铺满不规则青石,大道之两侧,则是平整石台阶,石缝间长出低矮的青草。而不少民居则是垒石为墙,墙上留有小小的窗户,而一些别墅小楼,其建筑具不同风格,施以土红和土黄的墙壁上开以上圆下方或长方的窗户,又罩以金属的防护网,那网编成不同的图案,也引人留连观看。走在这长长的巷道中,连一个行人也不曾遇到,静悄悄的,传递着的是我和效英的足音以及我们低低的谈话声。行到坡麓,便是顺多瑙河的一条街道,大树间,露出几座教堂的尖顶,小风吹过,带着湿润的多瑙河水汽的气息。登上赛切尼铁索链桥,俯看南去的蓝色的多瑙河,碧波荡漾,流光溢彩,而国会大厦等建筑的倒影扑朔迷离,有如幻境,一条游船驶过,便划破了那影像的清幽,顿时化现出印象派画家笔下斑斑点点的笔触,也复令人遐想和沉醉。迷人的布达佩斯,不愧为"多瑙河畔的明珠"的美称,难怪它被联合国教科文组织列入世界遗产名录。

我们在链桥上,打了一个来回,绕过桥东,观赏大桥设计者克拉克的雕像,也伫足桥西的一对铜狮雕塑前,畅想它长年累月在烈日或风雨中对链桥的守护。随后踏上返回渔人堡的另一条磴道,斗折而上,前面是一个洞门,步入其中,黑魆魆的,让人有点害怕。快步行走,穿过洞门,未几,便又登上渔人堡,看看表,来去用去 40 分钟的时间。走累了，坐在树荫下的长凳上休息。尔后，又陪效英就近逛了几家商店，买了一些纪念品，在一咖啡店的橱窗里，看到一个有一米多高的宝塔式大蛋糕，制作精美，诚然一件艺术品，我便打开相机，把它拍摄了下来。

下午5点半离渔人堡，再往"香港酒家"用晚餐。6点40分餐毕，乘车入住某酒店102号房间，为大套间，客厅，厨房等等，一应俱全，为此次欧行所住最豪华者。

七月十三日

7点早餐，8点离所住酒店往布达佩斯飞机场，办理相关手续。在候机楼读报，惊悉季羡林、任继愈二老皆于7月11日在北京逝世，季老98岁，任老93岁，虽皆享高龄，然二老的辞世，当是我国学术界的巨大损失，为之痛悼。下午2点登机，搭海南航空公司飞机回国。飞行9小时40分，抵北京，已是北京时间7月14日早晨6时整。

七月十四日

早6时抵北京机场，打的进城，入住大栅栏之"京文宾馆"，条件较差，勉强歇脚。

昨晚在飞机上吃两顿便餐，或因喝咖啡过量，大脑兴奋，彻夜不眠。到京后，又感天气较西欧热甚，遂不复外出，整日于宾馆休息。下午6点后，漫步前门大街，久不进京，此处业经整修，大为变样，一段步行街，东西两侧建筑复归旧京风貌。于"都一处"进晚餐，环境颇为舒适，饭菜亦自可口。餐毕，于某书店购季羡林先生所著《东西漫步》一册，也是对季老的一种纪念吧。

七月十五日

天气热甚。上午与效英逛王府井百货大楼、新华书店。中午于某餐馆点小菜数品,每人炸酱面一小碗。下午休息。6点半在全聚德吃烤鸭。7点半上北京站,8点半乘K601次返晋。

七月十六日

早晨回忻州,火车晚点约半小时。文成、建军来接站。

欧行半月,匆匆去来,诚浮光掠影之旅行,故所见所闻,皆极肤浅,然雪泥鸿爪,略加整理,权为日后回想作一线索耳。